少年帝王传

南宫不凡 著

少年乾隆

南京大学出版社

图书在版编目(CIP)数据

少年乾隆 / 南宫不凡著. — 南京 : 南京大学出版社,
2018.5

(少年帝王传)

ISBN 978 - 7 - 305 - 19348 - 4

Ⅰ. ①少… Ⅱ. ①南… Ⅲ. ①传记小说－中国－当代
Ⅳ. ①I247.5

中国版本图书馆 CIP 数据核字(2017)第 246360 号

本书经上海青山文化传播有限公司授权独家出版中文简体字版

出版发行	南京大学出版社
社　　址	南京市汉口路 22 号　　　邮　编　210093
出 版 人	金鑫荣
丛 书 名	少年帝王传
书　　名	**少年乾隆**
著　　者	南宫不凡
责任编辑	梅　爽　官欣欣　　　编辑热线　025 - 83686452
照　　排	南京南琳图文制作有限公司
印　　刷	江苏凤凰通达印刷有限公司
开　　本	880×1230　1/32　印张 12.125　字数 265 千
版　　次	2018 年 5 月第 1 版　2018 年 5 月第 1 次印刷
ISBN	978 - 7 - 305 - 19348 - 4
定　　价	35.00 元

网址：http://www.njupco.com
官方微博：http://weibo.com/njupco
官方微信号：njupress
销售咨询热线：(025) 83594756

导　读

生于富贵,长于皇家,他是令天下人羡慕的天之骄子,但权力与富贵背后,是看不见的杀戮与阴谋。面对着险恶前路,少年弘历始终怀抱着一颗宽厚仁爱之心,察民情,辨是非,最终顺利登上帝位,成就了十全武功。

康熙帝有三十多个儿子,九十多个孙子,许多孙儿他甚至连见都没有见过,为何弘历却独得他的厚爱,被带入宫中亲自教导,这其中有什么缘由吗?

父亲雍亲王登基即位,将弘历送到了风口浪尖。兄长弘时嫉妒他得宠,为争储位,暗起杀心,弘历孤身在外,他要如何逃过这一劫呢?

年羹尧功高自傲,不知检点,终受弹劾,弘历为之求情,却惹得父亲大怒,他的地位是否不保?他又能救下年羹尧吗?

弘历私访民间,却无意间得知了考场弊案。他微服赶考,究竟能不能一探究竟,将事情调查个水落石出?

雍正崇佛论道。弘历却直言进谏,设计惩奸道人,再次触怒父王。这次,他又会遭到怎样的惩罚?

奉旨办差,弘历初下江南。他洞察民情,大度包容诋毁和尚,智惩贪官,这些又是怎样的故事呢?

目　录

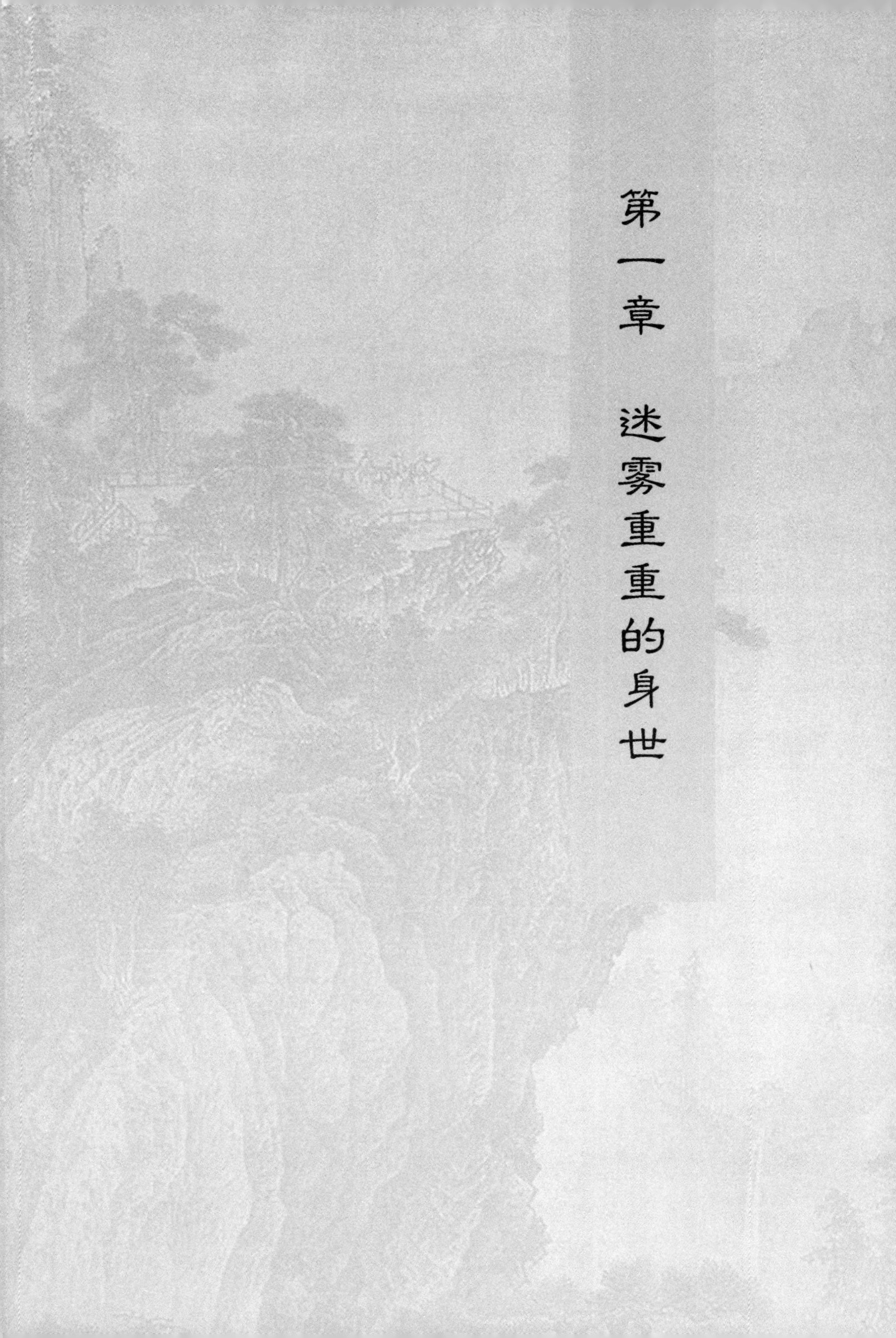

第一章 迷雾重重的身世

第一节　"调包"传说

　　爱新觉罗·弘历出生于康熙五十年八月十三日(1711 年 9 月 25 日),是雍正皇帝的第四个儿子,清朝第六位皇帝。弘历年号乾隆,所以世称乾隆皇帝。

　　弘历出生的时候,他的父亲雍正皇帝还是皇子,是康熙帝的第四子,名胤禛,刚刚晋封为雍亲王,居住在雍亲王府内。雍亲王胤禛与当时朝廷大员陈世倌关系交好,两家常有来往。今天陈世倌的旧宅内还有一块九龙匾,正是雍正亲笔书写的。弘历身世之谜的第一个传说就与陈世倌有关。

　　传说康熙五十年八月十三日,雍亲王的福晋和陈世倌的夫人同日临盆。陈府内,陈世倌听说夫人生了个白白胖胖的男孩,非常高兴。他们家祖居浙江海宁,祖孙几代历任朝廷高官,曾经有"陈氏三宰相"之说。他的祖父陈之遴和父亲陈元龙分别在顺治朝和康熙朝时任大学士。后来,陈世倌也成为雍正朝的大学士。他们都是才学超人、满腹经纶的国家栋梁,是凭真本事当上大学士的。此时的陈世倌心里思量着,男儿降生,家门之幸,一定要为孩子取个好名字,将来能够继承家业,也成为有用的人才。他边思索边在院中踱步,喜悦之情溢满脸膛。突然,管家慌慌忙忙地跑了进来,气喘吁吁地说:"老——老爷,雍亲王府来人了。"

陈世倌一怔，马上问："雍亲王府来人有什么事吗？"

管家静静心神，有些不安地说："来人什么也不说，只说要见大人，看样子有挺严重的事情。"

会有什么事呢？陈世倌略略迟疑片刻，赶紧随着管家来到了前院客厅。八月里秋热如虎，匆匆赶了几步，陈世倌的汗水都流下来了。前院厅堂坐落在绿树环绕之中，门前一棵高大的桂树正飘着异香，使高洁素雅的陈府别添了一番韵味。陈世倌走进客厅，看见雍亲王府的来人正坐在那里喝茶，急忙拱手说："怠慢了，请问亲王有什么事情吩咐下官吗？"

乾隆像

　　来人也站起来,略显冷淡地说:"陈大人,雍亲王听说贵府喜得贵子,特地命小人来祝贺,并顺便告诉你一声,亲王府今日也喜得千金。亲王说了,两家同日生子,真是莫大的缘分和喜事。他很想看看贵府公子,请你派人带公子进王府一见。"

　　竟有如此巧合之事! 陈世倌先是惊讶,而后高兴地笑起来,雍亲王府和陈府相邻,几步路就能走到。孩子一出生就能够见到亲王,受到亲王关注,也是他极大的造化了。想到这里,陈世倌与来人寒暄几句后,即命令奴仆赶紧行动,把刚刚出生的婴孩包裹好,由乳母和丫鬟抱着随来人去了雍亲王府。

　　抱走了孩子,陈世倌来到后院夫人的房里,安慰了夫人几句。夫妻俩一面谈论新生婴孩的相貌,一面耐心等待孩子归来。陈夫人说:"刚刚孩子降生的时候,我看见一道红光在眼前闪耀,过了好久才消失呢!"

　　"嗯,"陈世倌点点头,"我刚才看了一眼孩子,看他容貌丰润,隆准额宽,是个有福的样子。世上几人刚生下来就能得到亲王关爱? 不得了啊!"

　　陈夫人心里喜滋滋的,一副以子为傲的样子说:"你听见孩子的哭声了吗? 多响亮啊!"

　　夫妻俩你一言我一语地谈论着,过了半晌,仍然不见孩子归来,心里有些焦躁。陈世倌看看夫人,关切地说:"你先睡一会儿,歇息一下吧! 等她们带孩子回来了,我再叫醒你。"

　　陈夫人也累了,听从丈夫的建议,合上眼睛迷迷糊糊睡着了。等她睁开眼睛的时候,看到身边躺着一个粉嘟嘟的新生婴孩,她高兴地伸手抚摸孩子,却惊讶地发觉孩子变了! 她再仔细观看,发现居然是一个女孩,不由得失声叫了出来。丫鬟们听到喊声,匆忙赶过来照应。陈夫人指着孩子,神色慌乱地说:"这个孩子是哪里来的? 我的儿子呢?"

丫鬟们莫名其妙地看着夫人和孩子,不知发生了什么事情。其中一个机灵的急忙走出房间去找陈世倌,向他汇报说,夫人可能病了,连新生的孩子都不认得了。

陈世倌一听,急得三两步就赶进卧房,来到夫人身边说:"这不是我们的儿子吗? 你担心什么? 孩子已经从王府回来了,一切都好好的。"

陈夫人渐渐平静下来,她打发走丫鬟,抓住陈世倌的手说:"老爷,不好了,孩子变了! 你快看看,这不是我们的儿子,这是个女孩。"

什么? 陈世倌吃惊非小,难道夫人过于紧张,真的得了产后精神失调? 他忙说:"夫人,你先安静下来,孩子不是好好的吗? 我……"他还想说什么,却惊讶地呆住了:解开的被褥里,躺着的的确是一个刚刚出生的女婴!

陈世倌的脑子里一片空白,他实在无法相信眼前的事实,怎么好端端的男婴抱出去,回来后就变成女婴了? 陈夫人一边哭泣一边絮叨,让陈世倌赶紧想办法弄清事情的真相,找回他们的儿子。陈世倌呆愣许久,从愕然和迷茫中清醒过来,他心里明白了:儿子抱进了雍亲王府,出来就变成了女孩,其中必有缘故。为了慎重,他不动声色地询问乳母和丫鬟们进王府的情况。她们异口同声地说,我们一进府里,孩子就被王府的人抱进了后院,直接去见王爷和福晋了。她们几人在前面等了很长时间,孩子才被抱出来。陈世倌听完后,不停地琢磨着,看来王爷单独见了孩子。这么说来,中间出现异情肯定与王爷有关。对呀,刚才王府来人明明说他府上生的是女婴，难道王爷偷偷换了孩子？想到此，他不由得打了个寒颤，如果真是这样，那么此事关系重大，切不可再追究下去了。他打定了主意，把这个情况跟夫人一一分析。夫人也点头附和，认为这件事情太蹊跷了，事关王爷，关系陈家全家性命，不能急于追查。

安澜园

陈家没有继续追查此事。过了几日，陈世倌见到雍亲王的时候，雍亲王高兴地与他讨论起两家同日生子的事情，并且有意夸奖陈府的女婴脸色红润、身体健康，一看就是富贵之相貌。陈世倌更清楚了，这件事情确实是雍亲王一手策划的，便打着哈哈说："听说王爷喜得贵子，这才值得庆贺啊！"雍亲王并不客气，对陈世倌说，有人为自己的儿子算过卦，说他天生异禀，贵不可及，将来必定成为人中龙凤。

　　陈世倌回到府邸,把这个情况告诉了夫人,两人商量多时,确定雍亲王用亲生女儿换走了自己家的儿子。因为这件事情太严重了,他们决定封锁一切消息,不对任何人提及此事,以确保家人和儿子的安全。这个进入雍亲王府的陈家男孩就是后来的乾隆皇帝弘历。这就是流传甚广的关于弘历身世之谜的第一种说法——"调包"之说。

　　"调包"之说被许多人所津津乐道。许啸天在《清宫十三朝演义》中说,乾隆六下江南的目的就是去海宁探望亲生父母。他六次南巡竟有四次住在陈世倌家的安澜园,为的就是与亲生父母相聚,同享天伦之乐。

　　可是,这个传说也遭到很多人的异议,被认为是无稽之谈。据孟森的《海宁陈家》考证,乾隆南巡第一次、第二次都没有到海宁。第三次到海宁,陈世倌已经去世了。由此可见,乾隆下江南为了看望他亲生父母的传说纯粹是捕风捉影,根本没有根据。乾隆第四次南巡与浙江海塘工程有关。当时,他住在陈家隅园内,并且将"隅园"改名为"安澜园",为的是期盼海塘工程顺利进行,防御海潮袭击。为此他还多次留下诗作,其中《驻陈氏安澜园即事杂咏》第一首写道:"名园陈氏业,题额曰安澜。至止缘观海,居停暂解鞍。金堤筑筹固,沙渚涨希宽。总廑万民戚,非寻一己欢。"其他几首也表示了同样的意思,体味诗意,难以找到一点儿寻亲认父的暗示,这么看来,"调包"传说就值得怀疑了。而且,从当时雍亲王的情况来看,他采取"调包"之计换取陈家儿子的说法也不可信。弘历出生时,雍亲王的长子、次子虽然已经幼年早夭,但第三子弘时已经七岁了,还有另一个妃子亦即将临产。这时的雍亲王才三十四岁,正当壮年,年富力强,他怎么会在已经有一个七岁儿子的情况下,急急忙忙、偷偷摸摸地用自己的女儿去换陈家的儿子呢?实在令人不解。还有,雍亲王兄弟二三十个,他的父皇康熙还没有定继承人,将来谁能登上皇位还是个未知数,他怎么能想到陈家儿子就一定是大福之人呢?

于是,关于弘历身世之谜的第二种说法应运而生。

第二节　生母之谜

　　既然调包传说不可信，那么弘历的亲生父母到底是谁呢？如果说雍正是他的生父，他的生母又是谁呢？雍正十四岁的时候，奉父命迎娶了内大臣飞扬古的女儿那拉氏为妻。在他晋封为亲王后，那拉氏也被晋封为福晋（满语，王爷的嫡妻），她是雍正的正妻。弘历出生时，雍正名分上的妻子只有这一位。王府内嫔妾自然很多，可是这些人谁是弘历的生母呢？

　　根据正史记载，弘历的生母是"原任四品典仪官、加封一等承恩公凌柱女"，其父姓钮祜禄，称为钮祜禄氏。钮祜禄氏十三岁进王府，八年后生下儿子弘历。又过了十年，雍正继位，在漫长的时间里，她一直没有名分，是王府内一名默默无闻的嫔妃。清朝政府有个规定，皇帝家族生儿育女，每三个月要上报一次，写明出生时间和生母。每隔十年，根据出生和死亡记录的底稿，添写一次皇室族谱，这个叫作"玉牒"。在中国第一历史档案馆保存的"玉牒"和生卒记录底稿上，都清楚地写着世宗宪皇帝（雍正）第四子高宗纯皇帝（乾隆），于康熙五十年辛卯八月十三日，由凌柱之女、孝圣宪皇后钮祜禄氏诞于雍和宫。

　　至于凌柱的女儿钮祜禄氏如何进宫，如何分封在雍亲王府，得到雍亲王喜爱，继而孕育生子却没有详细记载。而且，清宫档

案《雍正朝汉文谕旨汇编》中,雍正元年(1723年)二月十四日记载着:

雍正元年二月十四日奉上谕:遵太后圣母谕旨,侧福晋年氏封为贵妃,侧福晋李氏封为齐妃,格格钱氏封为熹妃,格格宋氏封为裕嫔,格格耿氏封为懋嫔。

同一件事,《清实录·世宗宪皇帝》中雍正元年(1723年)二月甲子(十四日)却记载:

谕礼部:奉皇太后圣母懿旨,侧妃年氏,封为贵妃;侧妃李氏,封为齐妃;格格钮祜禄氏,封为熹妃;格格宋氏,封为懋嫔;格格耿氏,封为裕嫔。尔部察例具奏。

钮祜禄氏

这两份记载出现了差异,前面说熹妃是格格钱氏,后面又说钮祜禄氏被封为熹妃。熹妃肯定只有一人,怎么会前后相隔十天就封给了两个人呢?为此,弘历生母之谜更加被人关注,并且由此产生了许多野史杂记。

晚清长沙湘潭有一位著名诗人、学者王闿运在《湘绮楼文集》里提到乾隆之母时提出:钮祜禄氏始在母家,居承德城中,家贫无奴婢,六七岁时,父母让她去市集买浆酒粟面。钮祜禄氏所至店肆大售，市人敬异焉。十三岁时入京师，值中外姊妹当选入宫。……孝圣容体端顾，中选，分皇子邸，得在雍府。……（雍正）被时疾，御者多不乐往。孝圣旦夕服事维谨……疾大愈，遂得留侍，生高宗焉。

他说钮祜禄氏是承德人，家境贫寒，家里没有使唤的丫头。钮祜禄氏自幼非常懂事，勤劳能干。六七岁的时候，父母经常让她到街上打酒买面，购买日常用品。她一个小女孩，就常常出入店铺货摊了。奇怪的是，她每到一家购物，这家的买卖就特别兴旺，进去买东西的人就特别多，店家出售的货物也就很多。时间久了，人们对这个小女孩开始关注，对她引起的这种现象更是议论纷纷，传闻不断。生意人觉得这个小女孩为他们带来好运，惊讶之余，对她怀有敬畏之心，小小的钮祜禄氏也就成为当地一位具有传奇色彩的女子了。后来，她十三岁时来到京城，正赶上宫中选秀女，她也参加了。结果她因为体貌端正秀丽被选中，而且分在了雍亲王府邸，侍奉雍亲王，得到雍亲王宠爱，进而怀孕生子。

这倒是个有点

雍正

离奇色彩的故事,可是,许多人认为王闿运的说法不可信,清遗老金梁等人认为,清朝选秀女制度是非常严格的,从清宫《钦定宫中现行则例》中,可以看到当时清宫的一些有关规定。清宫的门卫制度更是森严,一个承德的地方女子,家世贫寒,怎么可能混进皇宫并入选秀女呢?

那么,弘历的生母又是谁呢?她又有什么样的人生经历?为什么能够得幸雍亲王生下龙孙呢?

民间流传出了许多不同的说法,有人说弘历的母亲是热河宫女李金桂,有人说是内务府包衣女子,还有人说是傻大姐,等等,使得本来就疑点重重的弘历生母之谜变得更加扑朔迷离、悬疑丛生,令世人谈论不止,成为清史疑案中的热门话题。其中周黎庵写了篇《乾隆皇帝的出生》,文中引用了曾做过热河都统幕僚的近代作家、学者冒鹤亭的说法,认为弘历的生母是热河宫女李金桂。这也是一个富有传奇色彩的故事。

文中说,康熙四十九年,康熙皇帝带着皇子、大臣去热河秋围,也就是打猎。热河秋围是康熙设定的制度,他几乎年年前往。四皇子雍亲王胤禛也奉命来到热河围场,侍驾打猎。有一天,他去围场山林内打猎,射中了一只梅花鹿,非常得意。他听人说鹿血大补,就喝了鹿血。鹿血有壮阳的作用,他喝了后欲火燃烧,燥热难受,可是身边哪有侍奉的嫔妃?情急之下,他就拉了山庄围场内一位汉族宫女交媾。这个宫女姓李,名叫金桂,长相丑陋,举止粗卑,是热河围场的低等下女,一朝得幸,竟然怀孕了!

第二年即康熙五十年,康熙皇帝又来行围了。李金桂身怀皇室龙孙就要临产的消息传到康熙的耳中。康熙大吃一惊,急忙召集儿子们追问:"种玉者何人?"雍亲王胤禛不敢隐瞒,站出来承认了这件事。康熙谴责了雍亲王,又担心家丑外扬,就派人带着李金桂到围场角落一间草棚里生孩子。结果,李金桂顺利产下一个男婴,这个孩子就是后来的乾隆皇帝。李金桂身份低贱,又是野外得子,不配进王府做王爷的嫔妃,更不配教养皇室子孙。于是,旨令雍亲王嫔妃钮祜禄氏收养这个男孩,由此,清朝正史中说乾隆的母亲是钮祜禄氏。

弘历生在草棚内的传说广为人知,加上文人们的渲染描述,影响非常广泛。可是,这些说法毕竟是野史、传闻,并且这些野史、传说还是清朝灭亡以后形成的,也就是时间很晚的野史、传说。如果找不出早年的文献、碑刻、档案等可靠的史料予以佐证,是不能当作事实来看待的,难以令人信服,不可与正史相提并论。

人们不禁要追问了,为什么堂堂雍亲王府生子会产生这么多疑点呢?难道没有正确的定论和记录吗?这些传闻又是怎么形成的呢?

原来,早在弘历在位时,有关他出生地的疑问就已经存在,并且被人熟知,引起了不少争议。

第三节 出生地之谜

关于弘历出生地主要有两种观点,一种认为他出生在雍和宫,另一种认为他出生在承德避暑山庄。如果是一般百姓,他出生在什么地方,对家庭来说可能比较重要,但是对民族、国家并没有什么影响,也就不值得如此关注了。可是弘历不同,因为他后来成了皇帝,掌管万里江山,他的出生地又与他的生母疑案密切相关,这关系到他的事业甚至国家和民族的命运,所以备受世人注目。

"玉牒"中记载,弘历出生在雍和宫,也就是当时的雍亲王府(雍亲王即位后,将王府改称雍和宫)。乾隆四十三年新春,弘历来到雍和宫,即兴作诗一首,名为《新正诣雍和宫礼佛即景志感》,诗中有"到斯每忆我生初"的诗句,说明他认定自己出生在雍和宫。如果真是这样,那么前面提到他的身世之谜也就迎刃而解,弘历确实是雍亲王与他的嫔妃所生,"调包"传闻和热河宫女生子之说也就不攻自破了。

可是事情却一波三折,有人认为弘历是钮祜禄氏生的,但是出生在承德避暑山庄。这样一来就又流传出不少离奇曲折的故事。

弘历在位时,有些故事就秘密流传了,而且通过各种渠道传到了他的耳中。弘历当然知道舆论的重要性,为了澄清事实,显示自己身世的高贵,他不断亲临雍和宫,通过作诗或赋文的形式,强调雍和宫就是他的出生地。

乾隆四十四年,弘历又一次来到了雍和宫,作《新正雍和宫瞻礼》,写道:

> 斋阁东厢胥熟路,
> 忆亲唯念我初生。

他不但认定自己诞生在雍和宫,还特别指出了具体的出生地点,那就是雍和宫的东厢房。古时以东为上首,他说自己出生在东厢房,自然突出了他身世的高贵和正统。以后,弘历分别于乾隆四十五年、四十七年、五十四年新春之际,摆驾雍和宫,以诗文行事记载他的出生地在此。其中一篇诗文后面注解说:"予以康熙辛卯生于是宫,至十二岁始蒙皇祖养育宫中。"

玉牒

从弘历个人的诗文中似乎可以确定,他的出生地就是雍和宫,并没有值得怀疑的地方。可是,他越是表白,越引起人们猜测,大有此地无银三百两之嫌。再加上时人与他相互矛盾的诗文记载以及野史杂说,使得他的出生地之说更是疑窦丛生。其中最有权威的就是弘历的儿子——嘉庆皇帝的一些诗文。嘉庆元年(1796 年)八月十三日,乾隆帝弘历八十六岁大寿,以太上皇身份到避暑山庄过生日。嘉庆跟随去了,写下诗作《万万寿节率王公大臣等行庆贺礼恭记》以示庆贺。诗中提到乾隆的出生地:

肇建山庄辛卯年,寿同无量庆因缘。

其诗下注云:"康熙辛卯肇建山庄,皇父以是年诞生都福之庭。"也就是说,皇曾祖康熙辛卯年(康熙五十年)建成了避暑山庄,并且亲自题写了"避暑山庄"匾额,皇父乾隆也恰好在这一年降生在山庄,这是多么值得庆贺的福寿无量的缘分!

避暑山庄

无独有偶,第二年,乾隆又到避暑山庄过生日,嘉庆再次写《万万寿节率王公大臣等行庆贺礼恭记》祝寿,在诗文的注释中,嘉庆把皇父乾隆的出生地说得更明确了:"敬惟皇父以辛卯岁,诞生于山庄都福之庭。"嘉庆在这里明白无误地点明皇父乾隆诞生于避暑山庄的都福之庭。

嘉庆的诗文公开流传,关于弘历出生地之谜也就正式形成了两大观点。嘉庆能够这么明确地说出父亲的出生地绝不会无中生有,一定也是根据当时的情况而言的。那么弘历到底出生在哪里呢?关于这一点又有什么引人入胜的故事呢?

乾隆朝中有一个官员叫管世铭,江苏武进人,乾隆四十三年(1778年)进士,后来进入军机处,任职军机章京,以此了解了很多宫廷掌故与秘闻。通过多年研究发现,弘历确实出生在承德避暑山庄,而且管世铭也以诗文的形式记录了此事。有一年,他随乾隆一起到避暑山庄,去木兰秋狝进行秋季围猎。当时他写下《扈跸秋狝纪事三十四首》诗作,其中第四首涉及乾隆皇帝弘历的出生地:

庆善祥开华渚虹,降生犹忆旧时宫。
年年讳日行香去,狮子园边感圣衷。

管世铭在这首诗的后面做了注解,明白地说:"狮子园为皇上降生之地,常于宪庙忌辰临驻。"也就是说,狮子园是乾隆皇帝的诞生地,因此乾隆常在先帝雍正驾崩的忌日,到这里小住几天,缅怀父皇。

他为什么会有这种说法呢?狮子园又是什么地方呢?

第四节　狮子园传奇

　　创建于康熙朝的承德避暑山庄,又称为承德离宫或者热河行宫,是皇帝每年北巡或者狩猎的重要行宫之一。康熙晚年特别喜欢秋围,基本上年年都要到避暑山庄小住。一方面能够打猎行围,另一方面主要是接见蒙古各亲王贝勒,增进与他们的友谊,确保北疆稳固。山庄内气候宜人,风景优美,建了许多宫殿楼阁和园林景区,不仅供皇帝居住,也为他处理政务提供了方便的场所。景区更是休养身心的好处所。众多的园林之中有一座狮子园,是承德避暑山庄外的一座园林,因为它的背后有一座形状像狮子的山峰——狮子岭而得名。

　　康熙到热河避暑时,众多皇子经常随驾前往,四皇子胤禛也不例外。康熙把山庄园林分赐给诸位皇子,作为他们随驾居住的处所。这样,狮子园就被赐给了雍亲王胤禛,成为雍亲王一家当时在热河的住处。

　　康熙五十年秋天,康熙带领诸皇子去热河行围。据说,临行前一两个月,他就派雍亲王先行去承德避暑山庄做些安排工作,等待皇帝圣驾亲临。雍亲王欣然领命,回府准备行装。胤禛的福晋突然提议,听说今年避暑山庄全面建成完工,愿意跟随丈夫一同前往狮子园避暑。狮子园虽是他们王府的住处,福晋却从没有去过呢！

雍亲王胤禛是个有心计的人，他记起父皇说过"年纪大了，喜欢热闹，如果儿孙们陪伴身边必定是件快乐的事"这类话来，而且，康熙还在避暑山庄内建有书社学堂，专门供随驾的皇子皇孙们学习课业。想到这里，胤禛当即决定带着福晋和弘时母子一同前往。弘时的母亲李氏，也是王府内一位嫔妃，因为生了弘时而地位提高，受到重视。

消息传开，有人欢喜有人忧。福晋和弘时母子自然高兴万分，可是钮祜禄氏等几个嫔妾宫女却深感不满。她们早就听说热河行宫风光秀丽，能够跟随家人前往是多么荣幸的事，可是王爷却只带福晋和弘时母子去。钮祜禄氏还有一件心事，她已经怀有身孕，王爷走了，自己孤孤单单留在王府，要是突然临产，该怎么办？钮祜禄氏进府八年，好不容易承幸有孕。她可是千般小心、万般仔

《避暑山庄图轴》

细，等这个孩子降世，自己的一生也就有所依靠了。她性格温和，不善于与人争斗，加上身份低微，在王府内，可谓谨慎行事，默默无闻。钮祜禄氏不敢流露心中怨言，静悄悄地观察着王府内的动静。说来也巧，本来对钮祜禄氏不甚留意的胤禛却突然

记起了她,来到钮祜禄氏的住处看望她。钮祜禄氏见到雍亲王,非常高兴,急忙挺着大肚子过来给他请安。

雍亲王胤禛把钮祜禄氏扶到床前坐下,关切地问:"孩子是不是快临产了?"

钮祜禄氏忙回:"还有一段时间呢!王爷这一走,不知道什么时候回来,妾妃独自在家,如果临产可如何是好?"

胤禛也犹豫起来,他知道钮祜禄氏人品端庄,温柔少言,刚刚得到宠幸不久,在王府内没有什么地位。自己不在家,她怎么敢指使那些素来恃强凌弱的下人

钮祜禄氏朝服像

呢?沉思了一会儿,他果断地说:"你也跟随我们一起去热河吧!在那里也好有个照应。"

此前,胤禛曾经听道士和和尚们说过,狮子岭逶迤俊秀,气势不凡;狮子园临岭而建,自然天成,是块风水宝地。他非常信奉佛教和道教,结识了不少高僧和道长,也对他们的说法很相信。这天,他想起此事,觉得带钮祜禄氏去狮子园,说不定会为即将出生的孩子增添富贵喜庆之气呢!毕竟,胤禛的四个儿子

已经有三个夭折(齐妃李氏所诞第二子弘盼早殇,玉牒中未予排行,所以弘历排行为第四。——编者注),对三十四岁的他来说,算是个不小的打击。他想借此为自己和孩子冲冲喜,也是可以理解的。

就这样,钮祜禄氏随雍亲王一起去了热河狮子园,她在那里安心住了下来。雍亲王日日忙于政事,处理迎接皇帝和蒙古亲王的各种礼仪工作,每天到了深夜也不得休息。钮祜禄氏只好天天在园子里玩赏消遣,有时也陪着福晋和弘时母子游玩山庄,欣赏优美宜人的风光美景。转眼间,秋猎的时间来到了,雍亲王胤禛更忙碌了,时时陪伴在康熙身边,听从调遣。

八月十三日,天气依然炎热,胤禛早起去了山庄内见驾。这天,康熙皇帝兴致很高,他来到亲笔题字的"避暑山庄"匾牌前接见大臣和诸皇子。山庄前后修建了八年,已经颇具规模。前不久,康熙接到工部奏报,请他为山庄题字,他亲笔写下了"避暑山庄"四个大字。这天,他站在匾额下,看到臣子们全都赶来了,内心激动,即传旨令人安排当天的活动内容。

就在康熙和诸臣忙着准备当日活动的时候,狮子园里传来喜讯,钮祜禄氏顺利产下了一个男婴。福晋派人告诉胤禛,胤禛很高兴,当即把这个消息禀告了父皇。康熙颇感意外,不过很快就平静下来,很开心地说:"这个孩子与避暑山庄同日诞生,也是有缘分。"胤禛见父皇高兴,心里美滋滋的。康熙一生有三十多个儿子,近百个孙子,有很多孙子他连听都没有听说过,没想到今日胤禛的儿子刚一出生,他就知道了,而且还流露出喜悦之色,这确实让胤禛精神倍增,多日来的劳累也似乎一扫而光了。

钮祜禄氏在狮子园生的这个男婴就是弘历,也就是后来的

乾隆皇帝。他们住了两个月,秋围结束,就跟随皇帝的队伍回京了。这就是弘历诞生在狮子园的传奇说法。

避暑山庄

管世铭担任军机章京,借职务之便,了解了皇室许多掌故和秘闻。他利用这些蛛丝马迹,断定弘历出生在狮子园。他的说法得到朝野部分人士的支持。他们一致认为,避暑山庄狮子园才是乾隆帝弘历真正的降生地,这为弘历的出生之谜再添疑点。时至今日,人们仍然不能断定乾隆帝弘历到底出生在什么地方。

不管人们如何探究弘历的身世和出生地,弘历都在一天天长大,成为一个备受宠爱的幸运皇室子孙。康熙五十年八月十三日也作为吉祥的日子被永远记录在历史的册页中。这是弘历来到人间的日子,他即将开始自己独特而富有成就的人生历程。

第二章 才华初显

　　弘历的身世迷雾重重，后世甚至把它看作清宫四大谜案之一。尽管如此，他生长在帝王之家，这一点无可否认。帝王家族，锦衣玉食，生活安逸，等级森严，规束繁多，小弘历就在这样的环境中成长起来，开始了读书学习的岁月。他的第一位老师是谁呢？小弘历七岁能诗，美名传扬。不管在雍亲王府还是其他场合，这位小皇孙开始引起人们的注意。很快，一件事就要改变弘历的命运了。他能否在祖父康熙的近百位皇孙中脱颖而出，赢得祖父的夸奖和关注呢？

第一节　默默无闻的母子

　　雍亲王府坐落在紫禁城西面。康熙三十八年,康熙为诸位成年皇子建府,二十二岁的胤禛得以另立府邸。康熙四十八年,胤禛受赐王爵号雍亲王。从此,他的府邸就被称作雍亲王府。

　　康熙五十年,弘历出生了。在他之前,胤禛先后生育了四个儿子。长子弘晖是福晋那拉氏所生,可惜活到八岁就夭折了。嫔妾李氏先后生了三个儿子,分别是弘盼、弘昀、弘时,弘盼没有来得及序齿就早殇了,弘昀活到十岁也夭折了,只剩下弘时尚在人世。清廷规定,皇室子孙达到一定的年龄才能够序齿,年龄不到自然也就不能算数,所以弘历按照自然排序是雍亲王的第五个儿子,但按照序齿行次来算,在兄弟中排行第四。

　　王府内喜添贵子,当然是件高兴事。雍亲王胤禛按照皇室规定,按部就班地操办各种礼仪事项,诸如满月酒、百天宴等。自从有了弘历,钮祜禄氏十分喜悦,夜以继日地照料这个初到人间的婴孩。欢庆的日子稍纵即逝,平凡的生活却日复一日。很快地,王府又恢复了往日的宁静和严肃。当时,康熙在位已经五十年,这位有为的君主励精图治、勤政为民,将万里江山治理得井井有条,呈现古来少有的大好局势。只是他已近暮年,诸多皇子争储斗争愈演愈烈,帝王家族充满了明争暗斗。身为皇四子的胤禛也不是等闲之辈,他纵观时局,采取了以退为进的策略,暗蓄势力,等待时机嗣立帝位。

　　帝王之家生活安乐,却等级森严,规束重重。弘历就在这种环境中成长起来。钮祜禄氏作为四品典仪官的女儿,出身不算高贵,在亲王府内只是个不甚起眼的嫔妾。最初的日子,弘历作为王爷嫔妾的儿子,并不引人关注,默默地与母亲钮祜禄氏生活在王府一隅。父亲雍亲王忙于争储夺位,也很少关心他们。有一天夜里,弘历病了,钮祜禄氏急得无计可施,只好派府内太监去唤太医。太监见夜色深深,不愿前往,便随口推托:"府内太医都去了宫里,没有人留在府上。"钮祜禄氏着急地说:"这可怎么好?孩子烧得厉害,恐怕不能挨到天亮了。"

雍亲王府,现为雍和宫

　　福晋听到消息,赶过来指责太监说:"孩子病了,应该赶紧去请太医。当初我的儿子和李氏生的两个儿子都是因为医治不及时而病死了。你们推托搪塞,难道不怕王爷治你们的罪吗?"她说着,命太监自己掌嘴,然后派遣其他太监速去宫内传唤太医。

福晋来到床边，一边仔细查看弘历的病情，一边安慰钮祜禄氏说："你不要怕，弘历福大命大，不会有事的。"她自从失去儿子之后已多年没有受孕，见钮祜禄氏为人端庄大方、温和懂礼，也就与她关系较为密切。再说，按照旧制，她身为福晋，自然就是王府所有子女的嫡母，比起生母还要重要，这身份地位可是无人可以取代的。

连夜请来的太医诊视完毕，为弘历开了药方。钮祜禄氏亲自给弘历喂下汤药。第二天，弘历病情稳定，渐渐好转起来。

从蹒跚学步到咿呀学语，弘历越来越惹人喜爱了。他面貌俊美，举止活泼，思维机敏，天生一副龙种皇孙的高贵气质，令王府内所有人都不敢小觑。一天，弘历在府内鱼池旁观鱼，他的父亲雍亲王走了过来，悄悄地站在他身边，示意下人不要惊动了他。过了许久，小弘历一动也不动地看着鱼池，似乎对周围一切毫无察觉。雍亲王忍不住了，咳嗽一声问道："弘历，你在干什么？"弘历受惊，连忙给父亲请安，回答说："阿玛（满语，父亲的意思），我在看小鱼游泳呢！"

雍亲王听到他稚气有趣的话语，心里一乐，随口说："小鱼游泳是不是很有意思？"

"不是，"弘历摇头说，"小鱼总是在池边游来游去，它们为什么不到池子中央去呢？我观察了半天，才知道是有人在池子边撒了食物，它们都在寻觅吃食呢！"他小小年纪，竟能有如此的思维和观察能力，倒让雍亲王惊喜交加。雍亲王高兴地说："弘历，你知道吗？人为财死，鸟为食亡，这是古训。你观察得很好，阿玛问你，你马上就六岁了，最想做的事是什么？"

"我想读书。"弘历干脆地回答。

雍正福晋乌喇那拉氏

雍亲王满意地点着头说:"皇室规定,皇子皇孙们六岁就要拜师读书了,过完年就为你请老师。"

"太好了,"弘历兴奋地说,"阿玛,我已经认识好几个字了,如果读书会认识更多字。"

这天,雍亲王心情很好。他奉父皇的命令独往皇陵祭拜,回来后,康熙还夸奖了他。当时,储位之争如火如荼,十几个年长的皇子争相显示各自的本事,希望得到康熙的赏识。每个皇子得到重用或者受到夸赞时,心里都会乐滋滋的,似乎向龙椅宝座迈进了一步。两年前,雍亲王的幕僚戴铎为他献计,建议他可以全面展开夺取储位的计划。雍亲王非常认可,加快了各方面的行动。今日,雍亲王不但担任了独往祭陵的神圣使命,还受到父皇夸奖,当然心情舒畅。他听弘历说已经认识字了,惊喜地问道:"噢,认识什么字了? 写给阿玛看看。"

弘历弯腰捡起一枚石子,蹲在地上一笔一画地写了个"文"字,嘴里念着:"文,诗文的文,读书就是要学习诗文。"

看他写得有板有眼,说得极其认真,雍亲王不由得喜上眉梢,一把揽过他说:"弘历,你写得很好,阿玛一定为你请个好老师。"

弘历郑重地点点头,握着石子继续写字。雍亲王边看边问:"弘历,是谁教你识字的? 是你母亲吗?"

"不是,"弘历回答,"我自己学会的。"

"这就怪了,光靠自己就能学会写字、认字?"雍亲王奇怪地问。

服侍在弘历身后的太监过来回答:"王爷,小王子天生聪颖,喜欢书籍,不经意间就能学会许多文字,这是奴才们亲眼看见的。前几天,奴才们带他去后花园玩耍,他看见亭台上写着字,当时就记下来了。"

弘历接着说:"那两个字念'偶园',对不对?"

那是雍亲王府后花园,前些日子刚刚修建完毕,雍亲王思虑几日,才为它命名"偶园"。没有想到,弘历竟然一下子记住了这个名字,而且机智地认识了这两个字! 雍亲王对弘历刮目相看,心底涌动着万千思绪。他已经年近不惑,作为康熙皇帝的儿子,自幼生活在皇宫深院,接受了完整严格的儒家教育,深深懂得文化的重要性。可是,他最大的儿子弘时已经十二三岁了,却性情古怪,懒于学习,为此常常受到责备。如今,他看到弘历如此热爱学习、善于学习,能不感慨激动吗!

第二节　第一位老师

　　雍亲王了解到弘历对于学习的渴望,知道他是一块学习的好材料,决心对他进行精心培养。清廷规定,皇子六岁入尚书房学习,皇室其他子孙也是六岁入学。有的在自己家里,有的则入太院——专门供皇室子孙读书的地方。雍亲王经过深思熟虑,决定请福敏担任弘历的第一位老师。

　　说起福敏,他是镶白旗满洲人,字龙翰,康熙三十六年考中进士,选庶吉士,后来在雍亲王府做幕僚,专门辅佐雍亲王。他为人敦厚朴实,富有才学,是满人里很有名气的大学者。1716年,五岁的弘历拜福敏为老师,开始了正规、严格的学习生涯。

　　与弘历一起读书的还有弟弟弘昼,他是雍亲王嫔妾耿氏所生,仅仅比弘历小几个月。老师福敏做事认真,对他们兄弟两人要求比较严。他对雍亲王说:"要想让王子们学得真正学问,就要教导他们多用功、多付出。听说尚书房里读书制度非常严格,能不能效法尚书房来约束两位王子呢?"

　　雍亲王自幼在尚书房读书,非常清楚宫内的学习情况。他的父亲康熙是位非常好学的人,为他们兄弟定下了完整和严格的学习制度。当时的皇宫内,处理政事的乾清宫以北为后宫,西边是军机处,乾清门内东廊就是尚书房。尚书房设在这里,主要

是因为它离皇帝办公、休息场所较近，便于皇帝监督。尚书房制度极严，天未亮皇子们就得开始读书了。清代规定皇子读书的时间是"卯入申出"，也就是早晨五点到下午三点，共计十个小时。皇子开学，必须选择吉日，皇子和师父双方长揖，代替跪拜。

读书要正襟危坐，夏天不许扇扇子。午饭时，侍卫送上饭来，老师先吃，皇子在另一旁吃，吃完也不允许休息，继续苦读功课。一年之中，很少有假期，除了新年（农历正月初一）、端午节、中秋节、万寿日（皇上的生日）、自寿日（自己的生日）这五天外，别无假日，就是大年除夕

弘历

也不放假。关于课程的安排，更是详尽繁多。根据清史记述，皇子们来到尚书房后，首先"学蒙古语二句"，然后拉弓数次，活动一下，锻炼身体；接下来学习满语，"读满文二刻"，二刻相当于现在的半个小时；然后，才开始学习主课汉语，从早晨六点多开始学习，课程有"四书"、"五经"、《史记》《汉书》、诗赋等，主要根据皇子们的年龄阶段来安排。学习的方法也很正统，都是老师读一句，皇子跟着读一句，如此反反复复，读得非常熟练上口后，独自诵读百遍，然后与前四天所学内容合起来再读百遍，达到"书读百遍，其义自见"的效果。而且，他们还有一项复习内容，

就是把六日之前学习的知识——称为"熟书",约每隔五日温习一次,周而复始不间断,做到"温故而知新"。下午三点半左右放学后,吃过晚饭,他们还得上一节"军事体育课"——骑马射箭,强身健体,加强武学。这样,一天的学习生活才告结束。

少年时代的读书生活历历在目,雍亲王当即回复福敏:"就依先生之见,对他们要严加管教。"得到雍亲王允许,福敏任课之初,就为弘历兄弟制订了严格的学习计划。弘历日日早起苦读,寒暑无间。

弘历学习积极认真,反应敏锐机智,没多久就通读了《大学》《孟子》《诗经》等书。这天,福敏给他们出了作业,就出去见雍亲王了。弘历不一会儿就读完了书,赶紧握起毛笔,在纸上点点画画写起来。自从学会写字,他是乐此不疲,有空就要写几个字。他个子矮小,写字的课桌较高,书写不方便,就站立起身垫着脚写字。

正在这时,老师福敏回到了书房内。他看见弘历专心致志地在写字,悄悄走过去站在他的身后观察。弘历丝毫没有察觉到福敏站在身后,依然埋头书写,极其认真。他写了几个字,放下毛笔,活动活动手腕,然后拿起毛笔继续写。此刻,吃午饭的时间到了,侍从们端来饭菜,弘昼急忙喊:"该吃饭了,该吃饭了。"边喊边匆匆放下毛笔,等待吃饭。弘历却没有动,手里的毛笔一刻不停地继续写着。弘昼着急地喊:"四哥,吃饭了!"弘历仍然低头写字,似乎没有听见弘昼的喊声。

弘昼不耐烦了,跑过来说:"四哥,你怎么还不吃饭?"弘历这才抬起头,看着弘昼说:"这是上午的作业,吃完饭再写就是下午的事了,这样拖拖拉拉怎么能写好字呢?我听阿玛说,他们小时

候每天都写十幅大字呢！皇爷爷还要亲自检查,谁写不完都不允许吃饭。"

"他们在尚书房,当然要求严格了,"弘昼撅着嘴说,"我们不过是王爷府,怎能跟皇宫比?"

弘历严肃地说:"不管在哪里我们都是皇室子孙,皇爷爷的话就得听,就得从小严格约束自己,将来好为国家社稷出力献策。再说,老师还没有来吃饭,我们怎么能够提前吃饭呢? 等一等吧!"

一句话说得弘昼不敢言语了,过了一会儿,他望望弘历身后的福敏,眨着眼睛问:"老师,您也不想吃饭吗?"

福敏笑呵呵地说:"四王子学习刻苦,练字不辍,老师也深受感动。"

弘历听到老师福敏说话,不由得一惊,急忙转身,看到他正站在身后,忙说:"老师,弘历练习写字,没有注意您就在身后。"

"呵呵,这才叫废寝忘食,"福敏满意地说,"我在你身后站了多时,你却始终没有发觉,可见你用心之专。如此专心刻苦练习,何愁字练不好!"

听了老师夸奖,弘历忙说:"都是老师教导有方,弘历才有今日进步。老师,您先吃饭吧!"说着,请老师坐到餐桌边,看到老师开始吃了,才与弘昼一起进餐。

弘历非常尊敬老师福敏,他即位后,福敏官至武英殿大学士兼工部尚书,弘历继续请他教授自己的皇子读书。乾隆四十四年(1779 年)时,乾隆作《怀旧诗》,称他为龙翰福先生,诗中说:

忆年舞勺岁,皇考抡贤师。

即从师授经，讵惟习少仪。

循循既善诱，严若秋霜披。

背诵自幼敏，匪曰诩徇齐。

日课每速毕，师留为之辞。

以此倍多读，忠益平生资。

谁知童时怨，翻引老日悲。

不失赤子心，能无缱绻思。

呜呼于先生，吾得学之基。

第三节　循循善诱

经过一段时间的学习,弘历在学业上显露出了超人的才能。每每读书习字,他都能迅速背熟记牢,书写规整大方,越来越受到老师和父亲的关注和赏识。得意之余,弘历不免有点沾沾自喜,骄傲起来。

又到了初秋时节,王府内树木葱茏、花卉郁郁,各色鸟儿昆虫浅唱低吟,引得书房里读书的弘历和弘昼坐不住了。往年,他们都在这个时候钻到草丛里寻找蛐蛐,玩耍逗乐,可是如今却得坐书房,真是无聊。弘历已经对弘昼提议了好几次,放学以后去花园逮蛐蛐。他心想,我每日熟读经书,习练大字,样样完成得及时、认真,出去玩玩应该没什么。

这天,他完成老师交代的课业,趁老师不在,边起身往外跑边对弘昼说:“你写完了,就赶紧过来找我。”恰好福敏走过来,喊住他问:“你要去哪?”

弘历说:“我的作业做完了,要出去玩。”

福敏走到他的课桌旁,看他写完了字,又转身看看弘昼的课桌,还摊着笔墨没有写完字呢!他皱着眉头来到弘历面前,严厉地问:“弘历,字写完了,那文章背熟了吗?”

弘历抬起头,满不在乎地说:“文章早就背熟了,老师您不是也说我'一目十行,过目不忘'吗?我读三五遍就背得非常熟练了。"说着,他大声背诵起来,"子曰:夫仁者,己欲立而立人,己欲达而达人。子曰……"

他还想背诵下去,福敏却打断了他的话,在他面前来回踱了几步,说道:"弘历,你背诵得非常熟练,可是你却没有领会'仁'的真正涵义,'己欲立而立人,己欲达而达人',自己要想站得住,也要让别人站得住,自己想要事事通达,也要让别人事事行得通,这是其一。其二,学无止境,固步自封,你刚刚领悟了皮毛,就自以为是,终究难成大才。"

弘历脸红了,他低下高傲的头,双脚在地上蹭来蹭去,不再言语。福敏拉着弘历坐下,意味深长地继续说:"孔子游泗水,发出'逝者如斯夫,不舍昼夜'的感慨,说明时间有限,应该珍惜。历朝历代成就事业的大人物,都是刻苦攻读、勤于思索的结果。我知道你聪明善学,难道就满足于现在的一点成绩吗?"

福敏边说边观察弘历的表情,知道他是个懂事上进的孩子,看他不说话,转身从书柜里翻出一本《辞赋》,交到弘历手里说:"这是一本很好的书,我准备下半年教你们学习的。现在,既然你已经熟读了我交代的作业,每天就多学点其他的功课。"

弘历接过书,虽然明白老师的苦心,却仍然心怀不满,他甚至不解地想,老师一定是怕我贪玩,用这个方法约束我。想虽想,他却什么也没有说,因为父亲对他们要求甚严,早就明白地告诉他们要尊敬老师,不能反驳老师。

从此,弘历的学业更重了。每天放学以后,福敏老师总是留下他,单独检查他的作业,并教授他更多知识和文章。半年下来,弘历学业大进,掌握了儒家经典的基础知识。由于课业增

多,玩耍的时间更少了,弘历心中的不满情绪越来越重。一天傍晚,只有他和福敏老师坐在书房读书。他读完书,扔下课本就往外跑,福敏喊住他说:"书籍带给你学问,你应该爱护书籍。像这样扔来扔去怎么行?"他让弘历摆放好书籍再走。

哪想到,弘历积攒了多日的怨恨一下子爆发了,他冲着福敏喊叫:"摆放书籍是下人做的事,凭什么要我做?我就是不好好放,你能怎么样?"

福敏愣了片刻,马上明白怎么回事了。按照常理,他绝对可以惩罚桀骜不驯、目无师长的弘历,但是他没有这么做,而是心平气和地说:"四王子,一直以来我都想给你讲个故事,可是一直没有时间,今天没事了,你想听吗?"

弘历最喜欢听故事了,尤其是历代帝王将相、英雄豪杰的故事,他常常沉迷于他们超凡拔萃的事迹之中,想象有朝一日自己也会成为一个顶天立地的英雄人物。一听福敏说要讲故事,他的火气立刻消失不见,坐过来说:"老师,

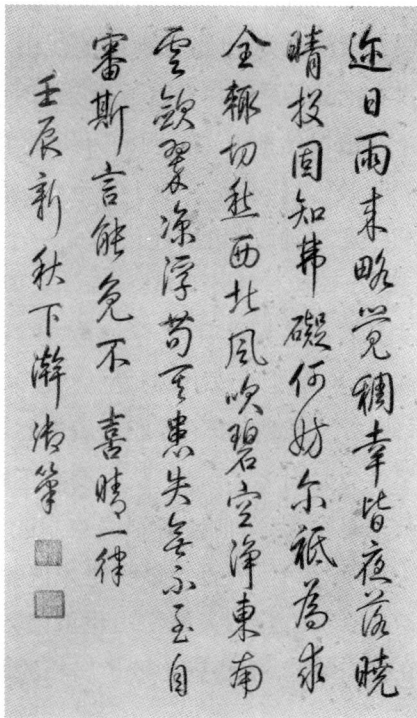

弘历手迹

你是不是又要讲《史记》上的故事？我最佩服汉武帝了,开疆扩土,独尊儒术,两千年的帝业不都是模仿他吗?"史书是皇室子孙必须学习的课程,不过弘历年幼,还没有正式接触史书。福敏利用业余时间,给他们讲述史书上的故事,进而启发他们对史学的兴趣,为将来的学习打基础。

福敏笑了笑,摇头说:"不讲他。讲讲前明的故事,你愿意听吗?"

"前明?"弘历一愣,他在家里可很少听说前明有什么典故,他虽然年幼,却也隐约觉察到前明与他们大清之间的渊源仇恨。不是吗? 大清入关,夺取了前明的江山。时至今日,似乎这种仇恨还没有消除殆尽呢! 皇室子孙自然对前明怀有异样的情怀。

福敏坦然地说:"前明的万历做了五十年皇帝,可是却很少临朝听政,为什么呢? 他十岁继位,娇生惯养,任性妄为。当时宰相张居正辅政,想把他培养成一个有为的君主,可惜适得其反,万历不但不积极学习,反而消极应付,把学习当成苦差事,虚度岁月。他长大之后,才学浅薄,也就厌倦朝廷上富有学识的文官武将,不愿处理政事,据说竟然连续二十五年不临朝。可想而知,他这个皇帝有多不称职。后来的前明皇帝一个不如一个,天启皇帝更是有名的玩家,从小没有正式读过一天书,十六岁登基时几乎是个文盲;他还特别喜欢木匠工作,整日敲敲打打,制作木头房子、家具,简直可以说是木匠皇帝。有他这样的皇帝,国家遭殃,臣民遭殃,大好江山也就陷入风雨飘摇之中。这时,大清在辽东崛起,很快就击败了腐朽的明王朝,建立了今天的大清帝国。"

弘历静静地听着,他仿佛走进了那个时代,经历了祖先们征

战沙场、创建帝业的英雄事迹,他渐渐入了迷,追着福敏问:"皇帝掌管天下,是天下人的表率,他们为什么那么讨厌学习呢?"

福敏笑着说:"问得好,他们讨厌学习就像你讨厌摆放书本一样,本来是非常简单易行的事,因为厌烦变得复杂难办了。天下事一个道理,圣人云:'勿以善小而不为,勿以恶小而为之',也是同样的道理。你今天摔课本,明天可能就会厌烦课本,后天就会不乐意学习了。这样下去,不就荒废了时光,辜负了你的聪明才智和你阿玛的殷切期望了吗?"

弘历明白了,绕来绕去,福敏在教导他勤恳学习,爱惜来之不易的今日生活。在大清入关前,别说严格地学习了,就连满文都没有正式创建,所以他们特别注意学习儒家文化,以此来避免元朝蒙古人被驱逐的命运。蒙古人入主中原、统治天下后,将天下百姓划分等级,排斥汉文化,所以元朝建立仅仅一百多年,就被风起云涌的起义推翻了。幼小的弘历自然不明白这么多事情,不过他听说不读书的皇帝都是昏庸无能之辈,导致国破家亡,做事不注重细节,也会养成不良习性,对学习不利,他立刻说:"老师,弘历知道错了。"说着,他弯腰捡起书本,规规整整地摆放到书柜上,回头对福敏说:"老师,弘历喜欢听历史故事,您能再给我讲一个吗?"

"喜欢听故事容易,不过你要分析每个故事讲述的含意,你能做到吗?"

"能!"弘历兴奋地回答,"我听说'非读书,不明理;要知事,须读史'。历史教会我们行为做事的准则,对不对?"

"历史告诉我们许多故事,也告诉我们许多经验教训。特别是帝王将相的经历,可以从中借镜治理国家的方法,非常重要,是皇室子孙必修的课程啊！"

就这样，福敏用诱导的方法耐心地教导弘历，不但让他认识到了自己的错误，还让他更加迷恋学习文化，可谓一举两得，教导有方。弘历认识到错误即刻改正，而且虚心求教，可见也是可塑之才。此后，师生两人经常在书房苦读苦学到很晚，两人谁也不叫苦喊累，专心探究文化知识、熟诵儒家典籍。

有一天，雍亲王来到书房视察儿子们读书的情况，福敏高兴地看着弘历，不无得意地对雍亲王说："四王子天资聪颖，善学爱思，功课进展迅速。他虽然只有七八岁，却已经完成了十二三岁少年学习的课业了。"

雍亲王也很开心，谦敬地说："多亏您教导有方啊！弘历得遇您这样的老师，也是他的福气。"

接下来，雍亲王开始检查他们写字读书的情况。弘历和弘昼先后背诵文章，一个背得滚瓜烂熟，另一个却背得七零八落，令人难以入耳。两个孩子又开始写字，弘历很快临摹了几幅大字，字字笔画恰当，结构匀称；弘昼也写了几个字，但显然没有弘历写得美观大方。雍亲王仔细地看完了，对他们说："还是要好好练，当初阿玛读书写字，比你们可要严厉多了。你皇爷爷天天去尚书房督促我们，一刻也不敢耽误啊！"

弘历忙回答："儿子们不敢怠慢，时时苦读求进步。"

"嗯，这就好。"雍亲王接着问，"弘历，听说你学习了史学经典，能够融通明白吗？这些东西可以以后学，现在要紧的是打好文化基础，将来还要写作习文呢！"

"阿玛，"弘历说，"孩儿已经学会吟诗了，您看。"他把一张纸递给父亲雍亲王，上面写着一首七言诗，是他首次创作的。

第四节 七岁成诗

雍亲王接过弘历递上来的七言诗,仔细一读,不由得展颜微笑。他把诗递给福敏,说道:"鱼游池边水映柳,写得不错。"

福敏接过看了,也点头说:"嗯,好,四王子还没有学习如何赋诗作文,就能写出如此佳句,难得!"

弘历却不以为意地说:"阿玛和老师过奖了,骆宾王七岁作《咏鹅》,黄庭坚七岁作《牧童诗》,他们才是天才诗人。弘历也七岁了,无法与他们相比。"

雍亲王本是个严肃急躁的人,平日很少谈笑玩乐,遇事容易着急,不善于控制情绪,喜怒哀乐溢于言表,经常反复无常。为此,康熙皇帝曾经批评他喜怒无常。为了改正这些缺点,也为了给父亲留下好印象,雍亲王不断修身养性,以图在争储的斗争中崭露头角。如今,不惑有余的他看到弘历好学求进,既聪明伶俐又不失稳重大方,性格远远超过当年的自己,确实有父亲康熙皇帝的风貌特色,心里顿感安慰欣喜。他满意地说:"已经很不错了。弘历、弘昼,阿玛今天清闲,带你们出去骑马怎么样?"

"好啊!"弘历和弘昼几乎同时叫着说,"阿玛要带我们去哪里骑马?"

"地方多的是,"雍亲王说,"只要你们有胆量,就送给你们每人一匹马。"

兄弟俩无法掩饰心中的喜悦,匆匆收拾书桌,跟着雍亲王来到王府马厩。清朝本来是在马背上出生壮大,入关几十年后,很多人安于享乐,早就懈怠了马上功夫。不过雍亲王却一直不敢忽视,极其认真地养育马匹,骑马射猎,样样都能在行。他经常陪伴父皇去热河行围,没有这些本事怎么行呢?

父子几人来到马厩前,每人挑选一匹马,命下人牵着走出王府。府门外大街上,午后的余热炙烤着大地,久久不肯散去。这是伏天最后的日子了,知了疯狂地叫着,似乎在做最后的挣扎,街道上行人稀少,偶尔才传来一两声有气无力的叫卖声:"香丝儿——麻糖哩——""谁要贴饼油条麻花儿啰——"

弘历和弘昼都不会骑马,他们紧跟在父亲身后,不知道要去哪里。雍亲王走出府门,突然想起什么似的说:"你们都不会骑马,就乘坐马车跟着我吧!马匹让下人骑过去。"

究竟要去什么地方呢?弘历好奇地问:"阿玛,我们要去哪里?"

"去了就知道了,"雍亲王以难有的得意神情说,"北郊有个园子,是你皇爷爷赏赐给我们的。阿玛修缮了几年,今日带你们去看看,顺便在那里骑马练射。"

原来是去园子游玩,弘历和弘昼二话不说,高兴地登上马车,跟随父亲奔北边而去。

雍亲王说的园子正是圆明园。康熙五十年的时候,园子被封赏给雍亲王,作为他王府的花园。几年来,雍亲王命人多次修建,圆明园已经颇具规模,宫殿亭台,水榭画舫,一应俱有,成了居住观赏的好去处。

　　他们来到园中,弘时已经赶到了,他正指挥下人们搬运东西。雍亲王走过去,不解地问:"弘时,你忙什么呢?我让人传你一起前来,你怎么自己提前来了?"

　　弘时十五六岁了,年长弘历、弘昼七八岁,所以很少与他们一起玩耍。他性情古怪,喜欢标新立异,不服管教,不喜欢读书,尤其迷恋死亡游戏,经常开玩笑说自己死了,让人们去吊唁他。为此,雍亲王常责备他,可是他我行我素惯了,什么话也听不进去。

　　听见父亲责问,弘时淡淡地说:"园子修好了,就要进来住,我搬家呢!"

　　"你……"雍亲王见他对自己不理不睬,而且擅自搬家占房,怒从心底起,举起手掌就要打他。弘历忙过来说:"阿玛,三哥说得有道理,园子修好了就要进来住。今天是个喜庆日子,阿玛不要动怒伤了家人和气。"

　　雍亲王指着弘时说:"听见了吗?还不如个稚童懂事。"说着,他唤来王府大管家,安排说:"园子各处如何居住早就分派好了。弘时,你不要着急,跟着管家去你的房间吧!看完了赶紧回来,阿玛要带你们观赏园中景色。"

　　弘时也不辩解,带领下人跟随管家走了。雍亲王轻声叹息一下,带着弘历和弘昼练习骑马。过了半晌,雍亲王再次派人催促弘时,才见他姗姗而来。父子几人在园林师傅和诸位幕僚宾客的陪伴下,逐一欣赏园中景致。

　　园中不但建筑美观,还有山水湖泊,自然天成,风光潋滟。其中园子前后各有一湖,称作前湖后湖,湖中长满碧荷,岸边停泊画舫船只,颇有江南风味。雍亲王边走边说:"此地气候温凉,

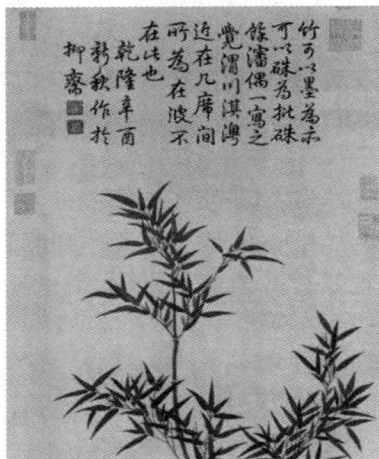

缂丝乾隆御笔朱竹画

酷暑也不热，很适合居住。"

他们来到一处房舍，见房舍凭石而立，好似一个天然石洞，众人不觉拍手称奇，议论说："这个地方奇特，该给它取个什么名字呢？""石府"、"石屋"、"石洞"等，众说纷纭，莫衷一是。

站在后边的弘历突然开口说："我听说有'洞天福地'一说，为什么不就此取名呢？就叫做'洞天福地'多好。"

大家听此，默念片刻，都说："洞天福地，好，这个名字好。"

雍亲王觉得弘历能够显露才华，十分欣喜，他想想说："就叫'洞天福地'吧！此地清凉安静，以后你们可以在这里读书学习。"日后这里果然成了弘历兄弟读书的地方。

跟随雍亲王观园的都是文人雅士，他们边走边谈，有人还不停地吟诵诗文。转到园子西边，不远处的西山赫然在目。弘历看着园中湖水与西边的青山相互映衬，水里的鱼在水草间游来游去，与天空飞过的鸟相映成趣，也想起几句诗词，随口吟道："湖光山色相映照，游鱼翔鸟嬉水藻。"接着，他继续吟咏，转眼间竟然完成了一首七言诗。

弘历几句吟诵，博得众人齐声喝采，无不叹服地说："四王子天资聪睿，才思敏捷，小小年纪能吟诵如此诗句，了不起。"

　　从此,弘历七岁能诗的美名传扬开,不管在雍亲王府还是在其他场合,这位小皇孙开始引起人们的注意。很快地,弘历在康熙近百位皇孙中脱颖而出,赢得了祖父康熙的夸赏,他的生活与命运出现了至关重要的转折。这一切还得从他父亲雍亲王蓄意争储说起。

第三章 镂月开云

康熙游园，弘历两次见到祖父，享受天伦之乐。康熙以《爱莲说》考问弘历，他一番谈论，头头是道，条理有致，引得祖父连连赞赏。祖孙三代皇帝相聚牡丹台，成为千古佳话，镂月开云是否因此得名？其中蕴含什么深意呢？

第一节　康熙游园

　　前面说过,雍亲王的幕僚戴铎为他献计,建议他全面展开储位争夺的计划,雍亲王欣然接受。这以后,雍亲王胤禛加快了各方面的活动。

　　康熙二十几岁的时候,就册立皇后赫舍里氏刚出生的儿子胤礽为太子,并且对他进行了刻意培养,打算把他教导成有道明君。胤礽自幼在父皇和老师们的调教之下长大。随着年龄的增长,他在学问和政治上日益成熟,是个很有才能的人。康熙也让他参与政事,干预朝政。这样一来,他身边就集结了一批官员,逐渐形成了以太子为首的政治团体,称为太子党。太子党势力强大,控制朝廷局势,自然引起他人不满。由于自幼地位尊崇,一人之下万万人之上,太子胤礽不但不收敛,更养成了骄奢跋扈的性格。随着时间推移,他越来越不满足于自己的太子地位了,曾经发泄说:"古今天下,岂有四十年太子乎?"早日登基的心情溢于言表。由于其骄横日盛,康熙无奈于四十七年将太子废了。没有想到,太子被废,储位之争却明显地暴露出来,其他皇子为了争夺储位,展开了你死我活的疯狂斗争。康熙不愿看到儿子们相互残杀,重新册立胤礽为太子。胤礽再次被立后,没有接受上次被废的教训,还采取臣僚的建议,打算弑君篡位。这下好了,康熙痛下决心,于康熙五十一年又一次废了太子。这就是两立两废的风波。

两立两废,胤礽基本上没有被复立的可能性了。在康熙皇帝年长的十几个儿子中,长子胤禔跃跃欲试,不加掩饰地意欲争夺储位;皇八子胤禩早就拉拢了一帮大臣和说客,也是明目张胆地显露了争储的野心。雍亲王胤禛精明能干,多年来接触了不少政事,历练颇深,心里也时刻没有放弃争储的愿望,他采取了正确的措施,表面上安分守己,实则蠢蠢欲动,蓄势待发。

胤礽

如今,康熙已经六十多岁,他年长的儿子们大多三四十岁,各方面都很成熟,而储位空虚,成了朝廷内外最关注的问题。

雍亲王胤禛府上有不少幕僚为他出谋划策。现在储位之争成了当务之急,他们当然整日为此事谋划不已。戴铎对雍亲王胤禛说:"圆明园是万岁赏赐王爷的,王爷应该赶紧修缮,有朝一日也好请万岁进园游玩。"

胤禛点头说:"有道理,父皇酷爱园林,赏了我这个园子。如果我不精心管理,他老人家会不高兴的。"

圆明园邻近畅春园。畅春园就是康熙皇帝自己的园子,他经常在那里办公,处理国家政务,畅春园堪称当时第二个政治中心。当年,胤禛晋封亲王爵位时,康熙顺便将圆明园赏了他,并且亲自赐名,康熙对胤禛说:"圆而入神,君子之时中;明而普照,达人之睿智也。你性情过于急躁,应该学会修身养性,凡事不可宽纵废弛,也不能严刻无度。"胤禛叩头谢恩,表示谨记父训,不敢造次。所以,他下了番工夫修缮了园林,建成了一处景色宜人的场所。

那天,雍亲王带着儿子们游了园子后,决定实施第二步计划,请康熙游园。这段日子,恰逢康熙在畅春园小住,雍亲王便进园请父亲去观赏一下北边的圆明园。他说:"儿臣不敢怠惰,将园子做了修缮,请父皇顺路过去观赏指点。"

康熙很高兴。胤禛虽然性情急躁,多年来,做事却认真负责,对待父母恭顺有加,行为也合乎礼仪,谨慎不敢逾越规范,算得上是个省心又能干的儿子。他面带笑意说:"难得你有这份孝心。圆明园中气候适宜,你小时候最怕热,还中过暑,以后可以多去那里居留修养。"

胤禛急忙恭敬地说:"多谢父皇牵挂,儿臣记住了。"

父子俩边说边走出畅春园,胤禛把父亲扶上銮驾,自己则随行在后,一路小跑着直奔圆明园。

圆明园里,早就做好了各种准备,就等康熙前来呢!康熙走下銮驾,抬头望望园门的匾额,正是他亲自书写赐名的"圆明园"三字。胤禛站在他身边,恭谨地说:"儿臣时刻不敢忘记父皇教导,力求改正缺点,深切体会'圆明'深意。"

康熙没说什么，迈步走进园子。他一边观赏景致，一边称赞道："园子建得不错，恐怕比你的王府要漂亮多了。"

胤禛陪着笑，没敢说什么。突然，康熙停下来说："孩子们呢？朕好不容易来了，也该见见他们。"

身为皇帝，龙子龙孙上百人，大多都无暇顾及，很多人连面都没有见过，想起来也是半欣喜半无奈啊！康熙身处储位相争的激烈局势之内，虽感心力交瘁，仍挂念后代之事，也是人之常情。雍亲王胤禛忙命人回府唤来弘历兄弟。恰巧弘时去北海游玩，只有弘历和弘昼乘着马车匆匆赶来。

康熙游玩了一会儿，来到园子中央，这是一片花卉区，里面种植着成片的牡丹以及各色时令鲜花，五颜六色，争奇斗艳，芳香沁人。一座精致的亭台矗立其间，名曰"牡丹台"，专供人们闲坐其上，饮茶赏景。康熙遂拐弯来到牡丹台，坐下吩咐说："就在这里歇息片刻，着令皇孙们前来见驾吧。"

弘历和弘昼在太监们带领下，转过前殿，很快来到了牡丹台。雍亲王胤禛看见他们来了，急忙朝他们走去，却听康熙说："不用慌，让他们自己来见朕。"

第二节　牡丹台见驾

弘历和弘昼在太监的引导下来到牡丹台,远远看见亭台内站着许多人,有官员,有内监,还有文人学士。有人高谈阔论,有人默不作声,看见他俩来了,亭台内的人都朝他们望去。弘昼紧拉着弘历的手,胆怯地低声说:"四哥,怎么这么多人?"弘历非常轻松地说:"皇爷爷出行,当然得有许多人随驾,这是规矩。"

就在他俩悄悄说话的时候,亭台上的康熙朝他们打量起来,只见两个孩子穿着锦缎衣裤,身材颀长、容貌俊美、气质不俗,果是皇家子孙派头,不由得暗暗欣喜。弘历走在前面,领着弘昼径直来到康熙面前,跪倒叩头说:"孙儿给皇爷爷请安,恭祝皇爷爷万岁万岁万万岁!"

康熙点头说:"起来吧!"

弘历和弘昼站起身,侍立在康熙左右。康熙再次近前端详两个孩子,见他们面白如玉,五官端正,果真惹人喜爱,想起自己有孙子几十,却难以与他们日日欢聚。比如眼前这两个孩子,都八九岁了,才首次相见,也足以让人感慨万千了。

康熙望着两个孩子问:"你们都叫什么名字? 读的是什么功课?"

　　听到问话,弘昼不自觉退后一步,目中流露出怯意,不敢说话。弘历却上前一步,朗声回答:"皇爷爷,我叫弘历,他叫弘昼。我们受学于老师福敏,学习诗词文章、儒家经典还有书法。"

　　此话一出,亭台内诸人均流露出喜悦神色。弘历虽然年幼,面对如此场合却毫不畏惧,对于皇上的问题对答如流,神色自若,十分难得。尤其是站立一旁的雍亲王,他原来担心弘历兄弟在皇帝面前露怯或有不得当的表现,自己的一番苦心就白费了,所以想提醒他们,无奈父皇有旨,不让他们父子提前相见,他也就只好听天由命,眼巴巴地看着两个幼子见皇驾了。没有想到弘历镇静自若,表现大方得体,着实让他内心激动。

　　康熙看看弘历,面带笑意地说:"听你说倒是学了不少东西,不知道有没有记住? 能不能理解其中涵义?"

　　弘历听此,不慌不忙地说:"皇爷爷,孙儿们日日读书,但求烂熟于心,将来能够作诗为文,修身养性,效力社稷。"

　　"嗯!"康熙笑呵呵地说,"既然你这么说,朕倒要考考你,你就给大家背诵一下《诗经》开篇'关雎'吧!"

　　弘历毫不迟疑,开口诵道:"关关雎鸠,在河之洲……"声音圆润动听,字字清晰可辨。亭台上诸人都是饱经学识的,也被弘历抑扬顿挫的诵读吸引了,仿佛回到了少时的读书岁月。

　　读毕,康熙满意地说:"不错。弘历,你刚才说还练习书法,也是每日必修的课程吗?"

　　"是,"弘历回答,"阿玛说他小时候天天都要写十幅大字给皇爷爷看,我也不敢偷懒,每天也要写十幅大字。"

　　康熙转向雍亲王胤禛,夸奖说:"你还懂事,知道教导子孙,这样就好。古往今来,贵胄皇亲无数,大多数沉迷于舒适奢侈的

生活，不求上进，挥霍无度，对于儿孙们更是娇生惯养，缺乏管教，结果怎么样？儿孙们长大成人后，不是痴呆无知，就是任性狂恶，反而害了他们。我们作为皇室家族，对子孙必须严格教养，善加引导。"

弘历目不转睛地听康熙讲完话，即刻说道："皇爷爷说得是，孙儿一定谨记在心，不敢有丝毫怠忘。"

"好，"康熙一把拉过弘历的小手，十分疼爱地说，"有这样的好孙子，朕还有什么后顾之忧？来，你和朕一起写字，给你阿玛的园子留点纪念。"说着，精神百倍地站起身，拉着弘历朝案几走去。

雍亲王胤禛自始至终还没有说话，他为弘历的举止言谈惊喜不已，也为父皇的举动暗暗震惊。来不及细想，他一面慌忙派人准备纸砚供康熙书写，一面来到康熙面前奏道："父皇，弘历不过小小顽童，怎么能与您同桌共写？他口无遮拦，人小志狂，不知天高地厚，您可一定要饶恕他。"

康熙脸色一沉，闷闷地说："什么叫'不知天高地厚'，刚刚还夸你教导有方，原来也是个俗气不入流的。弘历陪朕写几个字怎么了？到了你嘴里就变成饶恕不饶恕的，朕不明白，朕心疼孙子还来不及呢！哪里会责怪他？"

胤禛吓得退缩一边，不敢说话了。此时，笔墨纸砚全呈上来了，摆放在一处石桌上。康熙也不理会胤禛，独自拉着弘历的手来到桌子前。他回头问弘历："你准备写什么？"

弘历歪着脑袋思考片刻，突然高兴地说："皇爷爷，孙儿写《论语》。"

康熙连声说："好好，你写《论语》，那朕就只有写《春秋》了。"

　　祖孙俩挥毫书写,抒发胸臆,不一会儿,各自书写完毕,相视而笑。康熙走过来,看看弘历的字说:"还不错,构造合适,用力均匀,富有变化。"

　　听到皇爷爷夸奖,弘历喜上眉梢,来到康熙写的字前面,观摩多时说:"皇爷爷写的字比弘历的好看多了,孙儿什么时候才能比皇爷爷写得好?"

　　站立一边的胤禛忙说:"你怎么能与皇爷爷相比呢? 不要胡说。"君臣有别,任何人也不敢和皇上相提并论。

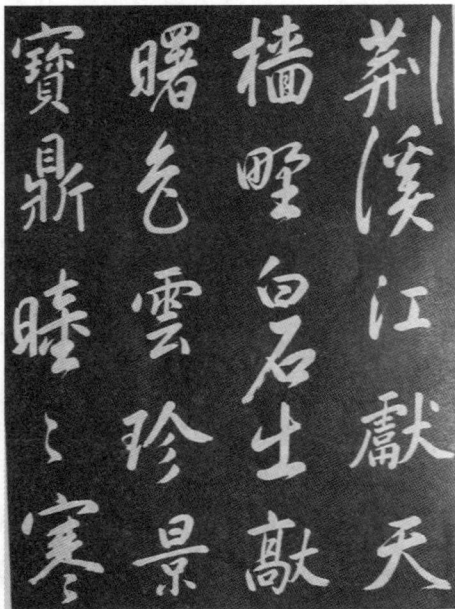

康熙手迹

　　康熙却没有在意,制止胤禛说:"滚滚长江东逝水,江山代有人才出。这是千古不变的定律。儿子要超过父亲,孙子又要超过儿子,没什么大惊小怪的。弘历渴求上进之心是好的,你不能一味责怪他。"他转过去对弘历说:"要想写好字就要多练习,这是皇爷爷送给你的法宝。你听说过吗? 王羲之练字,临池书写,把一池水都写成墨色的了,你想想,他是花费了多少时间和精力呀!"

弘历眨着眼睛仔细听着,郑重地说:"孙儿明白了,'梅花香自苦寒来'。只要用功,什么事情都能做好;要想成功,就要多努力。"

听到他的总结,康熙先是一愣,紧接着呵呵笑起来:"弘历,朕看你不但聪明,还善于思索。今后一定要更加努力,不要荒废学业。"

弘历连声答应,陪同康熙回到亭台落座。祖孙两人又交谈多时,周围的侍驾大臣、太监们心里暗暗思忖,看来皇上对这个孩子情有独钟,倍加赏识。雍亲王胤禛心里七上八下,一会儿高兴,一会儿担忧,后背的衣服都湿透了。戴铎安慰他说:"王爷不用担心,皇上喜欢四王子,这是求而不得的好事。"

日落西山,康熙起驾回宫。他看看弘历和弘昼,吩咐说:"给这两个孩子一人一件玉如意。"太监领命刚要去办理,弘历却说:"皇爷爷,孙儿不想要玉如意。"

诸人一惊,有人暗忖:这个孩子也太张狂了,皇上赏赐也敢说不要,当真以为皇上宠爱就可以为所欲为了!

康熙问道:"弘历,你想要什么?"

弘历指着刚才书写的字帖说:"孙儿要皇爷爷写的字,也好临摹学习。"

原来如此,诸人释怀一笑,康熙也高兴地说:"当然了,这本来是送给你阿玛的,既然你要,就送给你了。"

弘历开心地笑了,他和弘昼一左一右陪同康熙来到园门,早有人伺候侍驾了。胤禛等人恭送圣驾离去。弘历眼望銮驾远去了,突然说道:"不知道皇爷爷什么时候再来园中游玩。"

第三节　二游圆明园

弘历企盼再次见到皇爷爷,这份心情在当时看来可谓奢求。前面讲过,康熙子嗣甚多,根本不可能面面俱到地关照他们,能够有幸单独与他相处已经是莫大的荣耀了,哪是说见就能见到?而且身为皇帝,日理万机,康熙很少有时间与家人相处,这样一来,弘历再次单独见到皇爷爷的机会似乎非常渺茫。

春去秋来,两三年过去了,这期间,弘历刻苦读书,勤练书法,越发才学出众、英武不凡,已经是十一岁的小小少年了。这年正月,康熙六十年大庆,康熙在皇宫召见了所有皇子、皇孙,举行家宴,共享天伦之乐。弘历得以再次见到皇爷爷。可是宴席上事多人众,哪容他与皇爷爷共叙攀谈?

后来,雍亲王胤禛奉命前往盛京(今沈阳)祭祖陵,弘历跟随父亲去了趟盛京。盛京是大清入关前的首都,入关前两位皇帝努尔哈赤和皇太极的陵地都在那里。每逢大事,皇帝都会亲自或者派遣合适人选前去祭祖。雍亲王奉命前往,还带上了弘历,希望他多多经事,增长点见识。弘历首次离开京师繁华富庶之地,踏上北国疆土,分外激动。一路上,他得到了很多锻炼:一方面看到了京城外百姓的生活情况,另一方面参与祭祀大典,也让他切身感受到祭祖恢弘壮观的场面。自从上次圆明园召见,胤禛察觉出父皇对弘历的喜爱,他自己也明白,弘历的天资才智均在一般孩子之上,善加培养的话,一定会成为出类拔萃的人才。那时,他虽然有心争储,却不敢妄想真正登基一刻的到来,更没有想到弘历也会成为一代明君。他心里想的不过是好好培养弘历,哪天父皇记起来了,说不定还要召见他。

康熙六十一年新春之际,康熙为了庆祝自己登基六十年,国家安定,百姓富裕,举行千叟宴。他下旨请来了京城内七十岁以上的老者近千人,举办宴席共同祝贺。席上,康熙命令他的皇子皇孙们向与宴人员执爵献酒。弘历表现出色,受到夸奖。后来,弘历七十岁的时候,做了四十五年皇帝的他也学习祖父,再次举办千叟宴。受邀参加宴会的多达三四千人,场面热闹,可谓盛况空前,他更是文思泉涌,当即挥毫作成《御制千叟宴恭依皇祖原韵》:

> 抽秘无须更骋妍,惟将实事纪耆筵。
> 追思侍陛髫垂日,讶至当轩手赐年。
> 君酢臣酬九重会,天恩国庆万春延。
> 祖孙两举千叟宴,史第饶他莫并肩。

在诗中,他追忆幼时受到祖父疼爱之情,显示了祖孙两代人共同的心愿和志趣,可见他的成长深受祖父康熙的影响。

说来也巧,康熙六十年,万寿节和冬至两大祭祀活动全部由雍亲王胤禛奉命完成。祭祀和兵戎是国家最重要的两件大事,西北用兵派去了皇十四子,祭祀重任则全部由胤禛独自担当,这其中会不会意味着什么呢?

十四皇子及福晋

雍亲王府的幕僚又开始为他献计了，劝他再次请康熙游园散心。恰巧，大学士王掞、御史陶彝等人再次上书，建议康熙册立太子，他们说，皇帝年龄渐老，太子一位空虚，长此以往，人心惶恐，对社稷久安不利。康熙恼怒地驳回上书，把他们发配西北充军去了。来年，康熙就六十八岁了，这位统治国家半个多世纪的皇帝已经非常憔悴了。春暖花开的季节正逢康熙寿诞，雍亲王胤禛奉诏为父皇诞辰礼仪做准备工作，他上奏说："前些年父皇去过儿臣的圆明园，夸那里风景秀美，这些年，儿臣又做了些修缮，景色更不同寻常了，请父皇再去游玩指点。儿臣的孩子们也记挂父皇，特别是弘历，自从要了父皇的墨宝，天天揣摩，时时习练,书法已经大有长进了。"

　　康熙听了,心情略略舒展。近两年为了储位的事,他变得性情暴躁,动不动就拿官员和皇子们发火,最近已经处置了多起与储位有关的人员和案件。面对家事、国事,他能开心吗?胤禛却还懂事,这种时刻提出让父皇游园散心,也真难为他了。想到这里,康熙一口答应了下来:"朕明日就去你的园子。对了,叫来几个孩子。朕要看看他们有没有进步。"

　　雍亲王胤禛即刻心花怒放,匆匆忙忙去准备了。

　　第二天,晴空万里,雍亲王早早带着弘时、弘历、弘昼来到园子,等候父皇康熙到来。过了许久,仍然不见动静,胤禛有些焦躁了,在园子里来回踱步,神色凝重,也不再言语。兄弟三人面面相觑,弘时掏出一个精巧的铜币开始玩耍,他对弘历、弘昼说:"这是先秦古币,我让他们从古物市场淘来的,可值钱了。"弘昼凑过来看着说:"有什么神奇的,不就是一枚普通钱币吗?""哼,你懂什么?"弘时不屑地说。弘历见他们凑在一起玩耍,不专心恭候皇爷爷到来,有些生气地说:"你们吵什么?我们在这里候驾呢!哪能玩耍逗乐?快收起那些铜币。"

　　弘时瞥了弘历一眼,无奈父亲就在面前,也不好发作,他收起铜币说:"父亲,我去外看看,可能皇爷爷正在路上呢!"说着,不等胤禛说什么,便转身朝外面跑去。胤禛望着他的背影,轻轻叹口气。去年,康熙按照规定,分封几位亲王的长子,封三皇子胤祉的嫡长子弘晟、五皇子胤祺最年长的儿子弘升为世子。本来,弘时已经十六岁了,也到了可以受封的年龄,但是却没有受封。弘晟、弘升、弘时三人的父亲都是皇子、亲王,雍亲王身为四皇子,地位不在胤祺之下,弘时没有受封,只能是他本人行为乖张、放纵不法所致。想到这里,雍亲王胤禛能不叹息吗?

弘历见父亲又是踱步又是叹息,走过来说:"阿玛,您不要着急,皇爷爷说来他就一定会来,您耐心等等吧! 着急只会伤身体,却没有什么用处。"

雍亲王听了,立刻镇静心神,坐了下来。虽然一语不发,却显然与刚才焦躁的表现不同了。他坐下没多久,就听园外高喊:"万岁驾临圆明园了。"他急忙带着弘历和弘昼迎了出来。

第四节　稚儿评点《爱莲说》

终于盼来了父皇康熙，雍亲王胤禛心情激动，赶忙近前迎驾。康熙走下銮驾，看看迎候他的诸人，说道："平身吧！进园说话。"

诸人纷纷起身，尾随康熙走进园内。康熙边走边问："弘历来了吗？"

弘历应声走上前，说道："孙儿无时无刻不想念皇爷爷，今日得知皇爷爷前来赏园，早早来了。"

康熙一看，弘历个子高了，神色坦然，英俊不俗，说话大方，举止得体，比起先前有些不同，俨然是潇洒俊秀的少年郎了，心里暗自喜欢，点点头说："听你阿玛说，你时时习字，近来可有长进？"

弘历忙回答："自从皇爷爷送了孙儿字帖，孙儿不敢怠惰，确实比平常更加努力，也揣摩出一两点心得，只是不敢妄说进步。"

"嗯，"康熙说，"能够有所心得已是不错了。弘历，过一会儿，我们再去牡丹台写字可好？"

"孙儿遵命，"弘历高兴地说，"我正想让皇爷爷指点呢！"

说说笑笑，一行人游览了园中各景，果见风光非比寻常，比两年前改进了许多。康熙每到一处，即令弘历等人吟诵诗句，赞

赏美景。弘历七岁就能吟诗,这些事自然难不倒他。他每每吟诵,都让康熙欣喜不已,对这个孙子越加喜爱。到了洞天福地,康熙看着这个名称,问道:"此地是谁取的名字?"

弘历回答:"是阿玛和我。"他把当初取名的过程对康熙详细言说,康熙抚摸着弘历的脑袋说:"不错,正好适合读书学习,蕴含深意。"

游赏完毕,康熙显得有些累了,但是他似乎不愿意承认,硬撑着来到了牡丹台。随行太监急忙奉上茶水,照顾康熙歇息。弘历一直伴随皇爷爷左右,也走过来轻轻为他捶腿。康熙笑着说:"不服老不行啊!孙子都这么懂事了。"

弘历伶俐地说:"皇爷爷不老,皇爷爷是万岁,万寿无疆,皇爷爷还要给孙儿指点书法呢!"

康熙乐了:"瞧,这孩子真是淘气,还追着朕比试书法呢!你当真认为比朕写得好了吗?"

"皇爷爷,孙儿写得好不好,还要请您看了再说。"

"好吧!你这一说,朕倒有了斗志了。我们再写一次,看看谁高谁低。"康熙当即站起身,吩咐人准备笔墨纸砚。

雍亲王早就备好了书写用具,急忙命人呈上来。康熙和弘历一起来到石桌前,康熙感慨地说:"时隔两年,弘历长大了,说不定会击败朕这个老朽啊!"

他们铺好纸张,饱蘸浓墨,各自低头书写。一会儿,康熙写完了,他看弘历还没有写完,走过去观看。只见纸面上赫然写着《爱莲说》及其内容。再端详每个字,个个饱满匀称,或飘逸或稳重,神态各异,好似一幅活动的画,比两年前大有不同。康熙眼前一亮,微微点着头说:"进步可谓神速。"

过了一会儿，弘历写完了，才回过头说："皇爷爷，孙儿写完了，请您过目指点。"

康熙满意地说："皇爷爷看了，非常好，比你阿玛他们当初学字强多了。朕问你，你喜欢《爱莲说》吗？"

"喜欢，"弘历回答，"孙儿也喜欢莲花出淤泥而不染的高洁品质。"

"那么你能理解整篇文章的深意吗？"康熙饶有兴趣地继续问。

"水陆草木之花，可爱者甚蕃。晋陶渊明独爱菊。自李唐来，世人甚爱牡丹。予独爱莲之

《乾隆熏风琴韵图轴》

出淤泥而不染，濯清涟而不妖；中通外直，不蔓不枝；香远益清，亭亭净植，可远观而不可亵玩焉。予谓：菊，花之隐逸者也；牡丹，花之富贵者也；莲，花之君子者也。噫！菊之爱，陶后鲜有闻。莲之爱，同予者何人？牡丹之爱，宜乎众矣！"弘历琅琅诵读《爱莲说》内容，似乎陷入文章境界之中。他侃侃而谈："众所周知，陶渊明是有名的隐逸之士。他因'不为五斗米折腰'，辞去官

职,决心远离政治,洁身自好。此后他长期归隐田园,以酒遣怀,以菊花为伴侣,再没有出仕。他的《饮酒》诗中所吟咏的'采菊东篱下,悠然见南山',正是他的隐士生活的写照。可见菊花象征着消极避世。而牡丹呢?作者说,自李唐来,世人甚爱牡丹,牡丹,花之富贵者也;牡丹之爱,宜乎众矣! 不难看出,牡丹象征荣华富贵,是世人追求的对象。而这两种花却都不被作者赏识,他认为莲花出淤泥而不染,濯清涟而不妖,中通外直,不蔓不枝,香远益清,亭亭净植,可远观而不可亵玩焉,是花中君子,备受宠爱,但无人与他共同欣赏莲花的风雅气质。这是作者借物寓意,寄托个人的情怀和志向。”

弘历一番谈论,头头是道,把文章大意解释得清楚明白,康熙及诸人听了无不流露出惊喜的神色。康熙点着头问:“依你看来,莲花是最值得赏识的花吗?”

弘历想了想,微微摇头说:“这是作者的一片心意和向往,他认为清廉、不阿谀奉承、内心通达、行为正直、不拉拢勾结,要德名远播、要坚守节操、要端庄严肃被人敬重,就是君子的标准、行为的标准。可是文章第一句说了,‘水陆草木之花,可爱者甚蕃’,说明各色花草不能统一而论,各有所长。孙儿想,这是作者告诉人们,世界之大,方能够容纳万物,孙儿喜欢作者笔下具有君子气概的莲花,更欣赏包容万物的气魄。”

听此言,康熙心里一动,他想,看弘历文质彬彬,想不到还有如此胸怀,诚然是政治家魄力。他思索着说:“说得有道理。弘历,如果交给你一片花园,里面种植了菊花、牡丹和莲花三种花,你会怎么对待菊花和牡丹呢?”

“这个,”弘历沉思起来,如果按照《爱莲说》的意思,菊花和

镂月开云

牡丹都不可取,完全可以从园中清除。可是,"一花不是春,独木难成林",如果只剩下莲花,似乎并不现实。他说,"孙儿觉得养花与赏花并不是一回事。赏花可以选取喜欢的观看;养花则不同,偌大的花园里,百花争艳才是最美丽的景致。"

康熙点着头,意味深长地说:"有思想,有见解。"他转过头去望着雍亲王胤禛说,"弘历聪睿善思,资质绝佳,朕十分喜欢,让他进宫读书吧!宫里的老师多,学识也广博,相信更有利于他的学业和发展。"

雍亲王胤禛急忙跪下,激动万分地说:"多谢父皇厚爱,这可是弘历的福气。"

弘历听说进宫读书,也高兴地拜谢皇爷爷,说:"孙儿谢谢皇爷爷,弘历一定刻苦读书,不辜负皇爷爷的厚爱。"

从初次相见到今日重逢,祖孙三人在牡丹台上两次聚于一

堂。他们也许没有想到,日后,雍亲王和弘历也相继即位称帝,这里成了三代皇帝的相会处。后来,弘历为了纪念与皇爷爷初次相见,由此他得以成为祖父的宠儿,间接促成了父亲继位和自己继位,特意将牡丹台改名为镂月开云。

第四章 少年露峥嵘

弘历成为幸运儿，进宫读书，练习骑射，得到祖父康熙的亲自教诲。在一次狩猎中，康熙为了锻炼弘历，让他独自射杀大熊。突然，大熊狂怒地扑向弘历——年幼的他面对此情此景，会有什么表现？

威震八方的康熙认为弘历"贵重，福将过予"，受到朝臣议论，一代明君贤主如此特殊地宠爱和培养幼孙，到底为了什么？

礼亲王昭梿专门在他的著作《啸亭杂录》中写了《圣祖识纯皇》一文，圣祖就是康熙，纯皇指的是乾隆，也就是弘历。文中评论说："由是（圣祖）益加宠爱（弘历），而燕翼之贻谋因此而定也。"事情果真如此吗？

第一节　入皇宫勤练骑射

弘历奉谕进宫，康熙特意让贵妃佟佳氏养育他。佟佳氏是皇后的妹妹，身为贵妃，地位尊崇。弘历一下由普通皇孙得到如此优遇，超越了其他所有皇孙。

皇室制度，嫡庶之间，区别极大。亲王的嫡福晋生的第一个儿子封世子，为宗室封爵十四等中第二个等级，仅次于亲王。嫡福晋生的其他儿子封镇国公、辅国公。亲王的侧福晋生的儿子，封二等镇国将军。亲王的嫔妾生的儿子，封三等辅国将军。由此算来，弘历的母亲钮祜禄氏身为嫔妾，弘历按例只能封为宗室封爵第八个大等级的辅国将军，比亲王的嫡子世子低了六个大等级。当时皇孙中晋封世子的已经有好几人，弘历作为普普通通的一个皇孙能够进宫受教，可真是天大的机缘。从中也可以看出，弘历童年时就禀赋异常，聪睿超人，善于学习，刻苦上进，由此才能得到皇祖父赏识，并且把他养在宫中，精心抚育。

浩浩皇宫重地，成为弘历的第二个家。十一岁的他开始了尚书房读书生涯。尚书房是皇子们学习的处所，教师大都是朝廷内外声名远播的文人学者，有人官至大学士，有人是著名的理学家。皇子们经过系统严格的学习，掌握了文化知识，养成读书和思考的好习惯,对他们日后的生活和事业产生很大的影响。尚书房制度还要求他们学习骑马射箭,锻炼身体,培养军事方面的兴趣和才能,可谓全面而细密,对皇子皇孙们提出了很高的要求。弘历进入尚书房,自然也融入到如此严谨的学习生活之中。每日天未亮,他就由太监陪同,挑着一盏白纱灯,进入隆宗门内的尚书房,开始一天十个小时的刻苦攻读。

很快地,弘历在尚书房诸多皇子学生中脱颖而出,成为其中的佼佼者。康熙非常关心这个初入皇宫的孙子。这天,他来到贵妃佟佳氏的宫内,恰好弘历放学回来了,正陪着贵妃说话呢。他见到康熙,飞快地跑过来请安。康熙问:"弘历,最近学业如何? 能跟上尚书房里的学习进度吗?"

弘历愉快地回答:"孙儿都学会了,满文和蒙文老师还夸我学得快呢! 不过,孙儿骑射欠佳。"他以前接触骑射较少,自然不能快速熟练精通。

"噢,是这样吗?"康熙早就从尚书房老师们口中了解了弘历的学习情况,听他如此坦诚地说出自己的优缺点,心里很高兴,想了想说:"弘历,你想学习武学、精通骑射吗?"

"当然想学!"弘历说,"我们满人入关前,游牧行猎,骑射娴熟,驰骋沃野,横扫千里,夺取江山,创建了万世辉煌的业绩,何等威风壮观。孙儿身为皇室后代,也想发扬光大祖宗传统,练就一身好本领。"

站在一边的贵妃佟佳氏笑吟吟地说:"你这个孩子,人小志大,不怕练习骑射吃苦吗? 听说现在学武,还要学习火器呢! 点着火,老远就能射杀人,多吓人!"

康熙笑了,望着佟佳氏说:"你不懂就不要吓唬弘历了。胤禄就非常喜爱火器,这几年他思考出不少道理,很不错。以后战争断然少不了火器,孩子们都要学习。"当时,火炮等兵器已经广泛使用,康熙年间平三藩和噶尔丹等多次战役都用到了火炮,火器的威力被将士们广为熟知,成为很重要的武器。

弘历专心地听着,认真地说:"皇爷爷,孙儿也要学火器,掌握先进的武器设施。"

"好,"康熙满意地说,"弘历,你就跟你十六叔学火器,钻研其中的奥秘。"胤禄是康熙的第十六个儿子,也就是弘历的十六叔,当时只有二十多岁,喜欢火器方面的研究工作,并且担任军中职务。

弘历戎装图

"孙儿遵旨。"弘历高兴地答应着。

"这以后啊,战争中火器的作用越来越大了。"康熙意味深长地说:"听说西洋各国火器非常先进,火炮、火枪,种类很多,品质也日渐提高。弘历,你十六叔专门负责火器方面的工作,这两年大有进步。"

"孙儿听说十六叔研制了新的火药,威力比以前大多了。"弘历佩服地说。

"是啊!"康熙点点头。

佟佳氏也插嘴说:"我们八旗兵马纵横天下,不是一样厉害吗?"

康熙说:"当然了,骑射也不能丢。弘历,你二十一叔胤禧骑射功夫了得,在尚书房里也数得上,对不对?"

胤禧是康熙的第二十一个儿子,比弘历没大多少,酷爱骑射,精通家传妙法,是皇子中骑射技能出色之人。

"是,"弘历回答,"二十一叔百步穿杨,射术最高超了,他每次都能拉开最重的弓,武学老师说过,二十一叔力大无比。"

"呵呵,"康熙笑起来,"你跟你二十一叔年龄相仿,朕看你就跟你二十一叔一起学习骑射吧!也能全面发展。"

还没等弘历谢恩,佟佳氏先笑着开口了:"弘历,你看你皇爷爷多疼你,让你学火器,又让你学骑射,你可要努力做个文武双全的好孩子,不要辜负了皇爷爷的疼爱之心。"

"孙儿明白,"弘历大方地说,"治理国家,文治武略都很重要,弘历不敢怀有怠惰之心。"

"这就好,"康熙说,"明日起,你就开始跟随你十六叔和二十一叔学习火器和骑射,多多用功。"

这样,弘历又接触了火器和骑射,得到了更为全面的培养。他没有因此而骄傲,而是刻苦自励,孜孜以求,文学武功皆有很大提高,在皇室宗族里,他逐渐成为一个耀眼的小明星。

第二节　一人临塞北　万里息烽火

半年过后，弘历的骑射大有长进，不管在圆明园练射，还是在南苑行围，他经常是百发百中，博得众人喝采。垂髫小儿英武不凡，让康熙更加看重他。转眼间，秋季来临，一年一度的热河行围又到了。

热河

六十八岁的康熙下令，按照惯例进行秋狝。秋狝就是到热河围猎，康熙在此期间接见蒙古诸王，密切与他们的关系，安定北方边境。

每年秋狝，场面都非常隆重壮观，随行的人有朝廷重臣、皇室子孙以及侍卫随从、奴婢仆人，车辆马匹，浩浩荡荡，从京城出发，直奔承德而去。他们到热河行宫，也就是在避暑山庄安顿停留，然后再举行其他活动。

避暑山庄作为皇帝秋狝的行宫，建筑颇为壮观，景色也非常优美。整个山庄分宫殿区和苑景区两大部分，其中苑景区又分湖区、平原区和山区，自然景致与人工园林相互结合，美观大方，舒适宜人。宫殿区在山庄南部，由正宫、松鹤斋、万壑松风和东宫四组建筑组成。按照封建礼制，正宫分作前朝、后寝两部分。前朝的正殿是澹泊敬诚殿，全部由楠木建成，是皇帝在山庄时举行重大典礼的地方。紧临的四知书屋是皇帝大典前休息更衣以及平时召见大臣、处理政务之处。后寝又有两处建筑，一是烟波致爽殿，一是云山胜地楼。前者是皇帝的寝宫，分为东、西暖阁，西暖阁是皇帝的卧室，东暖阁是皇帝与大臣议论国事的地方；后者是皇帝和后妃们观赏湖光山色的地方，它不设楼梯而以假山为磴道，自然天成，妙趣横生。步出正宫，便是万壑松风殿，这里是皇帝批阅奏章和平时读书处。整个建筑群规模宏大，造型别致，不亚于京城皇宫。往北去，就是湖区了，湖水清澈荡漾，宛如江南水乡。湖中有三岛，西边是环碧岛，北边称如意洲，东边叫作月色江声，三岛以堤桥相连，曲折婉转，引人入胜。其中环碧岛清静幽雅，是随行皇子们读书学习的处所。另外，岛上还有渡口，是宫女们下湖采菱处。过了湖区，就是平原区，古木参天，绿草如茵，称为"万树园"。园区是举行宴会和游乐活动的场所。平原区北面就是山区，山峰林立，奇石迭迭，又是另一幅景观了。

今年，弘历也跟随祖父来到了避暑山庄，准备参加围猎活动。皇室幼年子嗣来到山庄后往往因贪玩而荒废了学业，康熙

见此,安排他们到清静的环碧岛读书。深受祖父喜爱的弘历自然也不例外,他不但在环碧岛读书,还经常被祖父召到万壑松风见驾。万壑松风是康熙批阅奏章处理政务和读书的地方,十分幽静,一派江南园林风貌。

一天,弘历奉命到万壑松风陪祖父读书,却见祖父不在里边。他等了一会儿,拿起桌子上一本《资治通鉴》读了起来。正读得入迷,忽然听见有人喊他的名字。弘历急忙起身四下观望,殿内的值班太监早进来传话:"万岁爷正在船上喊您呢!"

噢,弘历忙从窗子望去,原来,康熙乘舟游湖,御舟正停泊在不远处的晴碧亭。弘历看见祖父站在船头朝这边呼喊,高兴地跑出万壑松风,沿着山冈的岩壁而下,朝御舟而去。山冈上怪石林立,杂草丛生,道路崎岖难行。御舟上的康熙朝弘历喊道:"小心,别摔倒了。"他一喊,随行的太监、侍卫也慌了,试探着过去帮助弘历。可是,周围都是水,怎么过去呢?弘历看到祖父为自己担心,忙大声说:"皇爷爷,您不要担心,弘历能过去。"他一手提袍襟,一手攀着岩石,踩着杂草嶙石,毫无慌张神色,很快穿过岩壁,来到平坦地带。康熙一直紧张地观望着,看到弘历安全过来了,轻轻地舒了口气,忙命人将御舟划过去,迎接弘历。弘历几步跳到船上,兴高采烈地说:"皇爷爷,弘历来了。"

康熙满面笑容地揽过弘历说:"你是不是听到朕召见就匆忙赶来了?刚才在万壑松风都等急了吧?"

"正是,"弘历答道,"孙儿听说您召见,就赶紧过来了。皇爷爷不在殿里,我就拿书看,听到喊声才知道您游湖未归。"

康熙说:"就说呢!你是个勤恳的孩子,绝对不会来迟了。朕怕你着急,赶紧回来了。弘历,你刚刚读的是什么书?"

　　"《资治通鉴》。"弘历答道。

　　康熙惊喜地问："读《资治通鉴》？读得懂吗？"

　　"大意能懂，有些细微的地方还需要深刻思索。"弘历认真地说。

《弘历哨鹿图》

　　"不错。"康熙看着弘历，不由得记起自己少年时拜师学习的时候，也是弘历这个年龄，他开始接触《资治通鉴》，并且从中受到启发，为他铲除辅臣鳌拜提供了帮助。往事悠悠，五十多年过去了，这个昔日幼主成就了一代伟业，奠定了大清坚实的基础，如今暮年垂垂，纵有雄心万丈也要面对现实。想到这里，他心里突然一动，觉得眼前的弘历似乎就是当年的自己，年少英睿，心怀高傲。

　　"皇爷爷！"康熙正在思索，被弘历的喊声惊醒了，"您看，那边又过来了几条大船。"

　　这时,湖上又划过几条船。原来,这些人都是蒙古各大亲王,奉命晋见康熙。昨日他们见面交谈后,康熙决定请他们游湖赏景。蒙古各王生活在北部边境,那里不是草原就是荒漠,很少见到这么美丽的风景,更不要说具有江南风光的景色了。他们很高兴,今天一早就乘船游览了。康熙站在船头向他们望去,远远地,各大亲王站出来,立在船头向康熙施礼问安。弘历见此,不觉随口吟道:"一人临塞北,万里息烽火。"

　　康熙惊讶地问道:"弘历,你说什么?"

　　弘历不慌不忙地说:"皇爷爷,蒙古各王来此晋见,不是正好安抚他们,免得他们发动战火吗?"

　　康熙没有想到,弘历能够了解到秋狝的深意,心中更加惊喜,拉着弘历的手说:"弘历说得很对,朕就是要让蒙古成为国家的北部防线,确保北国安宁。过几天,朕就要和他们一起行围去了,你也一起去。"

　　弘历马上说:"太好了,我练习了这么久骑射,人人都说我射得准确,陪皇爷爷行猎,正好可以试一试我的技艺。"

第三节　射熊显英豪

几天后,弘历跟着康熙来到了木兰围场。木兰围场面积达一万平方公里,其间森林、草地、戈壁、沼泽、高原地貌杂陈,生活着各式各样的禽兽,俨然一座天然名苑。由于木兰围场面积广大,在修建时又进行了划分,分成了大小七十二围场。

皇帝驾临,木兰围场内早就做好了准备。康熙一行人边围猎边前进。这天,他们进入了永安莽喀围场。此地林深草繁,禽兽很多,随行人员都收获颇丰。弘历骑着一匹白色宝驹,身背箭筒,手挽良弓,紧紧跟随在康熙身边。他一路行来,也射获了几只野兔和山鸡,猎物挂在马背上,倒也显得他少年英武。

突然,林子里跳出一只狍子,惊惶失措地四处逃窜。弘历急忙挽弓搭箭,瞄准狍子射去。箭嗖嗖有声,朝狍子飞去,没想到狍子听到响声,跳开准备逃走。弘历射出去的箭落到石头上弹起来,正好射中了狍子的后腿。康熙看见了,随后补上一箭,狍子终于在祖孙两人的合力围猎下应声倒地了。

弘历打马过去,早有侍从将狍子挑起,他大声说:"皇爷爷射中了狍子一只。"

康熙见弘历不贪功,笑着说:"射中这只狍子也有你的功劳,还是算到你的头上。"

木兰围场

祖孙两人正说话，就听侍卫喊："万岁，快躲开，危险！"说着，侍卫们来到康熙和弘历面前，一左一右，将他们护住，转身向后退去。

退出去一段距离，弘历回头观望，原来深林里摇摇摆摆走出一只大熊！大熊浑身毛发棕黑发亮，四肢粗壮，身体笨重，一双黑眼睛显得小而透着凶残的光。大熊近在咫尺，有人挽弓要射，有人拔刀舞剑就要与熊拼杀，弘历却说："不如用火枪打。"一句话提醒了康熙，他急忙对侍卫说："用火枪打。"侍卫不敢怠慢，举起火枪扣动了扳机。随着枪响，大熊惨叫一声，摇晃着倒下去了。

大熊倒地，众人这才松了口气。过了一会儿，康熙对弘历说："熊虽然倒下了，但可能还没有死，弘历，你过去将它射杀。"他为了培养孙儿的胆量，也为了让弘历得到初次打围就射获大熊的美名和吉兆，决定把这个机会留给弘历。

《乾隆围猎聚餐图》

康熙的一片好意，哪想到差点铸成了大祸！

弘历听了祖父的吩咐，毫不迟疑，催动座下马匹，手挽弓箭朝大熊奔去。离大熊不远了，弘历正要射箭，却听见一声长吼，倒在地上的大熊猛然站立起来，吼叫着朝弘历扑来。众人一下子吓呆了！大熊与其他猛兽一样，受伤后最易狂怒伤人，它刚才挨了一枪，这时站起来正是要复仇。只见大熊瞪着血红的眼睛，嘴里喷着丝丝热气，眼看要把弘历生吞活咽的样子。此情此景，别说弘历一个生长在帝王之家、锦衣玉食的少儿了，就是经验丰富的老猎人也会惊慌失措、胆颤心惊。众多侍卫随从、武将勇士都离得较远，要想赶过去救人，显然来不及了。历经风雨的康熙也不由得倒吸一口气，吓得心都跳到喉咙口了，他无法想象后果将是如何，年幼的弘历如何承受这等惊吓，又如何脱险。

事情却出乎人们意料！

却说只有十一岁的弘历，面对恶扑过来的大熊，竟然丝毫也没有慌张。他手提马缰绳，控辔自若，将马轻松带到一边，避开大熊的反扑。大熊显然拼尽力气了，它转身又朝弘历扑来。弘历再次指挥马左右躲闪，几次避开大熊，并且离大熊越来越远。凶恶恐怖的场面变成了少儿嬉熊图，这一下后面诸人惊上加喜，一个个引颈观望，似乎被这个场景迷住了。再说康熙,他爱孙心切,亦是反应机智,拔出火枪,趁弘历远离大熊的时机,举枪远射,正好射中大熊。本来已受伤的大熊经过不断反扑已经精疲力竭了,又挨了一枪,扑通倒地,再也起不来了。

弘历策马回到大熊身边,发现它确实死了,这才回到祖父身边,神色安然无惊,欣喜说道:"皇爷爷,大熊被射杀了。"

康熙终于放心了,他望望弘历,见他毫不惊恐,面色坦然,心里暗暗称奇。他吩咐随从收拾猎场,带领诸人回营地休息。少年弘历好奇心切,他也跟随一起,搬运大熊,整理场地,并且抚摸着大熊的皮毛说:"勇者,人可畏也,而智者,人敬之也。我要学习皇爷爷,做一个有大的勇气和大的智谋的人。"

回到大营后帐,康熙皇帝对刚才惊心动魄的一幕仍然心有余悸,他既佩服这个皇孙的胆气,又欣赏他临危不乱、镇定自若的心神。他把刚刚发生的一幕转述给了随行的贵妃佟佳氏,唬得佟佳氏一会儿惊魂不定,一会儿又转惊为喜,最后合着手掌一个劲儿地念阿弥陀佛。康熙见此也深沉地说:"朕看这个孩子命运贵重通达,是个有福气的,将来恐怕要超过朕了。"《啸亭杂录》上记载了这段故事,并且记录了康熙的原话,他说弘历命很"贵重,福将过予"。对此有人认为,是弘历的天子之相威慑住了大熊,如果他闯到了大熊的面前,大熊才立起,那后果不堪设想,他会被大熊当即击倒,性命难保。也有人由此推断,正是弘历镇静自若、英勇胆大的表现,使他进一步赢得了祖父的喜爱,让这位久御朝政、威震八方的英明天子发出"贵重,福将过予"的感慨。这件事情很快在朝野上下广为传开。一代明君贤主如此特殊地培养和宠爱幼孙,其中蕴含着什么深意呢?

第四节　子贵母荣

在人们暗自猜测之际，又发生了一件事情，使大家更加疑惑。

射熊后不久的一天，康熙突然提出去狮子园用膳。狮子园是康熙赏赐给弘历父亲胤禛的园邸，作为他行围时的住处。此园就在避暑山庄最北边狮子岭后边，风光天成，倒也是处好住所。前面说过有人曾经推论弘历的出生地就在狮子园，说的正是这个狮子园。

雍亲王胤禛听说父皇要临幸自己的园子，非常激动，赶紧命人精心准备，伺候迎驾。这次跟随他前来的有福晋那拉氏、弘历母子以及弘昼母子等。狮子园里的人们从早到晚忙碌收拾，胤禛特意命人加紧送来了新鲜瓜果蔬菜、山珍海味，还调遣了王府最好的厨师，特地等着为康熙皇帝做菜。弘历骑射回来，看到园子里闹哄哄的，奇怪地问："你们这是干什么？怎么这么忙？"

管家哈着腰说："万岁爷下旨驾临狮子园，这可是奴才们难得一遇的大事，能不慌张着急吗？"

"原来为了这件事，"弘历放下心来，轻松地说，"皇爷爷驾临狮子园，只是吃顿便饭，你们忙成这样干嘛？皇爷爷知道了会不高兴的。"他说完，跑进去寻找父亲。

雍亲王胤禛正在指挥下人们挂各色壁画饰物，装饰房间。他注意到父皇近来精力大不如从前了，虽说体格强健，也没有什么大碍，却眼见神情日益萎顿，好似秋后最后一片落叶，摇曳在寒风里，显得那么孤苦无助。

时至今日，英明一世的康熙年近七十了还没有确定嗣位，这可是最令他本人头疼的事。英雄暮年，更加衬托出康熙此时凄凉的心境。他心里明白，自己的身体一日不如一日，驾崩是早晚的事，可是储位到底该传给谁呢？面对儿子们几近疯狂的争夺，他只有强装出身体健壮的样子，以此镇定朝局，稳定各位皇子，避免他们相互残杀苦斗。身为皇帝能如此郑重地思考储君问题，身为父亲为了保护儿子们不惜勉强自己，看来，康熙不但是一代圣主，也是一位至情之人。可是，他的一片苦心谁能理解？

康熙像

再说弘历，他跑进去一眼看见了父亲，急忙走过去说："阿玛，皇爷爷说乘兴游园，想过来看看我们的园子，这都是很正常的事情，你如果搞得太隆重了，恐怕皇爷爷不会赞成。"

雍亲王恍然大悟，他点着头说："有道理，有道理。弘历，你听皇爷爷说什么了没有？他为什么突然来这里用膳？"话说出去了，胤禛又有些后悔，他觉得不该露骨地探听父皇的事情，万一传到康熙耳中，自己多年来的谨慎经营也就付之一炬了，忙又说道："弘历，这里不用你帮忙，阿玛知道怎么做了。你派人去后山采点新鲜蘑菇，你皇爷爷爱吃。"

弘历答应一声离去了，他没有派遣下人，而是亲自带着弘昼等人去后山采蘑菇。

时近中午，康熙在太监和侍卫陪同下来到了狮子园。他望着巍峨的山岭、阳光映照下金色闪闪的宫苑，想了想，迈步走了进去。

雍亲王早就带人迎驾了，慌忙过来搀扶着父皇，向正殿大厅走去。狮子园比起山庄内皇帝居住、办公的建筑自然要逊色很多，不过也是前有殿堂后有寝室，四周山色湖光，景色也不错。康熙甩甩胳膊，暗示胤禛不用搀扶他，独自一人大踏步走在最前面。其他人慌忙赶上来，紧随其后。

康熙进屋落座，环顾四周，见里面装饰简洁大方，却不失高贵气派，微微赞许地说："这倒也符合胤禛的脾气性格。对了，弘历哪里去了？怎么不出来见朕？"

弘历呢？雍亲王胤禛慌乱中忘了刚才安排弘历的任务了，又忙着派人去找弘历。此时的弘历与弘昼还有几个下人从后山跑出来了，每人捧着一大把鲜嫩的蘑菇。弘昼还喊呢："鲜蘑菇，鲜蘑菇，我们给皇爷爷采的鲜蘑菇。"

他们一直跑着，弘历远远看见大厅外侍驾的侍卫了，忙制止弘昼说："别喊了，皇爷爷已经来了，我们赶紧去见驾。"他把蘑菇塞给下人，拉着弘昼直奔大厅。

等他们气喘吁吁进来时,康熙正拿着几张字帖在观赏,不时与身边人员交谈看法。弘历与弘昼一起跪倒说:"孙儿给皇爷爷请安了。"康熙放下字帖,看着两个孩子神色紧张、口喘粗气,忙问:"你们干什么去了? 难道去行猎了?"

"不是,"弘历照实说,"孙儿听说皇爷爷爱吃新鲜蘑菇,就带着弘昼去采了。回来晚了,让皇爷爷和阿玛担心,都是我的错。"

康熙舒口气,笑着说:"你们一片孝心,不能算错,快快起来吧! 弘历、弘昼,朕刚才看了你们写的字,进步很多,还要再努力。今日来吃饭,就不考你们了。"

一家人欢聚厅内,气氛热闹,谈笑自如。祖孙几人谈论多时,饭菜陆续上来了。雍亲王拜请父皇用膳,而他则和弘历、弘昼站在一边伺候,康熙见此,望着胤禛说:"不要站着了,这是家宴,朕来正是体会子孙欢聚一堂、共享天伦之乐的,你们都站着,让朕怎么快乐?"

胤禛忙答应着,想了想吩咐下人说:"让福晋她们也过来请安。"这次跟随他前来行围的除了福晋那拉氏,还有弘历的母亲钮祜禄氏、弘昼的母亲耿氏等几位嫔妾。

不一会儿,福晋那拉氏带着钮祜禄氏等人来到前厅,她们之中,除了那拉氏,其他人都没有见过康熙。几人行大礼,给康熙请安问好。康熙看看几位儿媳妇说:"不要客气了,都是自家人。"话刚说完,没等她们说话,他突然盯着钮祜禄氏问:"你是弘历的母亲?"

众人一惊,不明白康熙怎么第一次见到钮祜禄氏就猜到她的身份。却见钮祜禄氏大方地回道:"回万岁爷,臣妾正是弘历的母亲。"

康熙端详了一下钮祜禄氏,面露喜悦之色,看看弘历,回过头来看着钮祜禄氏点着头说:"有福之人,有福之人。"

原来康熙略通相术,善于识人,他从钮祜禄氏的相貌举止中察觉出她命运贵重,福气超过其他人。

雍正

听到康熙这么夸奖,胤禛先惊后喜,忙说:"父皇抬爱了,要说儿子们的福气,那可都是父皇赏赐的。"

钮祜禄氏也随同福晋近前,再次施礼说:"父皇,臣妾是浅薄之人,福气都是父皇您给的。"

"话可不能这么说,"康熙说,"福祸都是个人的造化,能有弘历这样的儿子即是你的福气。"他停顿一下,觉得不便继续探究这个问题,遂改口说:"胤禛,也该吃饭了吧!我看孩子们都饿了。"

于是,全家人围在桌边,边吃边聊,倒像是普通百姓人家一般,其乐融融。康熙格外高兴,吃了很多,这也许是他许久以来最舒心的一天。十几年来,面对儿子们互不相让的储位之争,他已经非常疲惫,心力交瘁了。今日,他驾临狮子园、与四皇子胤禛一家共享天伦之乐的事情很快引起朝野关注,人们结合他宠爱弘历之事,不由得惊讶地想到,也许储位就要浮出水面了。

后来的事实证明,弘历在祖父立储这件事上发挥了重要作用。为此,礼亲王昭梿专门在他的著作《啸亭杂录》中写了《圣祖识纯皇》一文,圣祖就是康熙,纯皇指的是乾隆,也就是弘历。文中评论说:"由是(圣祖)益加宠爱(弘历),而燕翼之贻谋因此而定也。"

第五章　父王登基

储位之争，愈演愈烈，康熙无奈地看着
诸子互相残害，忧心忡忡。方苞献出"不看
皇子看皇孙"之计，康熙会不会采纳？

父亲雍亲王登基即位，弘历的身份地
位为之一变。荣贵当前，他是沉迷堕落还
是奋起上进？皇子拜师求学，弘历代兄赔
罪，在纷繁争斗中开始了崭新的皇子岁月。

鸿儒大家精心教导，才子阿哥脱颖而
出，弘历如何赢得如此美誉？

第一节　不看皇子看皇孙

康熙六十一年秋狝，十一岁的弘历尽享祖父康熙的关爱和培养，成为最受人关注的皇孙。这件事在文武百官中引起震惊，有人就此上奏康熙，提出了一个大胆的想法。

这个人就是康熙近臣、行走于南书房的著名文人方苞。康熙为了平衡满汉关系，于康熙十年下诏采用儒学治国，逐渐收用了许多文人名士，设立了南书房制度。南书房里行走的大多数是汉人，都是经史、文学、书法、绘画以及自然科学方面出类拔萃的才人学者。这些人平时为皇帝讲解文义、陪伴侍读，后来逐渐参与政事，成为康熙重要的智囊人才。南书房也就成了强化皇权、巩固清朝统治的宫廷御用机要秘书机构，成为清王朝选拔重用汉族士人的"木天储才之要地"。入值南书房的人才都是当时的知名人物，例如王士祯为诗坛一代宗匠，朱彝尊与王士祯并称"朱王"，沈荃经术湛深，戴梓是很高明的天文算学家，等等。南书房能集中这些人才，体现了康熙宽博的胸怀和谋略，也为他统御四方、开创盛世打下了基础。南书房人才济济，成为朝廷之外重要的议事场所，地位举足轻重。

方苞是桐城文派创始人，他入职南书房也有一段感人的故事。康熙五十二年，戴名世《南山集》一案被人揭发，方苞因此受到牵连,被关进了刑部大狱。戴名世是安徽桐城人,桐城派成员。他在古文经学方面有很高的造诣,并且以振兴古文、改造时文为己任,总结了古文创作从形式到内容的一整套理论,为桐城派做出重要贡献。戴名世还是一位史学家,对历史有浓厚的志趣,特别留心明朝的史事。他在担任编修职务以前,就开始到处网罗散失佚文,访问明朝遗老,搜集明朝末年的遗闻轶事,尤其是南明小朝廷的史事,打算将来撰写明史的时候使用。康熙二十五年,戴名世进入京师国子监。他生性狂放不羁,自恃才高,不把朝廷同僚放在眼里,很快就得罪了当权士大夫,被人冠以"狂生"称号。后来,戴名世受人资助,把编写的明史书稿整理成《南山集》,请方苞等人作序,发行天下,引起很大轰动。他本人也于康熙四十八年中了进士,入翰林院做了编修。这时,一些他得罪过的人开始借机诬陷他,上奏说他恃才傲物,私刻书籍,蔑视朝廷,理应革职问罪。为此,掀起了长达两年之久的《南山集》案。戴名世、方苞等人银铛入狱,成为了朝廷钦犯、阶下囚,眼看着一代名士、学派宗师只有等着掉头丧命了。

方苞像

到了康熙五十二年,康熙经过全面调查,了解了戴名世、方苞等人的才学文化,以及《南山集》案的前后经过。他认为方苞才华出众,开创桐城派,实在是一代宗师。为此,他做出慎重而大胆的决定,不但放了方苞,还亲自召见他,让他进入南书房任职。阶下囚一跃成为皇帝近臣、国家良才,可见世事之变化。方苞因祸得福,伴驾侍读,得以与康熙时常相见,参与讨论朝政事务。

那么,方苞究竟向康熙提出了什么建议呢?

秋狝后,康熙回到京城不久就发觉身体不适。为了调养身体,他特意到畅春园居住。对于年近七十的他来说,这可不是个好征兆,康熙预感到事情不妙,急忙召见心腹重臣商量大事。所谓的大事,最要紧的就是储位之事了。自从两立两废太子以来,储位之争明明暗暗,非常激烈,经久不息,已经成为干扰康熙晚年朝政的最大问题。康熙为此伤心费神,却始终寻找不到好的答案,如今,年老病袭,不得不重提此事了。

方苞受召见驾,看到身体虚弱的康熙,叩头说:"万岁,微臣有一个想法,不知道当说不当说?"

康熙抬起颤抖的左手说:"还有什么不能说的? 国事、家事纠缠这么多年,朝臣们多次急于立储,也不是没有逼迫过朕。"几年前,太子首次被废后,以八皇子胤禩为首的八爷党即刻联络百官,联名上奏请求立胤禩为太子。康熙洞察秋毫,看出了胤禩结党营私之心,非常恼怒,不但没有立他,还对他心怀戒恨。后来,太子第二次被废,胤禩认为时机成熟了,再次联络官员,让他们上奏强行要求康熙立储。康熙没有办法,竟然被迫写下了遗书。不过,遗书中并没有提到储位一事,也就是说,他没有选定继承人。

方苞跪着说:"万岁,诸位皇子各有所长,不分高下,难以确定嗣位也是情理之中的事。可是此事关系甚大，又不得不从长计议，臣有一个下下策供万岁爷参考。"

"说吧！"康熙无力地说了声。

"万岁，"方苞思虑片刻，然后坚定地说，"万岁，臣之计，是不看皇子看皇孙。"说完了，他似乎觉得心里轻松了许多，停下来抬头看看康熙，没有接着言语。

"不看皇子看皇孙？"康熙轻轻重复一句，左手抖得更厉害了，他略微欠欠身体说："方苞，这就是你的下下策？"

方苞听出康熙语气冷峻，急忙叩头说："臣也是无奈之际想出的策略，并没有其他用心。臣看雍亲王爷的四子弘历天资颖慧、胆识过人，观其容貌身姿也是富贵有加，贵不可及，所以才说出这样的话来。"

康熙见方苞露出怯意，却兀自笑了，语气平和地说："方苞，你说的有道理，不用害怕。这些天来，朕时刻都在想着这件事，弘历确实命运贵重，非比一般。朕不是没有这个打算，可是如你所言这是个下下策，如此一来，朕立储不就成了贻笑天下的事了？"

康熙自负文才武略胜过历代帝王，他年轻时曾经笑话过英明一世的唐太宗李世民，说他聪明一世，糊涂一时，没有选好继承人，造成历时多年的朝廷内乱。

方苞听康熙说出真心话，立刻说："万岁，立储关系国家根本，也关系国运昌盛，要想基业万年长青，又何止是一两代人的事情？民间还有'子不肖，立贤孙'的说法呢！万岁爷可要慎重考虑。"

他这一说，康熙心里有些畅快了，他说："方苞，你说得很对，

基业长久，不能贪图一时美名。"他心想，胤禛虽然过于急躁，缺乏统筹全局的胸怀，做事却十分认真，也懂得礼仪孝道，尊长敬幼，算是个能干的人。他幼时读书刻苦，骑射也不差，成年后多次办理差使也很出色，不比其他皇子差。何况他有个好儿子，弘历可是难得之人，与自己年少时相比，也毫不逊色啊！想来想去，康熙突然传进太监说："即刻传令四皇子，着令他代替朕祭天。"

康熙再次命胤禛代行冬至祭天，决定采取方苞之计，不看皇子看皇孙，由此结束延续二十多年的储位之争，立弘历的父亲——四皇子胤禛为嗣君。

第二节　父亲登帝位

康熙六十一年十一月七日,康熙坐病。九日,雍亲王胤禛奉命代行冬至祭天,往南郊斋戒。雍亲王奉命做事不提,单说康熙,他听取了方苞的建议后,又召见其他重臣如马齐、隆科多等人,与他们秘密商量立储大事,决定立胤禛为嗣君。隆科多是胤禛的亲娘舅,听了这个消息自然是十二万分的欣喜和激动。康熙病重不能亲自拟诏,特命大学士马齐立下传位诏书。

诏书拟定,还没有来得及明示天下,十一月十三日,康熙突然病情危急,当日就在畅春园驾崩了。诸皇子仓皇来到畅春园见驾,隆科多宣读诏书,胤禛继位。关于胤禛继位,流传了多种说法,有人说隆科多矫诏,有人说胤禛毒死了自己的父皇,篡改了遗诏,康熙本意是要传位给十四皇子,等等。其实,诏书不便言明,康熙之所以最终决定传位胤禛,多半竟然是因为弘历,他希望胤禛百年后,传位给聪睿贵重的弘历。这样,江山代代相传,万世长青,才是他最初的打算。

却说胤禛,他听到父皇最终传位给了自己,晕倒在地,半日才苏醒过来。他什么也没有说,扑倒在父皇的尸首旁号啕大哭。有人急忙劝说他节哀顺变,处理先帝身后事;有人心怀不满,对胤禛即位深感不服,意欲掀起政变。胤禛已是四十五岁的人了,暗觊储位有十几年,处理过的大小朝政事务也很多,特别是最近一段日子,弘历受到宠爱,他又多次被派遣替父皇主持大典,他心里也隐隐察觉到会有今日,所以早早地做了很多准备工作。他马上集中精力处理了眼前诸事,于二十日登太和殿颁布即位诏书,正式继任大清皇帝位,改年号雍正,暗示雍亲王得位之正,以排除众人疑惑说辞。

康熙遗诏

胤禛做了皇帝,他的家人也搬进了皇宫内,弘历由此正式入住皇宫。父亲做了皇帝,弘历身份变了,地位提高了,他现在是赫赫皇子,荣宠富贵,自然不比以往了。同时进宫的还有弘时和弘昼,弘时一向做事嚣张,得罪了不少人,受到宗室族人排斥,对此,他心里非常恼火。如今父亲继位,他成了皇子而且年龄最长,顿时不把其他人放在眼里,时时以皇子的身份压制他人。他们进入皇宫后,照例进尚书房读书,此时康熙的诸位幼子也在这里读书。弘时即刻摆出架子,命令说:“如今只有我们是皇子,你们不能在这里读书了,赶紧搬走。”

胤禧站起来说:“大行皇帝还没有安葬呢!轮到你说话了?”

胤禧就是康熙的第二十一个儿子,与弘历差不多大,只有十二三岁,曾经奉命教弘历骑射。

弘时看胤禧年幼,呵斥道:"你敢与我顶撞,是不是活得不耐烦了?"他并不知道胤禧虽小,但骑射技艺超强,武功了得。

胤禧脾气火爆,听弘时这么说,蹦起来就要与他格斗。这时,弘历和弘昼进来了,弘历忙制止说:"二十一叔,不要动怒,都是自家人,这是我三哥弘时。"

"我以为是谁呢!"胤禧故意拖长了语气,轻蔑地说,"原来是臭名昭著的一个人。"

"你说什么?"弘时叫着过来揪住胤禧的衣服,"谁名声不好了?"

弘历阻止弘时说:"三哥,长幼有序,这是二十一叔,你不要太过分了。"

"我过分?"弘时叫嚣着,"我是皇长子,谁能比我贵重?仅凭他辈分高吗?"

胤禧趁弘时不备,突然一个扫堂腿,将他撂倒在地。顿时,书房内一阵哄笑。弘时边爬起来边恶狠狠地说:"你等着,我这就叫人来收拾你。"

哄笑声传到外面,几位值日老师走了进来,看到脸红脖子粗的几位新老皇子,知道他们吵架了,忙说:"诸位阿哥们,请镇定一会儿吧!大行皇帝还没有安葬,新君刚刚登基,你们这样闹,真是有失体统。"

弘历拉着胤禧的手说:"二十一叔,我三哥说话直爽,您别放在心上。走,我是来找您教我和弘昼骑射技艺呢!我们不如先去练习一会儿。"说着,他拉着胤禧还有弘昼一起离去了。

　　近日来,尚书房的老师们忙着处理先帝驾崩、新君登基事宜,无暇顾及诸位皇子们的读书学习,没有想到会发生这样的事情,也是满脑子忧烦,却见弘历带走胤禧,化解一场争斗,心里暗暗高兴。虽说康熙去世了,他的幼子们怎么能就此被扫地出门呢? 再说就算真要这么做,也要等着新君降旨啊! 他们更不敢得罪弘时,诚如他自己所说,如今他是皇长子,一人之下,万万人之上,说不定将来还会继承君位,这样的人谁敢招惹?

　　老师们顾虑重重,弘历却没有想那么多。他带着胤禧和弘昼,来到书房外面练射处,对弘昼说:"这里就是练射的地方,二十一叔多次受到老师夸奖,是尚书房里箭术最高超的。"

　　听到弘历夸奖,胤禧怒气顿消,乐呵呵地说:"这没有什么,只要多练苦练,谁都能练出一身好本领。"

　　"是吗?"弘昼好奇地看看这、摸摸那,使劲搬起一张弓说:"好重啊! 这么重怎么拉开?"

　　"看我的。"胤禧微笑着一把抓过弓,轻巧地拉动弓弦。

　　弘昼瞪着眼睛惊呼:"好大的力气,比四哥还厉害。"他经常与弘历一起练射,以为弘历力气最大呢!

　　弘历也笑了:"天外有天,二十一叔比我厉害多了。"

　　叔侄三人边说边开始练射,直至天色渐暗,才听见有人喊道:"诸位阿哥,万岁爷驾临尚书房了,请赶快接驾。"

　　他们听说皇上来了,放下手中弓箭,匆匆跑回尚书房内。

　　这是雍正登基后第一次来到尚书房,昔日读书处,今朝又重逢,他心里能不感慨吗? 特别是今日荣登九极,身份殊贵,这份荣耀里也含着当年的辛苦与汗水啊! 雍正落座,诸人见驾。他看看弘历说:"你怎么不遵守尚书房制度,私自跑出去干什

雍正朝服像

么了？"

"我去练射了。"弘历回答。

"练射？"雍正想了想，知道最近宫内繁忙，老师们没有时间严格约束他们，便说道："尚书房的制度你也知道，以后要带头遵守。"

"儿臣记住了，"弘历思忖着又说，"儿臣有一事相求，请父皇答应。"

"什么事？"雍正奇怪地问。

"诸位皇叔习惯在尚书房读书，请父皇不要让他们搬出去。再说我们只有兄弟三人，如果皇叔们都走了，也挺冷清的。"

雍正听了这话，先是一愣，接着坦然地说："谁要你们的皇叔走了？你们就在这里一起读书，这才是朕的意思。"

"多谢父皇。"弘历施礼说，然后回头看看胤禧，露出喜悦的神色。

雍正看在眼里，心里一动，问道："这是你二十一叔的意思？"

"不是，"弘历说，"是儿臣的想法。"

弘时在一边听了，十分气恼，走过来说："尚书房历来是皇子们读书学习的地方，怎么能让他们在此读书呢？父皇，不能留

他们。"

　　雍正这才明白其中原因,站起来踱了几步后说:"这件事情朕自有主张,你们不要吵了。你们先和皇叔们一起读书,不要吵架闹事,知道吗?"原来雍正正是为了儿子们的学习而来尚书房的,他究竟打算采取什么策略呢?

第三节　皇子再拜师

　　为了更好地教育儿子们,雍正打算为他们选择优秀的老师,让他们正式拜师学习。雍正自幼受到父皇康熙影响,苦读勤学,接受了严格完整的儒家教育,深深懂得学习的重要性。在雍亲王府时,弘历兄弟几人的师傅只有福敏。现在他们进了宫,成了皇子,当然要有更好的老师来教育他们,也有利于培养新的储君。

　　左思右想,雍正决定任命朱轼、徐元梦、张廷玉、嵇曾筠和蔡世远等人担任皇子们的新老师。张廷玉是两朝元老、国家重臣,地位不比寻常;朱轼是进士出身,精通宋学,由此受到康熙赏识,入职南书房;蔡世远是翰林院编修兼任礼部侍郎,他参加编纂了《性理精义》,特别推崇理学。朱轼和蔡世远经常出入尚书房,为皇子们上课讲学,他们要求皇子们把儒家理论运用于实践,而且讲经说史总是反复陈列,详细讲解,达到举一反三的目的。

　　弘历听说父皇为他们选了老师,特别开心。对于几位老师,他多少都有所了解,因为他春天就进宫入学尚书房了,当然知道其中的许多老师。尤其是蔡世远,弘历听了他的许多课,觉得他讲解经典和史籍时总是诲人不倦、趣味横生,真可谓引人入胜。

　　今天,雍正传旨,令诸皇子行拜师礼。弘历早早地唤来弘昼,两人准备一起去前殿拜师。路上,弘昼缠着弘历说:"父皇给我们选了这么多老师,到底想要我们学多少知识啊?简直想把我们累惨!"

弘历噗哧一笑:"弘昼,你就知道怕累!你可知道每个老师都是才学满腹的人,他们之中光一个人的学问就是你一辈子也学不完的。"

弘昼伸伸舌头,调皮地说:"四哥,你说他们怎么就那么有学问呢?难道他们天生聪明睿智?记忆力非凡?还是其他原因?"

"不对,"弘历坚定地说,"不是你想象的那样,学问并不是天生的,而是勤奋刻苦得来的。我们跟随福敏老师学习了几年,你还没有总结出其中的道理吗?"

弘昼歪着头想了想,无奈地说:"四哥说得对,每个字都要辛苦地写才能学会,每篇文章更要用心读才能记住。唉,学习真是件苦差事。"

"苦差事?"弘历摇头说,"我觉得学习非常快乐,是件很有意思的事。你想想,读史可以了解古往今来几千年的故事和人物,眨眼间就能领略其中风云变幻,多有意义;学习诗文可以从字里行间体会美妙的意境,推测作者写作的初衷,有时候如同身临其境,岂不美哉;还有学会写诗赋辞,抒发心意情怀更是别有趣味和兴致。"

弘历正在兴致勃勃地议论着,没有注意弘时走了过来,打断他的话说:"听你一派酸腐之气,父皇叫你学习是为了这些吗?你说错了!父皇让我们学习文化是为了统治汉人,懂吗?"

弘昼历来害怕弘时,听他吆喝了几句,就躲到了弘历身后不敢言语。弘历并不胆怯,他义正词严地说:"大清入关七八十年了，满汉关系接近稳定，三哥还说出这样的话，我实在不懂。难道学习仅仅是为了统治他人而不是修身养性、提高素养？"

"修身养性？"弘时嘲笑地说，"我们满人身份高贵，还用提高什么？你的意思是我们还不如汉人？"

弘历见弘时故意曲解自己的意思，有意与自己作对，不再搭理他，拉着弘昼的手说："走，我们去拜师。"说着，两人飞快地跑远了。

弘时站在原地，望着他们的身影，不屑地说："哼，拜师，拜师就能让你嗣位太子？"边说边带着侍从们也朝前面走去。现在，他是雍正幸存的三个儿子中年龄最大的，身为皇长子，荣贵有加，他也就敢于说出这样的话，敢于想象摆在他们三人之前的储位了。

他们一路前来，正是去前面殿内拜师。原来，雍正不但任命了皇子们的老师，而且在乾清宫西边的懋勤殿设堂，作为皇子拜师之地。懋勤殿是皇帝读书之处，如今雍正专门在这里设立拜师处，足见他对皇子们的教育多么重视。弘历、弘昼和弘时先后赶来了，却见殿内焚香燃烛，气氛庄重，各色人等或站或立，都在静悄悄地等候皇子们呢！

弘历一看，里面站着的正是父皇为他们挑选的老师，急忙跨步上前，深深施礼说："弘历给各位老师请安了。"

蔡世远等人回礼说："皇子千万不可如此，真是折煞我们了。四阿哥，如今不比从前了，您贵为皇子，不能给我们施礼。"

"呵呵，"弘历微笑，"弘历认为，你们是老师，人们说'一日为师，终身为父'，如此说来，不管学生身份改变了没有，见了老师都要尊重。"

正说着,殿外走进一个体态略显肥胖的太监,手里捧着诏书,神气十足,看也不看众人,大咧咧地喊着:"诸位阿哥和老师们接旨。"

弘历和老师们全都跪下了,口里高呼"万岁"。

太监名叫刘裕,负责侍驾奏事,直接服务于皇帝,地位非常显要。他打开圣旨宣读旨意。原来雍正担心皇子们目中无人,不尊重老师,特意下旨令他们行大礼拜师,以此来约束他们。圣旨读罢,众人领旨谢恩。几个老师面面相觑,不知道该如何办才好。如果遵从圣旨就要接受皇子们叩拜,熟读圣贤书、深谙君臣之道的他们怎么敢如此大胆呢?不接受皇子叩拜,就是抗旨,也是极大的罪过。这可如何是好?

弘历看出老师为难,站出来说:"诸位老师,以弘历之见,请你们站在上位,我们长揖作拜代替叩头,你们看怎么样?"

蔡世远说:"这样吧,我们师生对拜,相互长揖,既遵从了旨意,达到了万岁欲使皇子们重师的目的,也避免了我们身为臣子的尴尬。"

弘时本来就瞧不起作为臣子的老师,刚才听到圣旨让他拜师,心里十分反感,却又不敢发作。听弘历他们建议长揖互拜,虽然仍有不甘,但想一想,这比起叩头拜师强多了,也就默不作声站立一边,没有发表意见。

师生达成协定,在张廷玉主持下正要互拜行礼,却听太监高喊:"万岁爷驾到。"

雍正来到了懋勤殿,他是不是要干涉此事?弘历又会如何解释呢?

第四节　代兄赔罪

　　弘历提出自己的主张，认为皇子与老师们可以互相行礼，以示重师。恰在这时，雍正走了进来，他看看殿内人问道："旨意传达了吗？"

　　张廷玉近前说："万岁，臣等已经拜接了圣旨。刚才四阿哥正与大家商量，究竟采取何种方式行拜师礼。"

　　"是吗？"雍正回头看看弘历，"朕要你们行大礼拜师，你们不服吗？还有什么新的建议？"

　　弘历坦然地回答："父皇，老师们都是熟读圣贤书、深谙君臣道的鸿儒，历来恪守臣道，如果强行让他们接受皇子叩拜，真是陷他们于不忠了。儿臣觉得不如与老师们互行长揖之礼，既显示了尊师的意思，也让诸位老师不感觉为难，这样不是两全其美吗？"

　　雍正仔细听着，默不作声。蔡世远站出来说："万岁，臣认为四阿哥所言极是，拜师礼仪并不重要，尊师在于日常行动。即使今天皇子们行了大礼，日后不尊重老师、胡作非为也是枉然。"

　　其他几位老师也随声附和，表示赞同蔡世远和弘历的说法。雍正见此，当即高兴地吩咐下去："就依你们所奏，皇子与老师互行长揖之礼，代替叩头拜师。"他又转向几位皇子，严肃地说："你们不要以为这么做就可以不尊重老师了，记住，最重要的就是要尊敬老师，切不可怠慢老师，荒废学业。"

弘历兄弟急忙答应，表示一定尊师勤学。为了防止他们将皇子们培养成仅会"寻章摘句，记诵文词"的腐儒，雍正指示老师们在教学中当以"立身行己，进德修业"为重点。

接下来，懋勤殿内举行了隆重的皇子拜师礼，师生互拜也是罕见的事情，主持仪式的太监们忙碌地准备物品，安排诸人位置等事宜。雍正坐在一边，静静地观看皇子们拜了老师，这才放心离去。

从此，弘历师从蔡世远、徐元梦、朱轼和嵇曾筠等鸿儒大家，在学业上很快突飞猛进。弘历成年后回忆起自己少时的老师们，曾经作《怀旧诗》，说他从朱轼那里"得学之体"，从蔡世远那里"得学之用"，从福敏那里"得学之基"。可见老师们教导有方，弘历学习勤恳、善于思索，由此才培养造就了历史上一位难得的文化型君主。

弘历记述自己初入皇宫的岁月时曾经说："问安视膳之余，耳目心思一用之于学。"除了读书别无他事，他还说"朝有课，夕有程，寒暑靡间"，当年便熟读《诗》、《书》，背诵不遗一字，可见其学习的辛苦。此后数年间，他又精心研读《易》、《春秋》、《戴氏礼》、宋儒性理诸书，旁及《通鉴纲目》、史、汉八家之文。

他不仅善于学习，还擅长习作，赋诗作文样样精通，而且笔耕不辍。到雍正八年夏天，不足二十岁的弘历积稿竟然达到十四卷之多，除去即景抒情的诗词以外，他有许多论述政治的文章，诸如《以仁育万物以文正万民论》、《为万世开太平论》、《治天下在得人论》以及对春秋以后天子、诸公以及秦汉诸帝的评论和咏史诗,无不对历朝政治之兴亡、用人举措之得失的经验教训进行了总结。应该说,透过这一时期对儒家经典的探研和对历代史书的浏览,弘历累积了丰富的历史知识,并学到了不少历代封建统治者成功治理国家的经验,为其日后亲政打下了初步的基础。

从这些作品中可以看出,弘历在学习过程中善于思考,重视接受历代封建统治者成功的治国经验,汲取失败的教训。在一些问题上,他有自己的治世思想。例如,他写了一篇《宽在得民众论》,说道:"泰山不拒土壤,故而成其大;江海不拒细流,故而成其深;君主不拒庶民,故能成其德。"可以看出他已经具备了从政的独立思想,这是他以后推行宽政的最初想法。他在文章中还说:"诚能宽以待物,包荒纳垢,宥人细故,成己大德,则人亦感其恩而心悦诚服翳;苟为不然,以偏急为念,以刻薄为务,则虽勤于为治,如始皇之程石观书,隋文帝之躬亲吏治,亦何益哉?"

时光飞逝,雍正即位半年多了,弘历已经成长为十二岁的英俊少年,文才武略,进步飞速。盛夏来临,诸位皇子坐在尚书房内读书练字。尚书房制度规定,不管天气多么炎热,学子们都不许扇扇子。只见屋内大小皇子脸上滴着汗水,一个个愁眉苦脸,却无人敢声张言语。弘时是其中年龄最大的,他拿着丝绢手帕擦擦汗水,然后竟然粗鲁地把绢帕扔在地上了。

当日值勤的老师蔡世远看在眼里,想了想,走到弘时面前平静地说:"三阿哥,请你把手帕捡起来。"

弘时一头汗水,心里正烦躁呢!见蔡世远命令自己,狠狠地说:"我皇家富有天下,区区一条手帕值多少?你想要你捡吧!"他不但不听从师命,还以此羞辱老师。

蔡世远气得脸色骤变，提高了嗓门说："万岁让我教导皇子，要我严格约束你们。如今你挥霍财物，不知道敬重师长，按理应该受罚。"

"罚？"弘时斜睨了一眼蔡世远，"你想怎么罚我？你敢怎么罚我？"语气里充满了挑衅味道，眼看着师生之间战火即将燃起。

尚书房内皇子们停下手中课业，纷纷转头相向，观望事态发展。弘时平日以皇长子身份欺压他们，引起他们厌恶。今日见他顶撞老师，目无尊长，一个个暗暗诅咒他，希望他受到严厉的惩罚。

众目睽睽之下，蔡世远觉得失去了尊严，身体都哆嗦起来，生气地说："三阿哥，你拜师求学，为的就是与老师作对吗？既然你觉得我不敢罚你，那好，我也不敢教你了，明日我就奏明万岁，辞去皇子老师的职务。"

他身为儒士，负气说出辞职的话来也是可以理解的。只是这样一来，弘时气走了老师，肯定会受到父皇雍正的严惩。这时，弘历站了出来，走过去说："三哥，当初我们在懋勤殿拜师，父皇教导我们一定要尊师，如今你得罪了老师，应该赶紧赔罪。要不然父皇怪罪下来，你可担当不起。"

弘时明白弘历说得很对，如果自己把蔡世远气走了，父皇定会以家法惩治他。可是就这样俯首赔礼，也显得自己太没有面子了，何况众位皇子都在场，此事传扬开，自己皇长子的威严可如何维护？于是，他哼了一声，假装俯首写字，谁也不再理睬。

弘历见他不再言语，猜到他心里怕了，忙回过头来对蔡世远说："老师，弘历替三哥向你赔罪，您就原谅这一次吧！"

蔡世远见此，也不好再争执下去，他知道这些皇子中弘历最聪慧知礼,也是深受众人尊敬的皇子。平日里,他教导皇子们学习,弘历是对知识最融会贯通的一个,能够体会文章深意,领略其中苦乐,可以说是很难得的好学生。为此,尚书房里老师们经常在雍正面前夸赞弘历,称他为才子阿哥。蔡世远也从心里喜爱这位皇子学生,尽心尽力、倾其所有地教导他,希望他能得到自己的真传。

他听了弘历的劝告,默默退到一边。弘历几句话安抚了弘时和蔡世远。看他们都不说话了,弘历这才退回自己的座位,坐下来继续练习书法。

紧挨着他的弘昼凑过来说:"四哥你瞧,老师一脸不悦,三哥也怒气沉沉,我看这件事情不会就此罢休。"

弘历头也没抬:"弘昼,你就不要添乱了,我相信三哥一定会谨记父皇训导,不会就此沉迷堕落下去。老师满腹才学,气量宽广,也不会把这件小事放在心上。"

弘昼伸伸舌头,眨着顽皮的大眼睛说:"四哥,你越学越呆了,你以为天下人都跟你一样吗?真是的。"

"呵呵,"弘历笑起来,"我怎么啦?我与天下人有什么不一样吗?"

"当然不一样了,"弘昼歪着头,沉思着说,"你天资极佳,为人豁达,善于学习,而且还精通骑射技艺,嗯——总之,你懂得天下所有事情,比父皇还要厉害。"

"不要乱说,"弘历急忙阻止弘昼,"父皇是人君,我是臣子,如何能与父皇相比?"

弘昼也意识到自己说错了话,脸色一红,抓抓耳朵,嘴里嘟囔着说:"我也不是有意的,而且我的意思是说你能文善武,博览

群书,恐怕比父皇还要有知识,并非拿你与父皇相比。"

"越说越离谱了,"弘历说,"父皇文治武功,我们做儿子的哪里能够随意议论? 你不要再说了,好好写字吧!"

看来,弘历与弘昼年龄相仿,却见识殊异。弘历生就大度,非常懂得君臣之道,也很明白自己的身份与地位。因此,他在宫内的生活和学习都很顺利,为他继承嗣位奠定了良好的基础。

第六章　秘密立储

才子阿哥弘历在宫中越来越受人尊重，他的父亲雍正皇帝经常听到关于他才学出众、非比寻常的一些事情，心里逐渐产生了一个想法。可是年少的弘历一心读书求进，他能猜到会发生什么意想不到的事情吗？

公元1723年，雍正元年八月十七日，雍正秘密立储，此事关乎皇子们的命运和前途，自然引起他们的关注和议论。祭祀大典，雍正赐肉给弘历，立刻成为皇子们议论的焦点问题。弘历该如何对待这件事情？他大胆惩处内监，又为他日后埋下了什么祸根？

第一节 愿为君子儒 不做逍遥游

雍正元年八月,雍正大致处理完了即位以来的诸多事端,朝政趋于稳定。为了平衡康熙晚年争储造成的朝廷内乱,他任命康熙皇帝的八子胤禩和十三子胤祥为亲王。胤禩本来是当年储位的强劲争夺者,现在落败了,可是他的势力和集团依然存在;而在诸位兄弟中,胤祥与雍正关系最好。他二十来岁的时候因为参与储位之争,被康熙圈禁了十年。雍正即位后,即刻把他放了出来,而且封为怡亲王,让他辅助自己治理国家。

这天一早,天气就非常热。雍正在养心殿批阅奏折,怡亲王胤祥进来问安,看到他脸上挂着汗珠,遂建议说:"万岁,臣弟知道您最怕热了,现在盛暑时节,您还日理万机,处理这么多事务,可要保重身体。"

雍正笑呵呵地看着自己的爱弟,点头说:"知道了,可是政务繁多,朕也不能停下啊!"

胤祥说:"万岁,圆明园里清静凉爽,您可以暂时去那边理政。"

"说得对,"雍正想想说,"这倒是个好建议,当初先帝就经常去畅春园处理政事。"

"正是,"胤祥说,"所以臣才大胆提出这个建议。"

正在这时,宫外又走进了弘历兄弟,他们也是来给父皇请安的。请安完毕,雍正望着他们说:"你十三叔提议搬到圆明园理事,朕想这是个好主意。今天放学后,你兄弟几人就随你十三叔去那里看看。"

弘历三人领命而出,弘昼乐呵呵地说:"太好了,很久没有去园子玩了,今日去了,一定痛痛快快地乐一乐。"

圆明园

弘时看了他几眼,沉闷地说:"有什么可乐的? 圆明园比皇宫还好?"

弘历微微浅笑,看着两个兄弟说:"你们不要吵了,父皇怕热,所以提议去园子避暑,我们先去查看一下园子的情况,对他有利。"

"园子是我们自己家的,还要查看什么?"弘昼不解地问,"我

觉得那里比皇宫还要安全。"

"这你就不知道了。"弘历说着沉思起来。父亲即位后，日夜操劳理政，朝廷上下都跟着忙碌，这一切被少年弘历看在了眼里。他从史书中了解到，新君登基，最容易导致朝政不稳，所以，他隐约觉得父皇搬到圆明园与此有关。

下午，兄弟三人随着怡亲王来到了圆明园。自从父皇登基，他们跟着进宫后，这是他们第一次来到这里，所以很开心。弘昼飞快地跑向射箭处，拿起弓箭就要射；弘时迈步走向湖边，搭上船只就要游湖，唯独弘历伴随胤祥身边，仔细地查看园内建筑和山山水水。胤祥让人唤弘时和弘昼回来，用责备的口吻对他们说："万岁让我们来查看园子，你们随处乱跑是做什么？"弘时和弘昼知道父皇与十三叔的关系，也就不敢言语了，默默地跟在身后。此时，园子里的下人们来来往往忙碌着。每到一处，下人们都停下手边的工作给弘历他们请安问好。胤祥说："你父皇让我管理这处园子，我看不如交给你们兄弟管理。"弘历忙说："十三叔，我们兄弟年幼无知，哪能管理园子？父皇既然交给了十三叔就是信得过您。"

叔侄几人边说边走，来到了"洞天福地"，胤祥指着此处说："听说这名字是弘历取的，不错嘛！我看，这次你们就跟随万岁搬进来，在这里读书吧！"

听说在这里读书，弘历兄弟都露出笑意，弘昼说："太好了，这里凉爽多了。"

弘时也说："十三叔，回头您可跟父皇好好说说，别让那么多老师都跟来了，只让我们几个在这儿安静读书得了。"

胤祥兀自笑了，他意味深长地说："怎么，在皇宫里读书嫌热嫌烦？想我和你们父皇年轻的时候，在你皇爷爷的监督下，日日苦读，时时勤练，哪敢有半点怨言？这下好了，条件优越了，你们可以趁机享受了。"

弘历听出胤祥话语中含有深意，说道："皇叔教训的是，我们不敢有这样的私心，只想学得文化。"

"嗯，"胤祥答应着，"弘历，听说你七岁成诗，以后可要更加努力了。"

叔侄们查看了园子，回宫交差。雍正听了他们的叙述，听说皇子们也要进园读书，想了想说："历来尚书房是你们读书的地方，既然朕搬进了园子，也少不得你们时常请安。这样吧，就把'洞天福地'作为你们读书的另一处地方。"

弘历兄弟急忙谢恩。

雍正说："近日朕也疏忽你们的学业了，你们又追着进园读书，朕倒想知道你们这几日的课业如何？进园读书是为了什么？"

弘时呐呐着说："父皇，儿臣时时谨记您的教诲，读书习字都有进步。进园为了更好地读书。"

"这可是你的真心话？"雍正看了一眼弘时，接着问："弘历，你说呢？"

"父皇，"弘历近前一步，"老师们辛勤教导，儿臣们学习有了长进，这是实情。要说进园读书，儿臣的想法是'愿为君子儒，不做逍遥游'。不想因为园中景色优美就虚度时光，沉迷于游乐。"

"弘昼呢？"

弘昼走出来说："儿臣跟四哥一样，也想成为鸿学博儒的君子。"

雍正知道弘昼没有理解弘历诗句的深意，不过见他说得诚恳大方，也就笑了，说道："既然你们都有求进的愿望，父皇就放心了，你们退下吧！"

兄弟三人先后退出去了。

养心殿内，胤祥望着他们离去的身影，回头说："万岁，臣弟早就听说弘历才学出众，天资不凡，今日与他查看园子，见他果然做事妥稳，反应敏捷，不比寻常。"

"说得是啊！"雍正半躺在软榻上，微微闭着眼睛说："你这些年被圈禁了，有些事情不

胤祥

知道。先帝在时就特别喜欢弘历，把他接进宫来精心养育，还亲自教导他学问，带他去热河行围，超出了一般皇孙受到的关爱。你听说了吗？有人说我这皇位还是靠弘历得来的呢！"他指的是不看皇子看皇孙这件事。

胤祥自然不敢就此作讨论，只好避开这个话题说："万岁，臣弟大胆说句话，如今几位皇子年龄都大了，立储问题可是件大事啊！"说着抬头看了一眼雍正，二十几年来，他们兄弟之间的储位之争历历在目，想起来还让他们胆颤心惊、后怕不已啊！

听到这句话，雍正即刻坐直了，瞪起眼睛说："老十三，你知道吗？这几天我为此事想了一个好办法，正想与你商量，没想到你就提出来了。"

雍正说着，凑近胤祥，说出了自己的打算。

第二节　秘密立储

养心殿内，雍正辞退了所有太监和宫女，对胤祥说："先帝晚年，我们都亲身经历了残酷的争储大战，结果兄弟反目，父子成仇，想起来令人不堪回首。如今朕倒想了个办法，既可以预先立储，又能够避免太子干政，做出有违天伦的事情。"

胤祥瞪大了眼睛问："果真有这样的好办法？"

雍正说："是的，朕曾经读过一本唐朝的书籍，里面介绍了古代波斯人秘密立储的方法，朕想来想去，觉得这个办法非常适用。"

"秘密立储？"胤祥的眼睛睁得更大了。

雍正说："就是从皇子中选拔最优秀的一位作为继承人，把他的名字记在继嗣诏书上，然后将诏书藏起来，一旦皇帝驾崩了，就可以依照诏书尊奉嗣君继位。"

胤祥明白了，他说："这个办法好，既避免了公开立储带来的麻烦，也防止出现储位久久不决导致的矛盾。"

雍正叹气说："既然你也认为好，事情就这么决定了。朕明日就召集大臣们宣布此事。"胤祥知道雍正性急，决定了的事情不会迟延。他本来有意推荐弘历，想到雍正一定心里有了主张，说了反而不好，也就没有言语。

第二天，雍正临朝，把秘密立储的事情公之于群臣，他说："先帝仓促立储也能成功，完全是因为他神圣睿哲，能够主持大局。今天，朕即位快一年了，为了宗社久远，应该尽早立储。可是，皇子们都还没有成年，公开建储不利于他们成长，朕想来想去，决定采取秘密立储制。"说着，详细解释了秘密立储的方法和意义。

正大光明殿

宣布完毕，隆科多率先上奏："万岁考虑周详，臣等谨遵圣意，不敢违抗。"其他诸王大臣、九卿官员也叩头称是。

就这样，雍正施行了中国历史上从没有过的新的立储方法。他将写有储君名字的诏书亲自放到一个锦匣内，密封完好，交到总理事务亲王大臣胤祥手里。胤祥接过锦匣，在众臣注目下把它放到乾清宫"正大光明"匾的后面。整个过程公开严谨，毫无手脚可做。诏书上写的名字只有雍正一人知道，其他人毫不知情。

雍正继位不足一年就秘密立储,确定了继承人。这件事情很快传到后宫,随即在弘历兄弟中引起波澜。

雍正前后有十个儿子,其中皇后生育了一个,可惜幼年早殇,很早就去世了,目前幸存下来的只有弘历兄弟三人。而弘历三人都是庶出,他们的母亲都是雍正的嫔妾,地位并不高贵,照此来看,他们三人谁能立为储君,从身份上看,机会是平等的。而弘时自认为他是兄弟中年龄最大的,常以皇长子自居,地位高出两个弟弟,心里暗自期盼父皇能把皇位传给自己。他听说父皇秘密立储,写着储君名字的密诏已经被放到了"正大光明"匾后面了,顿觉心里痒痒的,总想知道到底是谁被立为储君了。

这天,他们都在圆明园内练射,弘时凑到弘昼面前说:"五弟,你听说了吗?父皇已经确定了储君,你想知道是谁吗?"

"父皇圣断明鉴,我们怎么可以擅自猜测君意。"弘昼说。

一句话把弘时噎得没话说了。

他心里也清楚,弘历虽然比自己小好几岁,可是不论才学武功都胜过自己,而且弘历虑事做事都很周到,深得人心,他不能不把弘历当成自己最大的竞争对手。

不管弘时如何想,当时大多数人都明白,雍正之所以如此快地立储,原因之一就是他有弘历这个好皇子。历朝历代,立储都是关乎江山社稷的重大事情,一旦选立了不当的储君,轻则影响朝政,导致国家日渐衰微,重则直接引起国家内乱,甚至引发战争。而且,储君之位难定,还在于储君的待选人才大都才智相当,难分上下,不便于君主作出裁决。如今,雍正的三个皇子中,弘历资质优异,明显地超出了弘时和弘昼,他天生的优良素质再加上他后天的勤奋上进,当然有利于雍正决定储位人选。雍正不会舍优取劣,从另外两个儿子中选立储君,他只有选定弘历。弘历也成为中国历史上第一位由秘密立储而嗣位的皇帝。

众人的眼睛是明亮的,很快地,弘历特殊的身份就在一次活动中得到了体现。

第三节　父皇赐肉风波

公元 1723 年,雍正元年八月十七日,雍正秘密立储,选定了四子弘历为未来的君主继承人。此事关乎皇子的命运和前途,自然引起他们的关注和议论。弘时对此事更是处处留心,多方探听,希望获得一星半点的消息,早日知道储君到底是谁。

机会来了,一年一度的冬至祭天大典来到了。以往两年,雍正都是代替父皇祭天,今年,是他登基即位做了皇帝后首次祭天,他不但亲临祭天,还决定要举行隆重的典礼仪式。这天,天气晴朗,北风呼啸,显得干燥而寒冷。这是一个干旱阴冷的冬天,入冬以来滴水未落。雍正传下旨令,皇子们特许休假,一起参加祭天大典。

仪式开始了,雍正亲自率领皇子们登坛拜天,祈求风调雨顺,五谷丰登。接着,雍正跪在那里,口中默念有词。跪在后面的弘历兄弟听不清父皇的话语,只好静静地跪着等待。雍正默念完毕,起身带着几个皇子下坛回宫。路上,他对弘历说:"你随我去趟养心殿。"

弘历答应着离开诸人,跟随父皇来到了养心殿。养心殿内有暖阁,暖阁里点着热腾腾的火盆,非常温暖,是皇帝和后妃们冬天取暖的专用处所。雍正坐在软榻上,回头看看弘历,握着他

的手问:"冷不冷? 快点靠父皇坐下。"

弘历说:"父皇,儿臣虽然冷,却不觉得冷。"

"这是什么话? 又冷又不冷的。"

"天气严寒当然冷了,可是祭天为百姓祈福,儿臣心情激动,就一点也不冷了。"弘历认真地回答。

雍正面露笑意,吩咐太监说:"去拿一块祭天的胙肉。"满族习俗,各种祭祀仪式都离不了猪肉,御膳房的厨师们在宫内宰杀生猪,煮熟后以肉祭天敬神,表示虔心诚意。而每次仪式结束,作为祭天用的肉就要分赐给宫内嫔妃以及地位重要的王公大臣,称作"赐胙"。

不一会儿,太监手里端着一盘新鲜的胙肉进来了,他举着盘子见过雍正,等待皇上处理这块胙肉。雍正高兴地说:"办得不错,朕要把这块肉赏给弘历。"他看看弘历,又说道:"弘历,父皇把这块肉赏赐给你,希望你好好享用。"

弘历急忙跪倒说:"儿臣多谢父皇疼爱。"他知道只有后宫嫔妃和德高望重的人才配赏赐胙肉,为什么父皇要把第一块胙肉赏给自己呢? 他虽然疑惑,却毫不犹豫地接过了胙肉,想了想问道:"父皇,儿臣不知道父皇因何赏赐我? 我年幼浅薄,能配享用第一块胙肉吗?"

刚才祭天,雍正独自默念的正是秘密立储一事。他默告诸天,请求他们保护储君健康长大,仁爱百姓,做一个有道明君。他认为,为了让弘历更接近上天垂爱,应该让弘历第一个享用胙肉,得此殊荣。他听弘历问讯赐肉原因,不便说出实情,只好口气生硬地说:"父皇赏赐你就接纳吧! 不要问什么原因了,长大了你也自会理解。"

朗士宁《平安春信图》，图上为雍正与弘历

弘历手捧胙肉，探究其中深意，却被父皇几句话给堵回来了。他也不敢再问，心里充满了迷惑。这种疑惑不但弘历有，其他皇子和王公大臣也对此事暗自议论。有好事者开始传言，皇帝祭天赐肉，显然抬高了弘历的身份，这样做不合礼法。这些传言传到弘历耳中，他不作任何争辩，但也隐约觉得父皇赐肉另有深意，究竟为了什么，父皇不说，他也不再猜测。

这天，久旱的天空突然飘起雪花，顷刻间，鹅毛般的雪花覆盖了大地，到处白茫茫的。弘历即刻去邀弘昼玩耍嬉戏，却见弘昼爱理不理地说："你是父皇的宠儿，祭天还被赐胙，我不敢跟你玩了，有朝一日你也许会登临大宝，我还是敬而远之吧！"

听他说得如此奇怪，弘历问道："你究竟听谁说的？这种话怎么可以乱说！"

原来，弘昼听信了弘时的挑拨。当日，弘时听太监说父皇赐肉给了弘历，心里非常不满。他想，我是皇长子，凭什么不赐给我而赐给他？他找到弘昼说："父皇率领我们祭天，弘历独贪头功,把父皇赏赐给我们的胙肉全部据为己有了。"

　　还有这样的事? 一向敬重弘历的弘昼不信他的鬼话,说道:"赐胙都是有规定的,我们都是没有封号的皇子,哪有受赐的说法?"

　　弘时阴笑着说:"你还不信吗? 你去养心殿看看不就都明白了。"

　　这时,弘时的心腹太监过来了,趴在弘时耳边窃窃私语,行为诡秘。弘昼急忙派遣自己的跟班去养心殿打探,结果恰如弘时所言,弘历不但接受了胙肉,还兴高采烈地与父皇交谈。弘时趁机再次说:"弘昼,你年龄小,看不清世事沧桑。如今父皇已经秘密立储,看来我们希望不大,所以我们更要团结起来,才有力量。"

　　弘时野心勃勃,竟然想着拉拢弘昼与父皇和弘历作对。

　　弘昼半信半疑,见到弘历后极力挖苦打击,反而伤了自己的心,一屁股坐下来呜呜哭泣。

　　弘历猜到弘昼受人离间,中了别人的圈套,转而攻击自己,他扶起弘昼说:"你我都是兄弟,你刚才说出这种薄情寡义的话,我都吓了一跳。父皇赐肉自有他的打算,我又怎么能随便打听呢?"

　　弘昼这才停住哭泣,哽咽着说:"四哥,其实依你的才智完全可以嗣位太子,父皇秘密建储,反而招致众人猜忌。"

　　"这你就不懂了,"弘历说,"如今没有公开建储还引起多人不满,要是公开储君,那还不重蹈覆辙,再次引起国家混乱,你我兄弟哪能像今天这般诚心相交?"

第四节　皇子惩内监

　　弘历被秘密立为储君,而他和其他所有人一样,并不知道此事。所有人只是暗地猜测,背后议论,各自打着各自的算盘。雍正冬至祭天赐肉给弘历,引起一场不大不小的风波。雍正有所耳闻,为了更好地保密并且保护弘历,决定在对待诸子上不再有任何异样,给他们相同的待遇。不管祭天祭祖还是学习等各方面,他都让弘历三兄弟共同参与,不偏不倚。这样,皇子们才渐渐平静下来。尤其是弘时,他看到父皇愈来愈公平地对待他们兄弟了,不再像以前那样经常批评自己,那颗蠢蠢欲动的心也得到了片刻安慰,依然偷偷做着嗣位的美梦。

　　此时的弘历呢?他专心于学习,对于储位并没有多大想法。尽管如此,关于储位还是有些争议,真可谓一波未平一波又起。

　　这件事情由太监刘裕引起。前面说过,他是雍正皇帝的奏事太监,地位非常显要,许多官员也巴结讨好他,以求能够顺利地向皇上奏事请旨。他为人比较贪婪,倚仗特殊的地位营私舞弊,做了不少坏事。

　　有一天,刘裕在乾清宫外昂然阔步,恰好遇到了进宫奏事的礼部尚书。礼部尚书让他把奏折呈给皇上,可是刘裕理也不理,满不在乎地说:"皇上用膳去了,有事等一会儿再说。"礼部尚书本来就很着急,看到刘裕态度傲慢,也生气了,大声争辩说:"你这么傲慢无礼,已经触犯了律令,小心我奏明圣上惩处你。"

"哼,"刘裕不在乎地说,"惩处我?你有本事去上奏啊!"

礼部尚书性子急,一气之下上去抓住刘裕就要打他。刘裕尖着嗓子喊起来:"怎么,你还想打人?来人啊!尚书打人啦!来人啊!"

他一呼叫,好几名太监围拢过来,他们都是刘裕的亲信,把礼部尚书围在中间,推推拉拉,不依不饶。就在这时,弘历和弘昼放学路过这里,他们看到几人拉拉扯扯,就走了过去。弘历制止说:"堂堂乾清宫外,天下威仪之处,你们这是干什么?"

礼部尚书看到皇子,急忙施礼说:"下官有事进宫奏报圣上,没想到他们不但不奏,反而讥讽下官,一怒之下,下官就与他们争执起来。"

刘裕脸红脖子粗地争辩说:"两位阿哥爷明鉴,奴才哪敢耽误尚书上奏,都是他性子太急了,奴才说万岁正在吃饭呢!他说情况紧急,吃饭也要奏上去。奴才想,万岁爷日理万机,身体要紧,怎能连吃饭的时间都没有了。这样说来说去,尚书大人就打奴才了。"

弘历早就听说刘裕心存不善,经常欺凌他人,宫内许多太监、宫女都怕他。今天见他敢与尚书吵架,还强词夺理,不由得怒从心起,提高了音调说:"刘裕,你身为奏事太监,不安分守己,以奴才身份敢与尚书争吵,这就是罪过,知道吗?赶紧向尚书赔罪!"

刘裕不服气地伸着脖子,气哼哼地说:"凭什么让我赔罪?他还打人了呢!"

礼部尚书说："你们人多势众，看得清楚明白，本官什么时候打你了？"

两人还要争吵，就听弘历呵斥道："不要吵了！刘裕，你胆子真够大，看你这副目无尊上的举止，可见你平日为人狂傲，不服管教。今天你也该清醒一下了，来人。"他一喊，身后随行的太监走过来，他吩咐说："刘裕目无尊上，咆哮宫廷，无视命官，拖出去打板子。"

随行太监忙悄悄说："阿哥爷，他可是皇上身边的人，不能得罪啊！"

弘历断然说："不管谁身边的人，犯了错误都要惩处。怎么，你怕了？还要我自己动手吗？"

"不是，不是。"随行太监呐呐着，走向刘裕。随行太监跟随弘历也学了些武功，有些身手。他一步上前擒住了刘裕，把他带到弘历面前。刘裕没有想到，平常文质彬彬、只知道读书写字的皇子还有这么厉害的手段，吓得脸色苍白，跪地求饶说："阿哥爷，奴才不敢了，再也不敢了，您就饶了我这一次吧！"

弘历厉声说："饶你？饶你你能吸取教训吗？拖下去打二十板子。"

这下倒好，堂堂内廷奏事太监，也是有身份的人，被皇子打了板子。弘历处置了刘裕，拿着礼部尚书的奏折，径直来到养心殿，向雍正奏明了这件事情。雍正正在批阅奏章，听了以后，抬起头问："弘历，你私自惩处父皇的奏事太监，就不怕父皇责怪你吗？"

"儿臣知道做得不够妥当，可是一味瞻前顾后，顾虑得失，不就姑息了恶人？自古以来后宫干政的内监很多，造成许多祸事，

应该严厉约束他们,才能防微杜渐。"弘历坚定地说。

雍正见弘历小小年纪如此英武,果断处理宫内大事,心里一阵喜悦,更认为将弘历立为储君是英明的决断了,遂高兴地说:"也罢,朕早就听说刘裕的一些恶迹了,只是事务繁多,还没来得及处理。这下也好,就把他交给敬事房一并查处。"

结果,刘裕被交到管事房,经过审查,查出了他多次私受贿赂、安置亲友做官的事。他的奏事太监一职被免,降职为宫内清扫卫生的低等太监。

刘裕因为弘历被罚,自然对他怀恨在心。他恨恨地想,还没有公开嗣位呢,就这么猖狂地处置宫人,等到他即位做了皇帝,哪还有我的活路? 他不但没有认清自己的错误、洗心革面重新做人,反而怀恨他人,意欲寻机报复。他自知身份微贱,无法与皇子抗衡较量,就开始背后算计,暗地施展一些卑鄙手段。多年宫内生活让他看到了储位相争的残酷性,他决定把弘历秘密储君的身份泄漏出去,搅乱后宫,达到个人的目的。他的目标自然瞄准了弘时。他暗自计划着,等待机会来临。

再说弘历,他惩处了刘裕,在宫内引起不小的震撼,大家对这个少年皇子更加敬重,不少人开始慢慢向他靠拢。可是弘历光明磊落,从不拉帮结派,依然故我地读书习武,提高个人修养和能力。这一切,雍正看在眼里,喜在心上,他知道自己的秘密立储选拔了一个优秀的继承人。那么,他将怎样培养这个未来的君主? 身为秘密太子的少年弘历又将会有什么引人入胜的故事发生呢?

第七章　秘密太子　翩翩少年

弘历"愿为君子儒，不做逍遥游"，全面提高个人修养，才艺出众。可是他身为皇子、未来的君主，一味沉浸于此可行吗？雍正为了考验他，开始让他接触政事，在这些方面，弘历会有哪些表现呢？他智斗外国侍臣、品茶劝宰辅，展现出不同一般的政治才能。但他的表现给他带来的是好事还是坏事呢？

第一节　弘历论画

　　弘历凭借真才实学,赢得了越来越高的地位和名声,朝廷内外不少文人雅士都知道这位才智出众的皇子。弘历在各位学识渊博的老师的教育下,对于各种艺术都有所通略。也是他天生聪明,许多事情一学就会,一会就通,成了名副其实的才子阿哥了。当时,宫内有不少御用画师,专门为皇室人员作画,其中有一个画师叫张世渐,他自小苦练丹青,又融会贯通各派之长,学识非常渊博,人送"张画圣"的称号,称赞他画技高超出众。张世渐自视甚高,见众人推崇自己,也就更加自负了。

　　"张画圣"听说皇子弘历天资聪颖,志趣高尚,琴棋书画无一不精,而且擅长作画,心里颇不以为然。他想,弘历是皇子,大家当然要捧他了,把他传得神乎其神,我看未必,难道他小小年纪什么都懂? 人家送我"张画圣"的雅号,我也以此立身,才不与他们一般见识、阿谀奉承呢! 所以,张世渐虽然在宫廷,却自恃清高,从不与弘历交流画艺。

　　后来,弘历听说了这件事情,只笑笑,没有言语。他知道雅士们心高气傲也是常见的事,不必与他们计较,但侍读的傅恒却有些生气:"四爷,他区区画师有什么了不起? 凭什么瞧不起人?"

弘历说:"人各有志,不管什么人都不要强迫他,知道吗?"

又过了段日子,弘历恰好路过张世渐工作的画室,他想了想,走进去了。张世渐正在作画呢!他看到弘历来了,头也不抬。弘历走近一看,张世渐画的正是《王士桢幽坐篁啸图卷》,画风豪放不羁,技巧却又精研细绘。弘历心想,真是画如其人,从画中足以看出张世渐自恃才高的性格了。

张世渐画完了才慢悠悠转身,看着弘历说:"四阿哥今日来此,有何事要吩咐吗?"

弘历笑着说:"我随便走走,路过这里,想起大家都盛赞先生为'画圣',所以进来观画学习。"

"'学习'可不敢当,"张世渐傲然说,"臣才疏学浅,画工粗狂,还是请阿哥指点一二吧!"意思摆明了就是:平日里诸人都称你是才子阿哥,今日我倒想看看你有多大本领。

弘历依旧笑吟吟的,他明白这是张世渐向自己挑战呢!看看自己有没有欣赏画作的水平。看来张世渐果如人们所言,恃才傲物,不入俗流。想到这里,他指着画说:"先生画的这幅画,掌法严谨,行笔坚硬,用力圆润,浓淡相宜,滋润有方,山水有情,石竹含意,随意挥洒,虽然受到尺幅限制,却有拂云擎日的气势。还有,王士桢独坐幽篁里,眼光郁郁,看起来好似避世厌俗,实际上流露出孤芳自赏的情调。"

张世渐听得瞠目结舌,他没想到弘历能作出如此精辟细微的评论,不亚于专业作画人员了。他面露羞赧之色,施礼说:"阿哥见解精确,臣画技平平,与名人相去甚远。阿哥精通画意,我这里还有一幅画卷,请您观赏此画,以娱心怀,臣也借机聆教一二。"

　　他听出弘历评画时以"孤芳自赏"暗喻他,心存不甘,所以又拿出一幅名画来故意"刁难"弘历。他想,这可是古人名画,没有点真本事可难评论此画了。

　　弘历当然明白张世渐的用意,不过他不知道张世渐会拿什么画来考自己,好奇心起,也就说道:"好,我也借此欣赏一下名人古画。"

　　画室众人见弘历赏画论艺,谈吐非凡,张世渐遂以古画为难弘历,场面越来越精彩有趣,都纷纷围拢过来看热闹。只见张世渐捧出一幅长卷,徐徐展开。这是幅泼墨山水画,奇崛豪放,蔚为壮观。

　　弘历也被恢弘的画面吸引了。他端起茶碗,边喝茶边细细欣赏。他自幼生活在皇室贵族之家,也见过无数珍品名画,这幅画

弘历亲笔图轴

倒是第一次看到。不由得暗想,张世渐能够收藏此画,也配得上"怪才画圣"的称谓了。

　　张世渐看弘历没了言语,心里暗暗得意,用得意洋洋的眼光扫了一下周围的同僚和仆从,仿佛在说:看见了吧! 你们吹捧的才子阿哥不过如此! 高兴之余,他伸手捋捋额下胡须,轻声咳嗽几声,似乎在催促弘历。

弘历欣赏多时，面带敬佩之色说道："这幅画章法实在出奇，山石嶙峋，造型迥异，可算是鬼斧神工；流水涓涓，贯穿全画，来龙去脉，追本溯源，实在神奇；松涛苍郁，云霭霞蒸，好似身临其境，又多了分神奇。非常美妙！"

他说完，诸人顿时活跃起来，纷纷投来钦慕的眼光，似乎在说：小小年纪，能有如此文采飞扬的见解也够厉害了。

张世渐却仍不罢休，他撇撇嘴，好像在说：以章法、意境、行笔论画，都是死板的东西，能说出画的出处才算真正懂画呢！

弘历明白他的意思，继续端详着画面，兴致益然地说："自古画有六法三品的说法，也就是神品、妙品、能品。我听说唐朝末年的王墨，落魄世间却不拘世故，擅长泼墨作山水画，世人都叹服他的画作精妙。我看这幅画就是王墨的画！"

这一下，诸人无不惊叹有声，纷纷喝采。张世渐却满面通红，慌忙说："阿哥博学广闻，臣万分不及。"

"不能这么说，"弘历大度地说，"先生见识深广，画作非凡，我还想向先生请教呢！王墨奇特的画风是如何做成的？"

诸人惊讶地望着弘历和张世渐，不知道弘历是不是在刁难张世渐。张世渐小心地说："阿哥学识渊博，臣愚昧，岂敢'班门弄斧'？"

弘历呵呵笑起来："切磋画艺是件快乐的事，先生不必客气。"

张世渐定定心神，这才说道："臣听说王墨嗜酒成性，每次作画前，都要喝得酩酊大醉，然后用头发取墨在绢纸上泼墨作画。所以能避免笔墨畦町，自成一种意度气派，作品与众不同，妙不可言！"

弘历边听边不住点头,手扶画案描绘着什么。等到张世渐讲完,他也将手抬起来。原来,他眨眼间已将张世渐惟妙惟肖地画在绢纸上了。众人近前观看,看到这幅神似貌肖的画作都齐声叫好,称赞不已。张世渐为弘历深远的见解和高超的画技所折服,深深施礼说:"臣浅薄,不及阿哥爷的十分之一,真是贻笑大方了。"

至此,弘历的才学更为人传播,这件事很快传到雍正的耳朵里,他既高兴又担心。弘历是秘密储君,未来的皇帝,如果一味沉迷于诗画文艺,会不会消磨他的意志,使他缺乏政治方面的趣味和锻炼呢?

第二节　智斗外国使臣

雍正担心弘历沉迷文艺,消磨了从政的意志和信心,决心找个机会试探他。时过不久,机会来了。

一天,雍正传旨,令皇子去乾清宫侍驾,接待外国使臣。

当时,清廷与许多国家都有往来,这个使臣来自遥远的俄罗斯国。康熙时,两国签订了《尼布楚条约》,边界稳定。如今,他们听说康熙过世,新君登基,又想趁机进犯边界了。

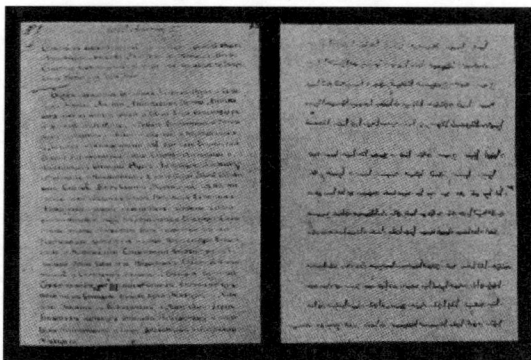

《尼布楚条约》

弘历兄弟来到乾清宫,只见宫内威仪森森,官员个个肃然直立,就连当值的太监也神色冷峻、如临大敌。

他们拜见了父皇,分别站在了御阶两侧。不一会儿,就见一个金发碧眼的外国人走进了宫殿。他面露惊讶神色,不停地打量绘着浮云和蛟龙的廷柱、令人瞠目的镀金大鼎、各种名贵硕大的瓷器和许多叫不上名堂的镶嵌着金银珠宝的东方艺术品。他眼花缭乱,嘴里不停地祈祷着。宫殿内外,禁兵侍卫像一尊尊铁铸的神像,按剑挺立,巍然不动,连眼睛都不眨。这一下,他的气焰顿时低了三分,这位名叫萨瓦·务拉的斯拉(Sava Vladislav-ich)的使臣慌忙扯住与他一同进来的隆科多说:"先生,我该怎么做?"

隆科多奉旨处理与俄国使臣谈判事务,讨论两国边界问题,所以他一直陪伴着来访的使臣。隆科多看看洋相百出的萨瓦,不冷不热地说:"萨瓦,按照我朝规定的礼仪,应该向皇上行三跪九叩的首觐之礼。"

萨瓦眨眨绿色的眼睛,奇怪地耸了耸双肩,不解地说:"三跪九叩? 我不懂。"

隆科多有些生气,指着他说:"刚才在驿馆不是教你了吗? 就是跪下磕头。"

看来萨瓦不愿跪下,所以故意说不懂。雍正见此,脸上露出愠色,说道:"隆科多,这个使臣架子不小,他究竟想干什么?"

隆科多急忙近前说:"万岁,他要求允许俄国商队和主教使团一起进京。臣奉旨做事,绝不做越矩的事,所以没有同意,他也许是记恨此事。"

萨瓦坚持不遵守清廷礼仪行礼,倒让朝堂上上至皇帝下至百官颇感为难,一时局面僵持住了。

端坐在龙椅上的雍正想了想,看着几个皇子问:"你们看,该如何处理外国使臣？"

　　弘时和弘昼听到父皇问话，还是问到关于两国交往礼节的大事，不由自主地往后靠，不敢接话。弘历自始至终用心观察外国使臣和朝臣的反应，早被使臣傲慢的态度激怒了，听到父皇问话，跨前一步朗声说："父皇，使臣不遵礼仪，轻视大清国威，儿臣认为不能纵容他；但是他作为使臣，所谓两国交战不斩来使，也不能惩罚他。"

　　雍正见他说得义正词严，头头是道，心里的怒火平息了些，接着问道："既不能惩罚又不能纵容，那么你看该怎么办呢？"

　　弘历请旨说："请父皇允许儿臣与他交谈几句，让他俯首称臣。"

　　雍正立即同意了，他正想借机锻炼诸子，顺便考验他们对于政事的关心程度和应变能力，看到弘历如此勇敢地站出来与使臣谈判，雍正非常满意。

　　弘历来到萨瓦面前，冷冷地扫视了他很久，一直没有开口说话。萨瓦见一个英俊贵气的少年来到自己面前，也定睛打量。四目相视，他看到少年黑得深不见底的瞳仁里有一股不怒而威的光亮，震慑得他心头一跳，气焰又矮了三分。僵持了片刻，萨瓦先沉不住气了，作出一副无可奈何的表情笑道："我们的感情表现在我们奔放外露的行动上，中国人的感情包含在一种内在的自然美中，有着令人钦佩的含蓄深沉，就是大不列颠人也不能与之相比。请问这位少年，你是……"

　　弘历这才开口，语气沉缓而有力："我是谁无关紧要，现在我代表的是国家朝廷，我想知道你来此的目的是什么？"

　　听到这几句铿锵有力的话，不仅萨瓦，就是朝廷重臣也都暗

暗惊讶,弘历不过是十三四岁的少年郎,却能说出如此得体大度的话语,确实不易。

萨瓦歪着脑袋看看隆科多,想了想说:"这么说,你代替隆科多先生与我谈判了?"

"也可以这么说。"弘历当即答道。

萨瓦没办法了,耸着肩膀说:"那好,我告诉你,我来这里是为了与贵国谈判蒙古问题……"

"蒙古问题?"没等萨瓦说完,弘历就打断了他的话,"蒙古历来是我国邦土,与贵国有什么关系,还要你来谈判?"

几年来,俄罗斯侵占了中国蒙古大片地区,导致了诸多矛盾。

萨瓦只好接着弘历的话回答:"当然,我无意否认阁下的话,但是,那片土地对你们富有而辽阔的中国来说,不过是小小的……"他一时想不出合适的中国词语,只好伸出小指头来比了一下,"而对我们俄罗斯帝国来说,用处却很大很大,我们与西欧各国做交易,需要皮货,您明白吗? 您看,这里有蒙古可汗愿意臣服我国的书信。我想,如果你们明智的话,应该会做出正确的决定。"说着,他从身上掏出一封书信,故意在弘历面前晃了晃。

弘历冷笑一声:"我明白了,你这是说,你想要就可以去抢,对不对? 你手中有蒙古可汗的书信? 能否在此拜读一下?"

萨瓦本来想拿书信威吓弘历,看他不但不怕,还步步紧逼,也不好退缩,硬着头皮说:"这是蒙古可汗写给我国大帝的信,怎么可以随便给他人看?"

"哈哈,"弘历听了,大笑几声,"我看你是害怕泄漏实情吧? 你们私自抢占我国土地,还怕失主追讨,真是越说越离谱了!"

　　萨瓦没有办法,转动着眼珠想,这个少年年纪轻轻,恐怕他不懂蒙文,不如就此以书信刁难他,把他吓回去得了。于是,他晃着书信说:"既然你不信,那你就读读这封信给大家听听,看看我说的是不是真的。"

　　这下他的算盘可打错了。弘历喜欢读书,不但学习规定的满语、蒙语和汉语,还利用课余时间掌握了维吾尔语和藏语,精通多种语言。他接过书信,以蒙语高声诵读。朝中懂蒙语的人不多,只听弘历读得流利大方;再看萨瓦,脸色一阵青一阵白,越来越难看了,气焰又降了三分。读毕,弘历语气严厉地说:"萨瓦,信中蒙古亲王明明斥责你们抢占土地,被你说成是与你们互示友好,这可真是滑天下之大稽! 还要把这封信用汉语当堂宣读,让朝臣们都听听吗?"

　　"不用了不用了,"萨瓦一把夺过信,揣进怀里说,"阁下年龄不大,却学识渊博,我佩服了,佩服了。"他说着,回头寻找隆科多,希望他出面替自己解围。

　　隆科多走过来,笑呵呵地说:"萨瓦,你还是按照我朝礼仪行礼叩拜再说其他的吧!"

　　萨瓦这才想明白了,急忙跪下来,向雍正叩首行礼,嘴里不停地诉说着请求谅解的话,再也没有傲慢的表现了。

　　雍正见弘历智勇斗使臣,让使臣俯首叩头,喜悦之情溢于言表,当下说道:"萨瓦虽然无礼,却识时务。弘历,朕已经命隆科多设宴招待萨瓦了,到时候你也去作陪,跟着听听外交事务,长点知识。"弘历领命称是。

第三节　品茶劝宰相

隆科多是雍正的舅舅,也就是弘历的舅爷爷。雍正初年,隆科多因为力保雍正继位有功,受到雍正重用,在朝廷官员中地位无人可及。他多次奉命处理与邻国的边界问题,很有经验,这次奉命设宴招待外国使臣,也是非常平常的一件事。

他的府邸在紫禁城西边,几年来,府邸几经修缮,终于完备,可算是豪华壮观。他打算在家中招待使臣,于是早早地命人通知了弘历。这日,弘历来到隆科多府邸,只见车水马龙,人头攒动,府邸前都是前来赴宴的高官贵胄。一个个乘辇坐轿,华服高冠,跟随的下人们络绎不绝,真有种"门庭若市"的味道。

弘历在侍读傅恒的陪伴下,只带了两个侍卫,便装微服步行到此,看到这个场面心里倒是有些惊讶。他想,区区一个外国使臣,值得这么隆重款待吗?

他们绕开热闹的人流,从偏门径直进了后堂。隆科多看到弘历来了,急忙起身迎了出来。弘历说:"大人,前来赴宴的人不少啊!那个萨瓦有这么重要吗?"

隆科多嘿嘿一笑:"实不相瞒,这些人不是为了萨瓦而来。前些日子,老臣奉命去阿尔泰岭处理与准噶尔的游牧地界,离开京城几个月,这些人挂念老臣,所以特地来看望的。"

　　原来是这样。弘历没有说什么，随着隆科多落座喝茶。

　　确实如隆科多所言，这次宴席明为招待萨瓦，实际上成了隆科多的接风筵席了。诸多官员送礼或献辞，无不是为了巴结讨好隆科多。弘历看在眼里，心中不满，却也没有声张。过了一会儿，他悄悄将隆科多拉至一旁说："大人，我看你这里如此热闹，也想给你添点情趣。"

　　"是吗，"隆科多说，"那就请阿哥爷赏脸了。"

　　弘历不慌不忙地说："我看那边有人在烧水，想是用来冲茶的。你叫他们烧开水后别动，今天我就为大家沏杯茶喝。"

　　隆科多忙说："怎么敢劳阿哥爷大驾呢？"

　　弘历却不理他。过了一会儿，水烧开了，下人提着水过来。大家都停下交谈，观看弘历怎么行事。只见他掀开茶罐，捏着一撮茶叶看了看，说道："这是上好的龙井茶。"然后他往每个杯子里各放了少许茶叶，轻轻挽起袖口，提着水壶向每个杯子里各倒了不足半杯沸水。这时，只听干燥的茶叶遇到沸水立刻传出细碎的嘶嘶声。一片片茶叶舒展开来，声音清晰可辨。在场诸人被弘历细致认真的举动所吸引，静静地观望倾听着。再看弘历，他静听了一会儿，接着仔细地观察每个杯子里茶水的颜色，一点一点慢慢地往里倒水。他边泡茶边笑着谈论茶道，似乎漫不经心地说："水质好坏直接关系茶水色味。说起来，露水是最上乘的泡茶用水，其次是雪水，然后才是雨水。大人，你这壶水是去年的雪水，对不对？我看不如当年的好。要知道茶水可不是酒，不是越陈越香。"他这一说，诸人轻轻笑起来。隆科多欠身观看茶水，只见碧澄澄色如琥珀透明，清香满屋荡漾，神色大悦，惊喜地说："老臣只知道喝茶提神解渴，哪里懂得这些道理。一样的水、一样的茶,臣从来没有闻过这样清香沁人的。今日算是开眼界了。"他说着,端起一杯茶就要饮用品尝。隆科多是武将出身,对于茶艺知之甚少,见到弘历精细的茶艺表演以及绝妙的茶道品论,确实长了见识。

弘历却制止隆科多说:"大人,等一等,不要急于品茶,这杯茶要等到半温的时候才可以饮用。一点一点慢慢品尝才有味道。不能把它当作解渴的水,如果单纯为了解渴,白开水就非常好了。"听此言,诸人又是一阵笑声。弘历接着说:"大家闻闻看,此时的茶香与刚才是否不一样了?"众人屏息嗅嗅,果然茶香与方才不同。刚才的茶香醇厚,只这一会儿工夫,香气已经幽雅素淡了不少,宛如空谷幽兰。

萨瓦目不转睛地看着这一切,早就吓呆了。那天,他回到馆舍后方知与自己谈判的是清朝皇子。想起他义正词严的态度,不由得倒吸口凉气,心想,皇子态度坚决,不放过我丝毫无礼之处,看来这次出使功绩不会太大了。好在有机会见到隆科多,到时候多给他送点礼也许能办成事。萨瓦是个中国通,非常了解官场情况,也深知隆科多地位重要,受到皇帝信任。于是他备了厚礼来到隆府,不料弘历也来了,只好见机行事。半途,却见弘历当场煮茶,与隆科多等人品起茶来,也就只好在旁静静观看。弘历娴熟的茶艺吸引了他,他对这个风度翩翩的皇子更加钦佩了,凑过来说:"喝茶还有这么复杂的程序和道理,我真是长见识了。"傅恒说:"你们只知道从中国运走大量茶叶,却不了解精深微妙的茶艺!"萨瓦喏喏称是。

弘历专心烹茶,并没有理会他们。这时,他开始让大家品茶,大家举杯,果然觉得清香爽口,每次只啜一点点便满口留香,与平常冲沏之茶迥然不同。

"我自认为茶乃水中之君子，酒为水中小人。"弘历啜着茶扫视众人一眼，说道，"可是'非小人莫以养君子'，李白没酒也作不了诗。"

《弘历雪景行乐图》

隆科多见他说得意味深长，不禁心里疑惑，遂试探着说："阿哥爷说得是，想臣这些粗俗之人，也不过是喝茶解渴，饮酒取乐，哪里顾得了那么多！"

弘历一笑说："大人不要多虑，我们饮茶闲聊，又不是曹孟德煮酒论英雄。"说着，他又啜口茶说："比如你我手中的茶水，竟是越凉越好喝，不信你再尝尝。"

隆科多丈二金刚摸不着头绪，只好听从弘历的话，又喝了口杯中茶，顿觉清芳异常，佩服地说："阿哥爷真是神人，能调制如此美味佳品，老臣今日真是佩服。"

"这有什么,"弘历淡淡地说,"茶艺博大精深,我这点皮毛实在不值一提! 隆科多大人,你如今官至极品,深得皇恩眷顾,也算是大人物,就没有想过冷热自有分寸的道理?"

隆科多一惊,他身在宦海,早年凭借叔父推荐做了京师步兵统领,得到康熙帝提拔,官位一步步上升。雍正即位时,他奉命宣读传位诏书,并且保证了雍正顺利即位,阻止了其他皇子的干涉,因此成为雍正即位后最得力的人才。雍正几次对他加封晋爵,赐给他太保头衔、双眼花翎、四团龙补服、黄带、鞍马紫辔,还赏给他一个特殊的头衔——"舅舅"。每次提到他的时候,在世爵之外,还要加上"舅舅"两字。诚如弘历所言,隆科多是当今最抢眼的大臣。今天,弘历品茶,说出这关于冷热的话来,他联想颇多,想起宦海沉浮,这些年来也见得多了,明天说不定就会厄运临门、惊讶失态了。他手端茶杯,小心回道:"阿哥爷教训的是,老臣年迈昏花,竟然冷热都分不清了。"

弘历轻笑着说:"大人,今日这茶有些奇怪,倒是凉了更比热的好用。我还年幼,不懂你们为官从政的道理,不过为人处事都是一个理,过分就不是件好事。"他暗地指责隆科多行事招摇,不知收敛,就好似这滚开的茶水,闻上去香,却不知冷却一会儿更好品用。

隆科多马上明白了,他站起来说:"老臣多谢阿哥爷教导,我一定记在心里,等到茶水凉了再喝。"

萨瓦呆呆地看着他们说话,不解地问:"隆科多先生,皇子阁下说凉茶好喝,你记住就是了,怎么还要一个劲地施礼致谢?"他不明白其中深意,所以这样问。

一旁的傅恒笑着对他说:"萨瓦使臣,这你就不懂了,皇子殿下的这番道理意义深刻,不管谁听了都要答谢的。你学了这么多道理,也该起身致谢呢!"

"是吗?"萨瓦疑惑地看看诸人,也要起身行礼。弘历摆手制止说:"不必了,不必了。萨瓦,我们探讨为人处事的道理,与你没有关系。"

弘历通过品茶暗劝隆科多,要他收敛锋芒,不能自恃功高便任意妄为,骄奢过度,迟早会落下个人走茶凉的下场。隆科多听了他的话,想起自己这两年所为,骄慢无礼、贪污受贿,做了不少坏事,实在害怕了。他即刻听取弘历劝告,行事转向低调。

第四节　父子说中庸

　　弘历回宫，并没有把劝说隆科多的事情告诉父皇。他知道父皇为人刚毅，做事严格，要求臣子做事也一丝不苟。他想，自己暗地劝说隆科多，也许他会有所收敛，这样冒昧地禀告了父皇反而不妥。

　　可是世上没有不透风的墙，很快地，弘历在隆科多府上品茶的事情传到了雍正的耳朵里。这天，雍正来到尚书房检视皇子们学习情况，借机单独召见了弘历，问："听说你认为茶为水中君子，酒为水中小人，有这样的事吗？"

　　弘历知道父皇了解了那天的事情，坦然答道："父皇，这话正是儿臣奉命招待萨瓦时在隆科多府上说过的。"

　　雍正点点头，语气冷冷地说："你身为皇子，奉命招待外使，为什么要说这样的话？"他指弘历劝说隆科多一事。

　　"为父皇分担解忧是儿臣的职责所在。儿臣身为皇子，国事、家事为一体，不能眼看着朝臣做错了事也不闻不问。"弘历慷慨地说。

　　"哼！"雍正好似很不高兴，"国事、家事，说得头头是道，你可知道这些事情关系朝局吗？哪里是你一个小孩子管得了的！"

　　弘历见此，并没有退缩，继续说："儿臣惹父皇不高兴，这是儿臣不孝。可是提醒隆科多，儿臣认为没有错。不能对他放任不管，任其为所欲为！"

雍正见弘历说得更坚定了，突然一拍桌案说："不要再说了，好好读你的圣贤书，不要过问朝政！"

这是多年来弘历第一次受到父亲如此严厉的训斥，他也吓呆了，不明白父皇为什么如此愤怒。他当然不知道，雍正早就了解隆科多的飞扬跋扈等诸多恶习，只是当初碍于朝政不稳，不便动手。经过两年治理，朝局已经稳稳掌控在他的手里，他当然要对隆科多动手了。哪想到弘历赴宴却提醒了隆科多，这不等于提前给隆科多通风报信了吗？要是他做了准备，再去拿他可就难了，所以雍正才为此发怒。

弘历虽然没有涉足政事，不过他机智地察觉出了事情原委，立刻跪下说："儿臣知道错了，都怪儿臣一时逞强泄漏了天机。"

"什么？"雍正脸色一变，又惊又喜地说，"天机？你知道朕的打算了？"

"是，"弘历说，"父皇，儿臣明白了。您想惩治贪官污吏，首先要拿隆科多开刀问罪。"

父子俩如打哑谜一般讨论这件事，真是让外人费解。雍正见弘历顷刻间理解了自己的用意，而且还勇于承担过错，转怒为喜，走过来扶起他说："弘历，身为君主身不由己啊！你看见了吗？"他转身拿起一张绢纸，上面赫然写着三个大字——"为君难"。他指着字说："这是朕做了几年皇帝的心得体会，不容易啊！"

弘历搀扶着父皇坐下，动情地说："父皇不要太操劳了，孔子说中庸才是至德，儿臣就觉得很有道理。"

雍正叹气说："至德是那么容易做到的吗？想你圣祖爷爷宽厚仁慈治国，后来呢？官场贪污成风，诸事废弛。朕继位以来，整饬纲纪，严明律法，凡事宁严不宽，宁紧不松，试图扭转局面，整治吏治，没想到却步步艰难。"

弘历素来佩服皇爷爷康熙，听到父亲发出这番感慨，倒是没有料到。他沉思片刻，认真地说："过宽则容易导致官吏玩忽职守，小人不畏法度；过严则使人心惶恐，酷吏横行。贪官固然可恨，酷吏苛政更是为祸一方。父皇，儿臣觉得为君者在于把握平衡，既不偏又不废，这才是合适的度。"

雍正看看弘历，打心里敬佩先帝康熙的眼光和调教，弘历可真是天生的君主胚子，年纪幼小

"为君难"印

已经懂得为君的深刻含义了。想到这里，他似乎忘记了刚才训斥弘历的事情，转而说："如今你们兄弟也渐渐长大，应该接触点政事历练历练了。你皇爷爷七岁继位，十三岁的时候就亲政了；朕幼年时，你皇爷爷为了锻炼我们，经常安排我们理事、出巡、接触朝政。朕近来多方观察，看到你们兄弟进步很大，也该出来锻炼一下了。"其实，雍正的意思在于培养弘历，让他走出书斋，切实深入到百姓生活当中，为以后做皇帝打基础。可是为了保守储位秘密，他也只能把弘历和其他皇子并提，以免像前次赐肉那样，引起不必要的猜测。

　　听说父皇安排他们做事,弘历高兴得差点跳起来。他强按下心头喜悦,激动地问:"不知道父皇安排我们做什么? 要不要离开京城?"

　　"还没有想好呢!"雍正不疾不徐地说,"这件事情可以慢慢商量。弘历,现在人们都说你才学超众,堪称才子,朕要提醒你,你生在帝王家,身上还肩负着家国重任,不能疏忽,懂吗?"

　　弘历从没有为储位的事担心过,也许在他的心里,这未来的君主之位已经非己莫属。即便如此,父皇这句提醒还是深深地刺激了弘历,他似乎明白父皇此话的深意了。当初关于秘密立储的流言蜚语又在耳边响起。他必须面对现实,如果储君是自己,那么是该奋发上进的时候了,不能再沉迷文艺而自得其乐了。为君者志在天下,他虽然有生就的天子气概,却受环境影响,自幼学文习武,完全是君子儒士的理想情趣,如今父皇要求自己改变志向,弘历自己也有意培养新的志趣,这番理想能否顺利实现呢?

第八章 直谏救肱股

　　弘历留心政事之初，遇到一件震惊朝野的大事。抚远大将军年羹尧，功高自傲，得罪朝臣，受到弹劾，雍正借"朝乾夕惕"之罪将他拿获，意欲除掉他。墙倒众人推，年羹尧身处险境，无人为他出面求情。弘历面对此事，不顾个人安危，直谏相救，雍正会同意他的请求吗？而弘历所作所为直接影响到了自己的个人前程，储君之位受到威胁，他害怕了吗？

第一节　年羹尧

弘历意欲改变志趣，转向关心时政，等待父皇为他安排差事。差事还没有定下来，朝廷上却出了件大事，雍正也无暇顾及弘历兄弟，一心一意处理此事去了。

这件事情还得从一个重要人物说起。这个人名叫年羹尧，他的父亲是年遐龄，曾经担任巡抚。年家是雍正做王爷时的家奴，所以出身并不高贵。年遐龄做了巡抚，年家的地位才有所提升。由于与雍正是主仆关系，年家对雍正历来恭敬有加，唯命是从。年羹尧小时候就与雍正交好，两人是一起玩大的朋友。

小时候的年羹尧可是有名的调皮鬼。到了读书的年纪，他恰好跟随做官的父亲在外地生活。身为巡抚，年遐龄当然想为儿子请个好老师，好好教导他，将来也能有出息。于是，年遐龄请来了教书先生教育儿子。谁知他不停往家请老师，老师却不断

年羹尧

地卷起铺盖不辞而别,老师来了又走,接二连三,没有一个留下来!

这是什么原因呢?年遐龄一个个去拜访老师,询问他们不辞而别的原因。老师们摇摇头说:"不是在下不教贵公子,实在是在下没有那个本事。实话说了吧,尊公子要想读书,除非请个神仙老师!"

年遐龄苦笑一声:"神仙老师?我们上哪里请神仙老师!看来孩子不成材,想什么办法也没有用。"他之所以这样灰心丧气,是因为他了解儿子的性格,调皮捣蛋,舞枪弄棒,没一刻安宁;儿子特别讨厌书本,哪个老师来了,稍不留神就会遭到他"暗算",轻则遭受怠慢侮辱,重则甚至会受皮肉之苦,谁不被他气走?

再说年羹尧,他赶跑了所有老师,心情畅快,脱下外衣立在院子里练习拳脚功夫。只见他扑闪腾挪,倒也有几分功力。一会儿,他抓起一把宝刀,挥动起来虎虎生风,平添英俊之气。围在四周观看的家丁齐声喝采。年羹尧更得意了,舞得更起劲。突然,家丁一哄而散,院子里只剩下光着膀子的年羹尧。他好奇地向门口看去,原来是父亲怒容满面地回来了。

年羹尧吓得转身要逃,被父亲一声喝住了。年遐龄说,如果他再不好好读书,就把他关起来,什么也不许他做。年羹尧生性好动,被关起来肯定会闷死。但他就是不向父亲认错,倔强地说,宁肯被关也绝不读书。父子俩僵持不下,事情就这么耽搁下去了。

过了一段日子,年府门口来了位老人,说是愿意教年羹尧。年遐龄听了喜出望外,急忙把老人请进府内。老人进府后,笑吟吟地说,他不但愿意教年羹尧,还一定要把他培养成文武兼备的

有用人才。年遐龄激动地说，果真如此，一定要重重感谢老人。但老人提出了几个条件：一，年羹尧跟着自己学习三年，不能住在年府，要搬出去与老师单独住；二，年府为他们师徒修建一座特殊的住宅，院墙高垒，除了留下一道狭小的门洞递送饭菜外，别无出口；三，年府人不得过问他如何教年羹尧之事宜，也不得探望他们。

年遐龄当场答应了老人的要求，派人修建了一座特殊建筑，让老人和年羹尧住了进去。师徒两人住在新院落里。一开始，老人自顾自读书，从不理睬年羹尧。年羹尧呢，乐得无人管，在院子里东奔西跑，练拳舞腿。玩腻了，他就搬动院子里的东西玩耍，花草树木、家具石块全成了他的玩具。没多久，院子里的东西整个挪动了方位，原来在东边的到了西边，原来在北边的到了南边，原来完整的变成破碎的了，原来精致的变成粗糙的了……望着自己的"成果"，年羹尧乐滋滋的，以为老人一定会责骂他。可是老人一如既往，依然埋头苦读，对他视而不见。年羹尧急了，没用多久，又把院子里的东西全放回原来的位置。如此折腾了几次，他玩累了，也玩烦了，可是看看那个与他一起进来的老头，依然津津有味地读书，不时发出会心的笑声，似乎书中隐藏着无限乐趣。

年羹尧纳闷了，走到老人面前说："你天天在这里读书，难道读不烦吗？书里到底有什么新奇的东西如此吸引你？"

老人这才抬起头，看看年羹尧说："怎么？你烦了？我的书里气象万千，内容丰富，每次读都有新的发现，我当然永远也读不烦了。"

"是真的吗？"年羹尧不信地翻动书页，他不明白一页页纸张到底有什么乐趣。

"不信你就试试看，"老人故意说，"你读懂了也就明白了。"

年羹尧没有别的可玩，又走不出这幢奇怪的住处，只好坐下来翻开了书页。年羹尧极其聪明，以前不爱读书是因为静不下心来，如今再也没有外事干扰了，他很快就学会了很多字，能读许多书了。这样，他读的书越多，也就越爱读书，他又通读了许多军事著作。三年期满之时，他已经成为颇具才学、深谙武略的少年俊杰了。

后来，年羹尧通过考试，进京做了官。由于他具有特殊的军事才能，被任命为陕西总督。作为雍正的家奴，他一直听命于雍正。康熙晚年储位相争时，他与雍亲王府的戴铎等人没少为雍正出谋划策。后来，雍正即位，为了防备镇守西北边界的抚远大将军——康熙的十四皇子，将十四皇子召回，派遣年羹尧接替了抚远大将军的职务。

抚远大将军身系国家安危，责任重大，康熙时只有康熙和十四皇子担任过此职，可见其地位非同一般。而且有传言说，康熙派遣十四子任抚远大将军，意在提拔他为自己的接班人。但十四皇子最终争储失败，落得悲惨的下场。这么一来，抚远大将军的职位又多了一层神秘色彩，似乎暗示了年羹尧最终也将走向厄运。

第二节　朝乾夕惕

年羹尧身为抚远大将军,成为雍正在京外最重要的大臣。雍正经常与他书信来往,还曾叮嘱他说:"朕身在深宫,难以了解百姓的生活情况,你在外边可留心观察,不管是你职责内还是职责外的事,只要是值得奏报的就写信给朕。"由此来看,两人的关系超乎一般君臣,更像是亲密无间的朋友。而且,雍正即位后,册立了年羹尧的妹妹为贵妃,从此两家关系更亲近了。年氏贵妃聪明大方,深得雍正喜爱,看来年羹尧地位荣宠,盛极一时。

世事难料,却又在情理之内。位极人臣的年羹尧任职抚远大将军期间,平定了青海厄鲁特罗卜藏丹津叛乱,使动乱了近半个世纪的西北边界彻底稳定下来。本来,雍正任命他为抚远大将军时,许多王公贵卿曾经因为他身份微贱而表示异议,不同意他任此要职。现在,他平定了叛乱,为新登基的雍正挣回了面子,稳定了局势,当然更受宠了。他与受封"舅舅"头衔的隆科多成了雍正的左右手、不可替代的大臣,荣宠备至。地位尊贵了,年羹尧的本性逐渐表露出来,他开始傲慢自大、无视同僚,甚至超越职权范围参与政事。

有一次,年羹尧奉命回京述职,京城内上至王公贵族,下至文武百官,全部到郊外迎接他。年羹尧手持黄缰,胯下紫骝宝马,在士兵护卫下得意洋洋走来了。这时,除去王公之外,其余的大臣全都跪地迎接。可是年羹尧安坐而过,对他们连看都不看一眼。王公们上前问候他,他只是高傲地点点头,一副不太理睬的神情。

年羹尧的表现受到众人的反感和厌恶,他的厄运也由此开始。不久,一张张弹劾他的奏折递到了雍正的手里。大体可以归纳出他的四类罪行:一是私自安置属员,二是贪污受贿,三是妄自尊大,四是离间君臣关系。这些告状的奏折详细罗列了年羹尧的罪状,都意欲置他于死地。此时,雍正也开始提防年羹尧。因为西北战捷之后,年羹尧自恃功高,而且越来越嚣张,就连隆科多和胤祥等人也不放在眼里。当时有些朝臣为了巴结年羹尧,甚至说出他立了奇功,皇上也不得不听从他的话。如此,雍正身为帝君,为了防备他功高盖主,有朝一日会手握兵权威胁朝廷,开始对他实施打压手段。

很快地,又发生的一件事直接导致年羹尧的灭顶之灾。雍正三年二月,有所谓"日月合璧,五星联珠"的祥瑞发生。五星联珠指的是金、木、水、火、土五星同在太阳一侧四十五度角范围以内;日月合璧指的是日月同升。这本是自然现象,可是古人迷信,再加上雍正特别信奉这些东西,喜欢以瑞祥征兆来暗示自己朝政的兴盛繁华,于是有人就以此为借口,吹捧雍正新政得到上天嘉奖,所以出现了如此祥瑞景观。官员们谁不懂得逢迎谄媚的技巧?他们纷纷上表,颂扬雍正朝乾夕惕,励精图治,得以天下大治,受到上天眷顾。年羹尧当然也不例外,他立刻亲自书写了一封奏折,八百里加急送进了京城。哪想到这份奏折竟然成了一张催命符!

朝乾夕惕，意思是形容人做事一天到晚很勤奋、很谨慎。这句话本来是褒义的，称颂雍正勤政爱民，可是年羹尧一时笔误，把"朝乾夕惕"写成了"夕阳朝乾"！奏折递到雍正手里，他勃然大怒，怎么？年羹尧你也太大胆了，这不是骂朕吗？朕够

雍正"朝乾夕惕"印

不上朝乾夕惕的资格，只配像夕阳一样西沉薄暮，好景不长了。雍正越想越生气，结合年羹尧傲慢无礼的表现，加重了对他心存不轨的怀疑。雍正是个疑心很重的人，这些年来储位之争、兄弟相残更让他变得心机重重，性格多疑而残虐。他再也不能容忍年羹尧了，立即传旨剥夺他抚远大将军职务，并且抄没他的家产，意欲置他于死地。

此事立即轰动了朝野，声势显赫的抚远大将军眨眼间沦为阶下囚，面临灭门之灾，谁不瞠目结舌？很多贵卿官吏们暗自高兴：他们痛恨年羹尧目中无人，瞧不起自己，这下好了，抓了他，可以说是解了众怨；也有部分官员私下叹息，新君登基以来，朝廷官员变动很大，不少人今日升了，明天就又降了，弄得人心惶惶，不可终日。现在就连年羹尧也说拿就拿了，自己还有什么保障呢？这些人中就有隆科多，他的心里不停地打鼓：自己和年羹尧是皇帝登基的两位主力大将，如今皇帝的地位稳固了，也该"兔死狗烹"，铲除他们了。于是，他开始逃避朝政，藏匿家财，防

备被抓。

隆科多做贼心虚，他这一动不要紧，将把柄落到了政敌的手里，也遭到弹劾。于是，雍正传旨一并把他也拿了。

两大重臣全部遭到抓捕。顿时，朝野慌乱动荡，谁都清楚年羹尧和隆科多自作自受，这是皇帝有意除掉他们。所以众人都落井下石，更加猛烈地上奏折揭发年羹尧点点滴滴的劣迹败政，有人甚至以他幼年不端的行为来攻击他，说他自幼就无视师长、贪玩捣乱，不是为人臣子的料，应该受到最严厉的惩罚。

墙倒众人推，面对这种局面，谁还敢为年羹尧争辩说理？令人无法预料的是，有人站出来为年羹尧鸣不平了。

这个人正是年仅十四岁的弘历。弘历关注时政，他听说了年羹尧的事情，左思右想，认为父皇的做法不妥，于是秘密上书，陈述了自己与众不同的意见。

他慷慨陈词，历数了年羹尧平定叛乱、镇守西北的功绩，还说西北多年战事不断，一旦杀了年羹尧，无人坐镇西北，将是朝廷最大的祸患。他说众臣嫉妒年羹尧也是人之常情，建议雍正采取妥当的措施处理与年羹尧的关系，不招致众怨。他特别说，如果仅凭一句"夕阳朝乾"的话就定功臣大罪，于情于理都说不过去，这是昏君的做法。

雍正读罢密陈的奏折，怒火中烧，拍着御案说："谁如此大胆，指责朕害了年羹尧？"他正要命人调查，却从字迹看出奏折是弘历所书。他颓然坐在龙椅上，半日无语，心里一片茫然。自己选定的储君竟然出面指责自己，难道真的做错了？处置年羹尧错了？还是选立的储君错了？这两件大事顷刻间压在雍正的心头，让他有种喘不过气来的感觉。

第三节　弘历直谏

弘历大胆上书,直陈年羹尧一案有冤屈,还指责父皇如果杀害年羹尧必将背上昏君的恶名。他的做法引起雍正的震怒和彷徨,对储君之位产生了怀疑。父子俩究竟能不能达成一致意见,消除彼此的成见呢?

当日,弘历了解了年羹尧的案情后,看到又要掀起新的狱案,心里不禁一阵着急:年羹尧势力庞杂,要想除掉他必定牵连诸多。自从父皇即位来,为了稳固权力已经屡次发动狱案,惩治朝臣,其中多次抄没家产,人心惶惶,不少人指责这是酷政严刑,迟早要引起政变。弘历关注政事以来,也发现其中弊端。如今,年羹尧作为功臣,镇守西北要地,仅仅因为写错了一句话就要遭受杀戮之灾,未免太严重了。想到此,弘历即刻奋笔疾书,写了一份奏折密呈给了父皇。

弘历上书后,日夜牵挂此事,他担心父皇不采纳自己的建议,却一点也没考虑个人得失。他没有想到这件事会触怒父皇,影响个人前程。这时,有一个人为此坐卧不宁了,他就是弘历的侍读傅恒。傅恒家世显赫,进宫侍读好几年了。他聪明伶俐,好学多才,与弘历关系最近。他悄悄对弘历说:"主子,在下觉得这件事不妥。您想想,万岁动怒,朝臣怨恨,年羹尧嚣张妄为,已经不可能逃脱罪责了,您还为他说话,这不是引火烧身吗?"

弘历正色说:"傅恒,我上书并非为了年羹尧,更不是为了我自己。我为的是朝廷和国家,家国面前,怎么能说引火烧身呢?"

"可是……"傅恒欲言又止。

"你怕什么,"弘历问,"如果父皇不采纳我的建议,我还准备面君直谏!"

看来他是铁了心了,傅恒不敢说话了。他心里想的当然是储位一事,他隐约听说弘历已被秘密立为储君,这时冒然进言会不会触怒龙颜,影响大局呢?

年羹尧奏折

果如傅恒所料,雍正不但没有采纳弘历的建议,还为此发怒,甚至对弘历的储位也产生了怀疑。

这天,雍正在圆明园接见朝臣,商量定夺年羹尧的罪行。有人说:"年羹尧欺君冈上,罪大恶极,应该凌迟处死,满门抄斩。"有人说:"年羹尧与静一道人、邹鲁等人图谋不轨,谣传年羹尧住宅上的白气是王气,将来会取代帝位,谋反之心昭然若揭,罪过极大,应该株连九族。"议来议去,他们罗列出了年羹尧九十二条大罪,款款都可以服极刑。

就在雍正准备下旨的时候,殿外响起了一阵急促的脚步声,紧接着一位少年推开众侍卫闯了进来。大家抬头一看,进来的是弘历。弘历气喘吁吁、满脸通红,急切地说:"父皇,儿臣有话要说,年羹尧虽然罪责深重,可是此事关系甚大,不能一概而论!应该从宽处理。"

"胡闹!"雍正厉声喝斥,"这里是你说话的地方吗? 还不快退下!"他根本不给弘历说话的机会。

"父皇,"弘历跪在地上说,"年羹尧平定西北叛乱,功绩卓著。如今西北边疆不稳,杀了年羹尧无异于帮了西北叛军的忙,父皇不能做让亲者痛仇者快的事情啊!"

雍正脸色铁青,示意侍卫把弘历赶出去。可是弘历有些功夫,跪在地上,几个侍卫也拉不起他。他什么都不顾了,继续说:"父皇,您重用年羹尧,让他立下了战功,成为显赫一时的人物;现在却要因为一句话就要杀他,如此下去,朝臣如何坦然做事? 整日胆颤心惊又怎么能为朝廷做好事?"

弘历的话直指雍正,认为雍正纵容年羹尧,导致其目无尊上、违法乱纪,反过来又要以此为罪名杀他,人心不服。

雍正恼怒极了,起身朝弘历走来。众臣害怕父子动手,急忙阻拦雍正劝解说:"万岁息怒,阿哥爷一片赤诚之心,为国为君不计较得失,可见他是真诚勇敢的人。"

"真诚? 勇敢? 朕看你是吃了熊心豹子胆,不知道自己是谁了!"雍正指着弘历高声叫骂。

弘历豁出去了,抬起头说:"儿臣情愿担负不孝的罪名,也不敢做不忠不义的举动。满朝文武官员前几日见了年羹尧还是施礼叩头,现在呢? 落井下石,唯恐不能置他于死地,这些人的建议就值得借鉴、就全是对的? 年羹尧纵然有千万条罪行,但是他的功绩不可抹煞,试问杀了年羹尧谁能镇守西北? 谁能为朝廷分忧? 因为写错了一句话,大开杀戒,这个罪名谁来承担?"

他这一说,众臣脸色陡变,谁也没有料到平日温文尔雅、谈笑间尽显文采风流的弘历会如此刚烈坚强,对于政事见解深刻,一丝不苟,比雍正还要入木三分。他们纷纷跪在地上,像是打怕了的鸭子,不敢有丝毫动静了。

殿内寂然无声,空气似乎凝固了一般。默立许久,雍正突然转身坐下,他沉闷地吩咐说:"来人,把弘历暂时看押起来。关于年羹尧一案,让刑部把案卷交给朕,从长计议。"说完后,他仿佛非常劳累,背靠龙椅,半闭着眼睛什么也不说了。

几个侍卫走进来扶起弘历,把他带了下去。几个重臣互相对视几眼,不敢说话,悄无声息地退出大殿,擦拭着额头的汗珠,直到出了圆明园也无人说一句话。

第四节　仁贤有名

少年弘历直谏年羹尧一案,触怒了父皇雍正,遭到关押。这天,弘昼和傅恒悄悄来到看押处所看望弘历。他们叹息说:"你也太大胆了,明明知道局势已定,非要拿鸡蛋去砸石头,能有好结果吗?"

弘历并不后悔,沉静地说:"还是那句话,我不是为了求得好结果,只是为了朝廷和国家。"

弘昼摇头说:"朝廷、国家,这些事情你能管得了吗? 就算你是储君,现在不还有父皇吗? 这下恐怕……"他欲言又止。

"什么?"弘历觉得他话里有话,紧问了一句。

弘昼和傅恒你看我我看你,都没有回答。

"到底怎么啦?"

傅恒见弘历焦急,咬咬牙说:"主子,你只顾了朝廷、国家,怎么不为自己想想。宫里有人议论,恐怕万岁要重新考虑储位问题了。"

"储位?"弘历一惊,难道真有这样的事? 他看看弘昼和傅恒,他们一副灰心丧气的表情。过了一会儿,弘历静下心来,缓缓说道:"储位之说本来就是猜测,谁也不知道父皇选立了哪个皇子,怎么现在却传出重新考虑的话? 你们不要放在心上。依我看,大约像年羹尧一样,墙倒众人推,不会有更坏的结果了。"

　　"看来你心胸还挺宽广,像个男子汉!"伴随着这句深沉有力的话,门外走进来的正是怡亲王胤祥。胤祥脸上带着笑意,看起来心情不错。

　　弘历他们急忙给胤祥问好。胤祥摆摆手让大家坐了,接着说:"弘历,当初我也被你皇爷爷圈禁过,你知道吗? 一圈就是十年啊! 进去的时候正是风华正茂的少年郎,出来时已经早生华发了。"

　　弘历听说过这事,他静静地说:"皇爷爷深谋远虑,圈您是为了保护您,为的就是您能出来辅佐父皇。"

　　"呵呵,"胤祥笑起来,"你倒是聪明,不过,你父皇让我来可是问你罪的。"说着,脸色突然一沉,起身严厉地说:"弘历,皇上问你,你擅闯朝堂,私下议论朝政,指责君父和朝臣,可知道罪孽多重吗?"

　　场面骤然变化,弘昼和傅恒吓得站也不是坐也不是,呆呆地注视着弘历。弘历跪下来,听完胤祥传达父皇的问话,不卑不亢地说:"儿臣该说的都说了,父皇说的这些罪责儿臣一样也不抵赖,请父皇依照律令惩罚我。只是年羹尧一案,儿臣自认为没有说错,还请父皇三思!"

　　胤祥脸色凝重,逼视着弘历问:"你想好了,这些罪状一旦成立,你就永远都无权参与储位的选拔了。即便万岁已经秘密选立了你,也要将你废掉,懂吗?"

　　傅恒忙推推弘昼,示意他劝说弘历。弘昼慌张地说:"十三叔,啊,不,四哥——哎,你们不能这么着急,为了一个年羹尧,搞得鸡犬不宁了。十三叔,您说的这些是我父皇的意思吗? 我四

哥天赋异秉,聪明好学,又经过圣祖皇爷爷调教,那可是天生的君主气象,怎么说废就废了呢?"

"五弟,不要乱说话!"弘历制止说:"十三叔奉命做事,哪里能够擅自篡改父皇的旨意? 十三叔,您不用说了,弘历态度坚决,愿意接受任何惩罚!"

眼看着局面僵持住了,一时间谁也不再言语。胤祥来回踱步,神情难以捉摸。此时,盛夏的阳光热辣辣地照射着院子,门外几棵高大的绿树十分茂盛,屋子里非常闷热,每个人的脸上都挂着细密的汗珠。胤祥猛一转身,盯着弘历说:"既然如此,十三叔就告诉你吧! 你父皇决心已定,不会放过年羹尧和隆科多。前番你品茶劝说隆科多,你父皇已经不满了,这次你犯颜直谏,为一个蔑视君主的人求情,可以说是大错特错。弘历,十三叔也是过来人了,当年触犯龙颜,被圈禁了十年,你父皇正是因此让我来劝说你的。你记住一句话'无情最是帝王家',十三叔可是深有体会。"

弘历依然跪在地上,他微微挺挺脊背,直视着胤祥说:"十三叔,您的好意弘历心领了,你我都是读过书的人,我想问您一句话,您认为我上书直谏所言有道理吗?"

胤祥知道他心里不服,只好叹气说:"弘历,你也看到了,你父皇不是写了个'为君难'的牌子放在身边吗? 他身为君主自有他的难处。年羹尧功高震主,隆科多心怀不轨,这些事情不处理早晚都是祸患。虽然你说得有理,可是皇上骑虎难下,满朝文武都瞪着眼睛看着呢! 你也见了,他们不管有没有投靠过年羹尧和隆科多,现在都变成了哑巴、聋子,除了落井下石还能做什么?"

　　说着,胤祥走过去轻轻扶起弘历,眼里满含期望,继续说道:"弘历,十三叔佩服你仗义直言,危难时刻勇于挺身而出,为了朝廷和国家不计个人得失,这是难得的素质。你放心,我会向你父皇求情,你就安心等待吧!"

　　弘历郑重地点点头,他送走了胤祥等人后,拿起笔墨作诗抒怀。几年来,他"问安视膳之余,耳目心思一用之于学","朝有课,夕有程,寒暑靡间",除了读书就是写作,已经写了很多诗歌和文章,才华洋溢,备受瞩目,可见他多么勤奋用功。

　　过了几天,边界传来消息,由于隆科多被召回,北部边界谈判陷入被动,萨瓦趁虚而入,利用这个时机与朝廷新派去的代表签订了《恰克图条约》。条约承认了俄罗斯已经侵占的蒙古土地归其所有,造成国土流失。消息传来,雍正震惊愤怒,他回想起弘历的上书和直谏,也开始担心西北边境的安危了。可是处置年羹尧和隆科多的旨令已经下达了,怎么办好呢?

　　胤祥趁机进言,劝说雍正:"弘历说得句句真诚,为社稷江山考虑,应该把他放出来。至于年、隆两案,也该考虑弘历的意见,从轻处罚。"

　　其实,雍正早就明白弘历的一片苦心,也为他挺身而出、直言利弊的勇气所感动,如今听胤祥这么说了,也就借坡下驴,挥手说:"叫弘历来见朕。"

　　父子相见,已经没有了几日前的剑拔弩张,弘历跪倒请罪,雍正扶起他说:"好了,念在你初犯的份上,不追究你了,以后要好好做事,不可鲁莽。"

　　雍正又下了份旨意,大意是说年羹尧虽然犯了九十二条大罪,款款可处以极刑,但考虑到他功绩卓著,又有人为他求情,所

以法外开恩，判处他自裁，将他家十五岁以上男子发配充军，抄没家产。至此，牵连广泛、影响深远的年狱也算从轻处置了。至于隆科多，所受处罚与年羹尧大致相同。在当时看来，他们犯了十恶不赦的大罪，却都获得了从轻的处罚，这其中不能说没有弘历力排众议、大胆直谏的原因。

事过后，雍正诏谕称弘历在"举朝无一人言及者"的情况下，"密奏无杀(年)羹尧及抄家诸事"，实在是"仁贤"之举。他决定开始安排弘历兄弟接触政事，办理差事，也好得到锻炼。

弘历第一次触及政事，就来了个一波三折，惊心动魄，让人了解他英武不屈、宽仁贤德的一面。接下来，他一心一意听从父命，准备积极投入到所经办的差事中去，却没料到，在他被看押期间，就有人开始密谋，欲对他进行不轨的行动。

第九章
兄弟相残　黄河遇险情

　　祸起萧墙，弘历被父皇关押期间，弘时趁机而动，预谋篡夺储位。这时，弘历被派往山东办差，他机智地处置治水官员，密上奏折，投宿客店了解民情，这些举动被弘时派去的人秘密探查清楚。危机顿起，黄河岸边乌云密布，杀机暗伏，杀手们围拢客店，将弘历及其臣属团团围困。少年弘历带着傅恒勇敢地与敌拼杀，他们能否逃离虎口，顺利回京？

第一节　内监献计

雍正安排弘历做的第一件事情就是去山东办差,监督河务,顺便体察当地民情。弘历非常激动,带着傅恒和几名侍卫就上路了。但他却万万没有想到自己前脚离京,后边就有人开始暗地采取行动算计他了。

这个人正是他的三哥弘时。前些日子,弘历因为年羹尧的事触怒了龙颜,被关押了。当时,曾经遭到弘历训斥责打的太监刘裕以为机会来了。他想,弘历犯错了,他的储君之位恐怕保不住了,要想报仇该趁机行事了。于是,刘裕暗地里结交了三皇子弘时,把他知道的事情向弘时详细叙述了,并且怂恿弘时说:"万岁爷立了四阿哥为储君,现在他出事了,阿哥爷您可要趁机行动,不要错过了好机会。"

弘时听刘裕绘声绘色地描述父皇当日如何写下弘历的名字,如何郑重其事地把锦匣放到正大光明匾后,越听越生气,他确定自己无缘储位,能高兴吗?

刘裕见他动了心,接着说:"阿哥爷,您可是万岁爷年龄最大的皇子,一点都不比四爷、五爷差,凭什么立他不立您呢?您可见过了,先帝爷的大阿哥,那也是英勇有为的人物,西北平叛还立了不少功,结果呢?由于储位相争,落了圈禁终生的下场,到现在也生不见人死不见尸,你问问宫里宫外,谁还记得当年的大阿哥? 人生就是如此,你不去争不去抢,什么也捞不到,最后只有被人踩在脚底下!"

他一番鼓动,弘时更难以忍受了,气呼呼地说:"哼,只要扳倒了老四,老五没什么可怕的!"

弘时年长弘历、弘昼七八岁,如今已经二十一二了,雍正依照祖制,分封了他府邸,他早就搬出皇宫独自生活了。为了探听宫内消息,他决定让刘裕做自己的内线,随时关注宫内的动静。刘裕虽然遭到贬斥,可是凭他多年宫内生活,了解了许多内情,打探消息也很有经验,所以爽快地答应下来。这样,两个人算是走到一起,开始了陷害弘历的第一步。

这天,弘时进宫,听说弘历奉命办差去了,心里老大不痛快。他闷闷地想:我都二十多了,这些年来,父皇什么事情也不安排我去做,明摆着瞧不起我。老四有什么? 不就是能写会画吗? 这下可好,才十四五岁就可以单独办差,这不是明摆着培养他、扶植他,为着有朝一日走上登基大位吗? 想来想去,他漫步在宫内石榴林里,愤愤地摔打着枝干,发泄心中不满。突然,有人老远喊道:"三爷,三爷。"弘时排行第三,前头的两个哥哥早殇了。

弘时顺着声音看去,正是刘裕,他紧一步慢一步地跑来了,累得有些气喘,走到弘时面前神神秘秘地说:"三爷,您知道吗? 出大事了。"

"什么事?"弘时忙问。

"万岁爷派四爷外出办差了。"

"这算什么,"弘时没好气地说,"我早就知道了。"

"这可是机会啊!"刘裕眨着眼睛小声说。

"机会?"弘时一怔,他不明白刘裕什么意思。

刘裕凑到他的耳朵边说:"您想想,四爷是个精明干练的人,平日深居后宫侍卫随行,您怎么对他动手? 现在他离开京城了,人单势孤,不正是机会吗?"

弘时吃惊地张大了嘴巴,不管怎么说,兄弟情深,乍闻刘裕这么凶狠的计策,他还是呆住了。过了一会儿,他才低沉地说:"这些年来,父皇对我要求甚严,我也没有培养合适有用的人才,这么突然要上哪找人做这样的事?"虽然他嫉妒弘历,可是弘历对他却毫无过分的举止,一直把他当作兄长看待,俩人关系虽不是很好,也还说得过去,如果痛下杀手,一是于心不忍,二是再也没有退路可言了。

刘裕见此,献计说:"唐太宗玄武门弑兄夺权,才有了大唐盛世,三爷您不动手可就全完了。要说人选,奴才深居后宫多年,仔细观察思索,倒是想出了个好主意。"

"说!"弘时狠狠地命令道。片刻工夫,他顽劣的本性复苏了,想到如果能够杀了弘历,那么储位就非己莫属了,哼哼,到时候谁还敢瞧不起我?!

刘裕果然老奸巨猾,他为弘时推荐了两个人,一个是康熙的八皇子胤禩,一个是康熙的九皇子胤禟。说起这两人,前面也交代过,他们都是当年储位的有力竞争者。胤禩机智聪明、工于心计,结交满朝文武官员和各方人士,形成了八爷党,其中胤禟就是他的死忠。后来,他们的阴谋被康熙发觉,遭到痛斥谴责,在储位争夺中败北。雍正即位后,为了笼络人心,控制他们的行动,一方面封胤禩为亲王,使得他与十三爷胤祥一样,成为朝廷上最重要的王公贵卿;一方面削除他的羽翼,派胤禟去了西北军营,名为监管军务,实则受到监视。当时,西北军营还是年羹尧说了算,胤禵在那里会过什么样的日子,可想而知。

弘时听了刘裕的建议,心头一紧,他明白两位叔叔与父皇的关系,他们争夺储位数十载,如今刚刚安定下来,会帮助自己吗?

刘裕作为宫中老人,当然清楚当年血腥残酷的储位大战,而且他曾经暗地支持过胤禵。胤禵为了争储,不但千方百计地讨康熙欢心,而且尽所能结交可资利用的各阶层人物。对于王公大臣、各级官吏,甚至江湖术士,只要有利用价值,都是他收买的对象。刘裕身为宫内奏事太监,当然也是他的结交对象之一。刘裕十分了解胤禵的心情,明白他不愿就此沉寂下去,只要有机会一定会站出来反对雍正,搞乱朝政,好借机行事。

只要弘时和胤禵结合,肯定会上演一场精彩的宫内大戏。弘时决定采纳刘裕的建议,与胤禵秘密联系。所谓同病相怜,弘时和胤禵是费尽心机争夺储位的两代皇子,他们在新一轮较量中会施展什么样的手段?

第二节　狼狈为奸

　　胤禩果如刘裕所言,争储落败后并没有死心。雍正登基,他心里非常不服气,认为雍正才智、能力都平常,为什么皇位偏偏落到他头上呢?可是不服气又能如何?雍正采取严厉的手段一步步削弱他的势力,如今两人地位迥异,斗争也变得不对等了,他只好暗藏锋芒,伺机行事。他清楚自己难以与雍正相抗争,就转而拉拢康熙的十四皇子胤禵。胤禵与雍正是同母兄弟,曾任抚远大将军,当年也有谣传康熙要传位于他。雍正即位后,担心他手握重兵对自己不利,任命年羹尧代替了他,解除他所有职务,让他去为父守陵、悔过自新了。

　　弘时很快就与胤禩勾搭上了,他们一拍即合,达成协议共同对付弘历。胤禩心里得意地想,只靠我们的力量已经很难对抗雍正了,这下倒好,来了个弘时,如果利用他,行事就方便多了。他表面答应弘时帮他争储,实际上另有企图,打算趁机搅乱雍正的朝政,进而从中渔翁得利。不是吗?弘历天纵英杰,深得康熙赏识,据说雍正继位就是因为康熙相中了他,这样的角色显然比雍正还要英明三分,要是雍正把皇位顺利传给他,胤禩等人哪还有希望?而弘时就不同了,胤禩知道这位侄子,自幼行为乖张,不爱习文练武,懒惰懈怠、智力平平,如果辅佐他继承帝位,胤禩

胤禩

完全可以控制他。这样的话，自己虽然没有当上皇帝，却能够行使皇权，也算取得了胜利。

弘时哪里清楚胤禩的想法，他亲临胤禩府邸，与之密谋争储事宜，见胤禩痛快地答应了，心里万分喜悦。他当即表示说："八叔，如果大事成了，你就做摄政王，如同当年多尔衮一样，我听你的。"

当年，大清刚刚入关，顺治帝只有六岁，他的叔父多尔衮摄政，朝廷大事都是多尔衮说了算，所以后人有大清十二帝十三朝的说法，这多出来的一朝指的就是多尔衮摄政期间的朝政。

"八叔可没有这样的野心，"胤禩忙说，"我是为你鸣不平才同意帮你的。弘时，在皇子中你年龄最大，你父皇却如此不公正地对待你，这样做一是对你不公，二对朝廷无利，可是你也知道你父皇，他对我怀有戒心，这样的话我也不能明说。如今既然你明白其中利害了，说明你长大了，懂事了，能够为江山社稷考虑了，这是很好的事。我也知道你的心思，知道你是因为父皇行事苛刻、不善于体恤亲情，所以才来找八叔诉苦。你这么懂事，八叔很高兴，以后有什么事，我们爷俩商量着办，肯定没有办不成的！"

胤禩经验丰富，收拢一个弘时简直易如反掌。他这一说，弘时果然既感动又佩服，急忙把他当成自己的救命恩人一般看待。从此，两人关系越走越近，这股争储的暗势力开始蠢蠢欲动了。

这次，胤禩对弘时说："争储必须做得彻底。你和八叔不同，当年我们兄弟大小有二十几个，可是你们只有三人。你听八叔的，做就要做得彻底，除掉弘历，储位就非你莫属了！"

"我也这么想，"弘时说，"弘昼性格懦弱，又不热衷于政事，如果弘历不在了，父皇也只好改立我了。"

"何止如此，"胤禩沉沉地说，"到时候你父皇恐怕也无能为力了。"

弘时眨眨眼，不明白胤禩这句话的意思。不过他觉得除掉弘历对自己有好处，也就不再深思细想了。

胤禩为了争储，经营多年，曾经形成八爷党。这几年来，他的势力并没有消失殆尽，各地仍有部分官吏听命于他。他对弘时说："山东那边有八叔的人，你放心吧！到时候我通知他们一声，事情就能神不知鬼不觉办好，你只管等好消息吧！"

弘时犹豫了一下，提醒道："弘历可是个机灵鬼，八叔你要谨慎！"

"嘿嘿，"胤禩笑了，"凭他有多聪明，不过是个十四岁的娃娃，八叔我四十岁了，会斗不过他吗？"

弘时放心地说："侄儿早就听说八叔厉害，今天算是见识了。八叔，还是那句话，如果大事办成了，侄儿任何事都听你的。"

胤禩突然放下手中茶杯，起身说："弘时，记住，我们这是为了祖宗社稷着想，并不是贪心为己，知道吗？如今朝政过于严厉苛刻，百官怨言纷起，八叔担心哪！"

弘时看看胤禩，心想，什么祖宗社稷，不就是为了争夺储位吗？人人都说八叔贪图名声，为了追求良好的社会形象不惜代价，今日一见果然如此。怪不得当初他没有成功，像他这样婆婆妈妈哪能斗得过父皇？他心里这么想，嘴上却说："侄儿记住了，为了我们爱新觉罗氏的江山社稷，我们不能坐视不管了，要承担起责任。"

他们的豪言壮语，说得跟英雄豪杰一般，骨子里却是损人利己的勾当。

胤禩眼里闪着光彩，激动地说："弘时，你明白就好。"

两人又密谋多时，至夜深，弘时才依依不舍地离开胤禩府邸，转身回府。他走了，胤禩经过深思熟虑，一面派人联系在西北军营的胤禟，一面派人去山东安排有关事宜。另外，他也没有忘记守陵的胤䄉。前段日子有人还传出谣言，说道士蔡怀玺去景陵求见胤䄉，胤䄉害怕招惹是非，拒不接见。蔡怀玺就写了两张纸条扔进院子，一张纸条上写着"二七便为主，贵人守宗山"，另一张上写着"以九王母为太后"。两张纸条意思明确，要赶雍正下台，让胤䄉做皇帝，九爷胤禟的母亲做太后。事情很快传扬开，蔡怀玺被抓入狱，胤䄉也受到了更严厉的监控。此时，胤禩考虑着，胤䄉到底是什么想法，要不要把这次行动计划也通知他呢？

再说弘时，他志得意满地回到府邸，一心等待着好消息，却不巧这日弘昼突然来到了府上。弘时有些心虚，不明白弘昼来了到底要做什么，只好强装笑颜迎接他。

弘昼大咧咧地说："三哥，四哥走了些日子了，我在宫里烦闷，所以到这里找你玩耍。你有时间吗？"

弘时讪笑几声："五弟来了，我没有时间也得抽时间啊！对了，这几日父皇可好？"

"好得很，"弘昼端起茶水一饮而尽，回味着说，"你这茶冲得不好喝，不如四哥。说也奇怪，我从小就与四哥在一起，他怎么就懂那么多事情，而我却好像个傻瓜。"

弘时察言观色，故意试探地问："怎么，不服气？还是嫉妒了？"

"我哪里有那份心！"弘昼坚定地说，"四哥文武双全，才智过人，比我们强多了，就连皇爷爷也格外看重他，我有什么好不服气的？"

弘时气恼地看了一眼弘昼，心想，就你这副德行，也只有仰慕他人的份，哼哼，你看好了，过不了几天，备受你崇敬的弘历可要上西天喽！你要舍不得呀，完全可以跟随他一起去……

"三哥。"弘昼的喊声惊醒了弘时，他忙收住冥想，又讪笑了几下。弘昼左右打量弘时，奇怪地说："你怎么啦？魂不守舍的。"他突然一笑，"我知道了，是不是想嫂子了？对了，怎么不见嫂子？"

弘时早就成亲了，妻子是钮祜禄氏，名字叫秀珠，偏巧她娘家与弘历的母亲家关系比较近，也算是亲上加亲了。弘时见弘昼打趣自己，心情稍稍安静下来，说道："她们去西山进香了。今日天气不错，我们兄弟也去遛遛吧！"

"好啊！"弘昼爽快地答应着。他热衷佛事，整日研究佛学经典，把敬佛当成第一要务，听说去进香，当然很高兴了。

这边兄弟两人乘车去西山进香，那边弘历带人已经到了山东。他一路行来，明察暗访，也有了些成绩。这日深夜，他点着蜡烛凝神细思，打算把所见所闻上奏父皇。傅恒过来说："主子，夜深了，早点歇息吧！明日再写不迟。"

　　弘历蹙眉无语。他首次微服私访,感触颇深,了解了许多百姓疾苦。这让他这位生长在富贵乡中的皇子深刻地认识了许多问题,他不能沉默下去,他要发表自己的看法和意见。

　　弘历并不理会傅恒,卷起袖子拿起了毛笔,他要写什么呢?他有没有察觉出近在咫尺的危险呢?

第三节　夜上奏折

弘历深夜不眠,坐在烛光底下书写奏章,他究竟有何事要向父皇奏报呢?

这件事情还得从他离京赴山东说起。话说他离开京城,与傅恒一路前行,很快穿过沧州,来到了德州地界。这天他们在一家客栈投宿,见来往住店的人比较多,弘历走出客房,来到外间听人闲聊。一个穿着破旧衣衫的人说:"这下又完了,冲了好几个县呢!这下半年可怎么过?"

另一个人像个书生,摇头晃脑地说:"年年治,年年决,朝廷派了不少当官的,一个个来了走,走了来,卷走了银子,留下了洪水,哎!"

弘历正是为了监督河务而来,听说河水决口,官员们不能善加治理,反而挪用治河经费私饱腰包,心里怒火升腾。接着,又有几人也加入议论的行列,他们又说又骂,其中一人还说:"算了算了,这都是我们老百姓命穷,争吵有什么用?新皇登基也改了不少章程,河南的田文镜还搞了个摊丁入亩,说是为了老百姓,结果呢?生员罢考,民怨沸腾,不好说啊,不好说。"

那个书生模样的人立即反驳说:"历朝历代都是尊孔崇儒,先帝也是推行儒教治国,凭什么现在突然贬低儒生的身份?到底要人读书还是要人耕田？天底下有两不误的事吗？"

他们议论时政，却丝毫没有注意坐在一边的弘历。这时，傅恒悄悄走了过来，伏在他耳边说："这里人多嘴杂，我们明天还要赶路，先上去休息吧！"

弘历想了想，稳稳地说："我办的就是听老百姓诉苦的差，还分什么早晚和地界了？就在这多听一会儿吧！"

那些人口无遮拦，越说越深，说奉命治水的郭多明贪污受贿，仗势欺人，搜刮百姓，不服地方管理，简直就是一个十恶不赦的坏人。弘历奇怪地想，郭多明多行不义，父皇为什么派他来治水呢？

恰在这时，人群里一个人的话回答了弘历的疑惑，他压低声音神秘地说："你们知道吗？这个郭多明可大有来头，他上头有人。"说着，他翻翻眼睛，似乎屋顶上正趴着人偷听他说话呢！

"什么人？"

"敢情是一品大员？"

"要不就是中堂宰相？"

……

谁知说话的人再次翻翻眼皮，不屑一顾地说："谅你们也猜不到更大的官衔了，告诉你们吧！这京师之地一二品官员都算不上数，都是靠边站的主。"

立时，四周传来啧啧称羡声，他们无法想象一、二品大员都要靠边站是什么局面。要知道，他们一辈子也见不到几次七品知县。

那个人又说了："郭多明早年投靠了八爷，你知道八爷吗？先帝时百官举荐他做太子啊！后来，八爷败势了，只做了个亲

王，他以贤德得人心，没有忘记旧人，推举郭多明来治水。"

原来是这样，不仅众人听明白了，弘历也对这个郭多明的来历一清二楚了。他想，八叔推举郭多明治水，这是好事，可是这个郭多明也太不知轻重了，做出这等失人心的事来，父皇知道了还不怪罪八叔荐人不当？

弘历清楚父皇与八叔等人的关系，他想了想，决定详细考察，搞明白郭多明的真实表现后再上奏言明这件事。

第二天，他们早起赶路。弘历心事重重，顾不得欣赏四周景致，打马疾行。他学识渊博，文雅风流，本来一边赶路一边与傅恒吟诗著文，其乐融融呢！这下好了，兴致一扫而光，只剩下拼命赶路，急着解救受灾百姓了。

终于来到了济南府，说也奇怪，郭多明听说弘历来了，假装跑到河边工地上劳动，不来迎接他。济南知府亲自迎出府衙，隆重地欢迎皇子驾临。

弘历问讯了济南知府有关事宜，发现他吞吞吐吐，似有隐情。弘历心知事情确实蹊跷，只有稳住心神，才能慢慢探知真相。他告诫自己千万不可莽撞行事，以免打草惊蛇。

过了一天，弘历带着傅恒几人也来到了河边工地，他不动声色地查看河工们工作，走到河桩边时，突然一抬手拔出了一根木桩，交给傅恒说："量量深度。"

傅恒掏出尺来测量，结果发现深度根本达不到要求。

弘历脸色一沉，喝问郭多明："这么简单的事情都做不好，河堤能修牢固吗？'千里长堤溃于蚁穴'的道理也不懂？"

郭多明以为皇子视察不过是走走形势、摆摆样子，哪想到他这么认真在行，忙回答："都是河工懒惰，做出偷工减料的事，我回头一定严惩他。"

"回头？水火无情哪里有你回头的工夫！再说，河工懈怠，难道不是你平时疏于管教的错？来人，把郭多明带回府衙，我有话要问他。"

弘历在工地上拿了郭多明，顿时引起轰动，济南府大小官员听说此事，颇觉蹊跷，不知道弘历要做什么。知府战战兢兢地来见弘历说："阿哥爷，郭大人犯了何事？"他害怕有事牵连到自己。

弘历说："郭多明犯了什么事，他清楚，你们也清楚，如今你却来问我，这不是件怪事嘛！"

他正是利用众人胆怯的心理来震慑他们，好令他们说出实情。众人确实毫无防备，没有料到这个年纪轻轻的皇子如此决断，来到后什么事不说就先拿了郭多明，心里自是忐忑不安。

自从拿了郭多明，弘历什么话也不问不说，只是命人好好看管，自己带着傅恒去逛大明湖了。几天下来，济南府官员撑不住了，他们坐立不安、茶饭不香。尤其是知府，上次去见弘历，听了他意味深长的话后，心里七上八下，搞不懂这个少年皇子到底要做什么。惩治郭多明？还是朝廷另有旨意？会不会牵连自己？要不要检举郭多明的恶迹？他左思右想，脑子里像灌了一桶浆糊，糊里又糊涂。

最后，知府坚持不住了，他微服来到大明湖，秘密见了弘历，一五一十叙述了郭多明的诸多恶迹，跪在地上说："阿哥爷明鉴，我官职不如他，被迫做了些事情也是身不由己，您可一定要为我作主。"

弘历笑着说："你已经醒悟了，说明你是个有良心的官员，放心吧！只要你改过自新，勤政爱民，我保证让你继续做个好官、

清官。"

　　知府叩头谢罪,陪着
弘历回到府衙。这天夜
里,弘历开始斟酌上奏的
事。夜深了,他依然枯坐
烛前,不肯去睡。傅恒劝
了几句,见他不理睬,只好
陪着坐下来,见他动手书
写奏章,担心地说:"郭多
明是八爷的人,我们这么
鲁莽地抓了他,上奏万岁
会不会不妥当? 要不要再
等等,要是他能招供就
好了。"

乾隆像

　　弘历手握毛笔,头也
没抬:"既然抓了还怕不妥吗? 他犯罪是实,证据确凿,不怕他不
招。至于审理他,如果在当地审理,你我的力量不够,闹不好会
牵涉太大,影响恶劣,还是交给刑部审理定夺。再说,这也是给
八叔一个台阶,要不然我首次办差就拿了他的人,还要在地方上
轰轰烈烈地讨伐审讯,他那么爱面子的人还不得记恨我一
辈子?"

　　傅恒见弘历虑事这么周全,敬佩地说:"难怪万岁这么放心
让主子办差,主子虑事实在周全细密,就算有一万个奴才也比
不上。"

　　"一万个?"弘历噗哧一笑,"假如有一万个傅恒,弘历还能坐

在这里写奏折吗?"说着,他做了个鬼脸,好似吓得掉头要跑的样子。

傅恒被他幽默的举动逗乐了,一边研墨一边说:"跟主子在一起就是开心,我傅恒发誓不管何时何地,都追随主子左右,绝不离弃。"后来弘历做了皇帝,傅恒成为他的首要大臣,一生忠心耿耿地辅佐他。

弘历和傅恒专心办差,怎么也不会想到危险正在悄悄逼近,威胁着这对主仆朋友。

第四节　拒礼训知府

弘历深夜上书,陈述郭多明的罪行恶迹,为民伸冤,为朝廷惩治贪官,显示了他英勇果断的素质,也透露出他宽大为怀的本性。第二天,他微服巡视了部分河道,督促地方官员继续治理河水,然后准备和傅恒一起回京复旨。

济南知府设宴为他们送行,并且安排下人为他们准备行装、车辆和礼物。弘历望着一堆精美礼品,其中有一棵半尺来高的珊瑚树,不由得微笑着说:"济南府不大,想不到却有如此奢侈的物品,简直可以与石崇比富了。"他脸上含笑,话语里却含着讥讽之意,济南知府心里一阵紧张。

毕竟,石崇可是历史上以斗富成名的人物。石崇是晋朝有名的富人。皇帝司马炎的舅父王恺听说后,非常不服气。他自认为自己的官职和社会地位高,多年来靠裙带关系贪污受贿积下亿万家私。听到石崇的豪富水平后,王恺心里当然很不平衡,决定与他比富斗阔。他们先在厨房里比试,王恺用麦芽糖涮锅,石崇就用蜡烛当柴烧;接着赌到了道路上,王恺用绸缎铺成了四十里的路面,石崇针锋相对,把五十里道路围成锦绣长廊;后来两人又回到房子上赌,王恺用花椒面泥房子,石崇就用赤石脂做涂料……斗来斗去,王恺屡斗屡败,情急之下想起了最后一张王牌,他入宫晋见外甥司马炎,祈求皇帝助他一臂之力。司马炎也是昏庸的君主,不但没有劝阻舅父的这种行为,反而从国库里拿出西域某国进贡的一株价值连城的珊瑚树,高约二尺,让舅父拿去斗败石崇。王恺得到珊瑚树,信心倍增,洋洋自得地拿着珊瑚树来到了石崇面前,炫耀夸示。没想到石崇看到珊瑚树后,一言不发返身回屋,手里握着一柄铁如意慢慢地走了出来,三两下把珊瑚树砸得粉碎!王恺大怒,勒令石崇赔偿这皇家珍宝,随后石崇漫不经心地命令管家从密室里捧出来几十株珊瑚树,高大低矮不一,最高的达到三四尺,最小的也近二尺,比王恺的质地还要好。石崇在众人瞠目结舌的目光下,指着一排珊瑚树说:"君欲取偿,任君自择。"王恺无法,只好认输。这段比富的故事由此流传下来,石崇也成为了富人的代名词。

如今济南知府为了讨好弘历,献出了一株珊瑚树,弘历当场说出富比石崇的话,这不是把他比作了石崇吗?石崇作为中等官吏,依靠不法手段获取暴利,在国力微弱、百姓贫穷的情况下居然做出与人斗富比阔的举动,遭致后人的唾骂和嘲笑,是为官场中人所不取、朝廷所厌弃的。听到这样的形容,济南知府慌忙说道:"阿哥爷,奴才这株珊瑚树是渤海呈送来的,他们说东海呈现祥瑞,出产了这株珊瑚树,打算进献给皇上,既然您来了,奴才就大胆拿出来了。"

祥瑞之说是为了奉承雍正。他即位后,为了树立良好的形象,显示国家兴盛繁荣,表示政治清明、人民安居乐业,特别相信祥瑞的说法。前些年,年羹尧不就是在"日月合璧,五星联珠"时写错了贺词,导致了杀身之祸吗?

弘历并不相信祥瑞,认为这是子虚乌有或奇异的自然现象,

与时政无关,更不能说出现祥瑞国家就强盛了,人民就富裕了。他听济南知府说珊瑚树是祥瑞,即冷笑几声:"照你所说,石崇有几十株珊瑚树,他不是比只有一棵珊瑚树的皇帝司马炎还要具有祥瑞征象? 如果换了他来做皇帝会对国家百姓更加有利?"

济南知府听了,吓得跪倒磕头:"阿哥爷,奴才一时糊涂,蒙蔽了心性,听信这样的异端邪说,做出这种无知举止,还请您大人不计小人过,原谅奴才。"

弘历脸色渐趋缓和,语气也软了许多,慢慢说道:"这也不怪你,你起来吧! 身为地方长官,只有心系百姓,多为百姓做事才是好的,不要本末倒置,一味地巴结上司,结果反而害了自己,懂吗?"

"奴才记住了,奴才记住了。"济南知府慌忙起身说道,"奴才受到阿哥爷教诲,算是明白事理了,以后一定多为百姓做事,为地方好好服务。"

"这才是你的根本职责所在,记住就好。我也不打扰你了,就此别过。"弘历带着傅恒出了府衙,乘坐来时的马车轻装上路了。

为了深入体察民情,弘历他们依然微服出行,走走停停,一路上详细了解风土民情和百姓生活状况。他们没有想到,车到黄河时,奉八爷胤禩密令前来追杀的刺客也寻查到了他们的踪迹。

原来,胤禩派人来了山东。来人径直去找郭多明,却听说郭多明被弘历拿下了。此人急忙通过其他管道联系,找到了郭多明在当地的爪牙,他们听说八爷派人来了,通过府衙师爷见到了郭多明。郭多明听了来人的意思,心里非常痛快,他咬牙切齿地说:"八爷就是英明,应该把他干掉,换个听话懂事的主子,要不然这样下去,再过几年就没有我们的活路了!"于是,郭多明立刻安排手下杀手出动,要他们寻找到弘历等人,伺机行事,不留活口。

刺客受了密令,马上动身启程,追赶弘历他们去了。

弘历怎会料想到有这等杀机,他虽然微服,却没有刻意隐藏个人行踪。这一天,深秋的天空淡云朵朵,他与傅恒的车辆来到了黄河岸边,只见浑浊的河水翻滚涌动、澎湃高涨,宛如一条黄色巨龙横卧天地之间。弘历见此,诗情迸发,随即吟诵起来。傅恒也随着他踱步吟诗,漫步河边树下。两个少年郎丝毫没有察觉到,不远处正有几双恶狠狠的眼睛注视着他们呢!

第五节 黄河遇险情

不远处的几人正是胤禩和郭多明派来的刺客,他们尾随而至,很快就找到了弘历等人。他们知道弘历身边有几个大内高手,是护卫弘历的侍卫,因此不敢贸然行事。后见到黄河水高涨,想了个自认为万全的计策。

他们想着,水势汹急,弘历肯定不会轻易过河,必定在岸边暂住几日,正好于夜间趁其不备行事。一人说:"只要让他们分散了,区区一个弘历,年少无力,遇上我们还不是羊入虎口吗?"

另一个人说:"不可大意,我听说弘历练过武功,有些本领,骑射也不错,曾经在比赛中百发百中,受到很多人吹捧。"

"不管怎么说,"刺客头目语气沉沉地说,"我们接受的是死命令,弘历不死我们就得死,如今只有拼死一战了。"他接着分析说,"黄河水势又急又大,弘历这几天是过不了河了,我们有充分的时间准备,肯定能一举成功。现在最要紧的是低调行事,不要引起他们注意。特别是那个傅恒,要想办法把他引开。"

一人自告奋勇说:"傅恒最喜欢古画、书籍了,可以此分散他的注意力。"

"好,"刺客头目点头说,"少了傅恒,弘历就像少了一只眼睛,看看他这个独眼龙能否逃过我的霹雳掌?"说着,他啪的一声砍断了有如茶杯粗细的树枝。

弘历不能过河，自然就在岸边客栈住了下来。天黑时，他们刚要上床睡觉，就听门口吵嚷着进来一个年老的瞎子。他手里拄着拐杖，嘴里不停地嘟哝着："我睡在街头没什么，它睡在街头可不行，你们赶紧给我找个地方住下！"

有人奇怪地看着他，见他独身一人，除了个包裹别无他物，怎么还口口声声说"他"不能睡在街头呢？"他"是什么？

瞎子好像猜透了人们的心思，紧抓着包裹说："它可是我家祖传的古画，不能虐待它啊！"

古画？有人不屑地撇撇嘴，一幅画有什么珍贵的，又不能吃喝。有人满脸羡慕，祖传古画，历史肯定非常久远了，价值不菲，看他衣衫不整，怎会有这样宝贝？……

傅恒也探出头来观察。他酷爱古画，听说有人背着古画住店，顿觉这是天赐的缘分，让他领略古画的真韵。

他回头说："主子，有人背着古画住店，不知道他背的是什么古画？"

弘历埋头读书，听见他的话，稍微沉思说道："夜色降临，一个瞎子突然闯进来住店，还大声说着自己有宝贝，这不是自寻是非吗？难道他不怕强盗盗窃，还是此地民风淳朴，他有恃无恐？"

傅恒不以为意地说："我看那个瞎子像个落魄书生，也许他自恃才高才做出这狂傲举动。"

弘历看看傅恒，突然说："你喜欢古画，何不去欣赏一下，说不定会淘得一份至宝呢！"

"我……"傅恒犹豫着说，"我保护主子责任重大，怎么可以擅离职守。"

　　"没什么，"弘历坦然说道，"要有不测，你守在这里也会发生，还不如走出去主动出击，也许会有意想不到的事情发生。"

　　傅恒明白弘历的意思了，要他假意观画，实则试探瞎子的来历。他即刻下楼来到瞎子的住处。两人各怀心思，很快就交谈得非常热落，好似旧识般。

　　透过交谈，傅恒心里有底了，这个瞎子对于手中所谓的祖传名画并非了如指掌。这就怪了，明明是祖传的，爱如珍宝，怎么可能出现差错？他知道瞎子来路不善，说不定是谋财害命的盗匪。想到这里，他心里一紧，要是他在这里行凶，人多事乱，危害到主子可就麻烦了。他镇静心神，借口方便悄悄溜上楼去，关上房门说："主子，不好了，那个瞎子果然来路不善，我们赶紧离开这里吧！"

　　弘历眉头紧缩，站立起来说："朗朗乾坤，清明世道，这些人怎么放着正当日子不过，非要做些打家劫舍、谋财害命的勾当?!"他还不知道这些人是冲着他来的呢！

　　"主子，这不是忧国忧民的时候，我们不能混杂在这里，先走为上。"

　　"走?"弘历眼神清亮，透着不怒自威的神色，断然说，"他们多行不义，我们不去拔刀相救，反而畏缩逃脱，这像话吗？今日我倒要看看这帮人要做出什么无法无天的事来？"

　　傅恒知道弘历的脾气，决定的事情就不会更改，只好赶紧传递信号，秘密嘱咐随行侍卫，要他们提高警觉，严密防守周围安全。

　　做完这些事情，傅恒大胆请缨说："主子，我还是到瞎子那里，监视他的举动。"

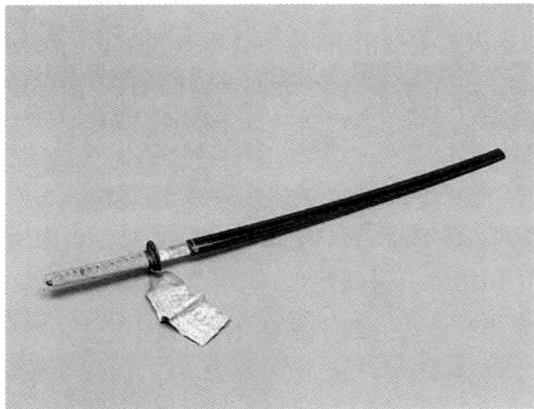

乾隆用腰刀

弘历拍拍他的肩膀，郑重地说："深入险境，注意保护自己。"

却说瞎子那里，他见傅恒去了许久不回，正担心计划是否暴露，却见傅恒兴冲冲回来了，这才放下心来，两人继续谈论画作。

夜越来越深了，月初的月亮像一道眉毛，细细的，弯弯的，俊秀有余，光亮不足。半夜时分，乌云遮盖了这道弯月，客店顿时陷入沉沉的黑暗之中。除了瞎子屋里的灯光，其余的房间都熄灯了。客店的一位伙计起身如厕，揉着眼睛不解地嘟囔："怪事，别的屋灯都灭了，偏偏瞎子屋里还亮灯，他白天还看不见，晚上点着灯干什么？"

他不知道瞎子屋里还有一个傅恒，他更不知道瞎子以此做信号，等待同伙到来呢！

过了半夜，傅恒困了，揉着眼睛要去睡。瞎子忙缠住他说，他一个人住在这里害怕，求傅恒在这里陪他一夜，还说明天过了黄河要答谢傅恒。

傅恒正想住在这里阻止他们行凶,见他挽留,也就乐得留了下来,他躺倒床上,假装很快就睡着了。

瞎子却忙起来,悄悄打开房门,溜出去会同同伙直奔弘历的房间而去。傅恒见他们走了,翻身跃起,即手握短刀冲了出去。

瞎子几人摸到了弘历房门外,从门缝里放了一会儿迷香,猜想应该已经迷倒屋里的人后,便悄悄拨开房门走进去。他们摸到床前举刀就砍,却听哐啷一声,刀砍在石头上,震得他们虎口发麻。这下他们才知道弘历有了防备,已提前做了安排,急忙打着火石四下找寻。藏在暗处的弘历趁他们不备,举刀跳出来,几个人在黑暗里战成一团。打了一会儿,弘历觉得奇怪,为何这些人招招狠毒,都欲置自己于死地,而且他们不言不语,好像对财宝也并不感兴趣。难道他们是针对自己来的?迟疑间,刺客的利剑刺来,划破了弘历的胳膊,他不敢恋战,转身躲到窗子下边。这时,几个侍卫也闯进来了,举刀舞剑与刺客一阵混战。弘历迅速地思索着,他明白了,这些人是冲自己来的。这么说来,傅恒的推断是正确的。刺客有备而来,将准备不很充足的弘历等人打得只有招架之功,并无还手之力。傅恒也提着短刀进来了,他急忙保护着弘历跳出窗子,往外跑去。弘历气喘吁吁地说:"快快备马。"

傅恒忙与弘历来到马厩,牵出马匹,一人骑一匹马撒腿跑出了客店。他们来到外面,正好遇到等候在这里的其他刺客。这些人挥舞刀剑将他们围在中间,双方势力悬殊,弘历和傅恒打马背对而立,与刺客兜着圈子。过了一会儿,刺客显然沉不住气了,低吼着直取两个少年,弘历和傅恒举刀相迎,他们怎么逃离危险,顺利回京呢?

第十章 脱险求情救手足

弘历逃脱险境顺利回京后，雍正多方调查审问，终于查出了幕后凶手。八、九王爷被贬，弘时也暴露了，面临被杀头的危险。这时，深受其害的弘历却挺身而出，机智地为他求情。弘历大义救兄，赢得了众人赞许，他的储位是不是就稳固了呢？

第一节　脱　险

　　弘历在黄河边遇到刺客追杀,他与傅恒策马提刀奔出客店,却又遇到了埋伏在外面的杀手。他们只好举刀与刺客周旋。弘历心里明白,这些人武艺高强,出手狠毒,不能与他们硬拼硬打,要寻找机会逃脱。他喊了一声傅恒,两人齐心协力向外冲杀。

　　凭着一阵猛冲,趁刺客略有疲惫之际,他们策马朝着夜色深处狂奔而去。刺客们紧追不放尾随其后,深深夜色里,马蹄声响成一片。

　　刺客们追得急促,在一条岔路口,傅恒对弘历说:"主子,我来引开他们,你从另一条路逃走。"

　　弘历刚想说什么,却见傅恒猛拍他的马屁股,宝马载着弘历懂事地顺路跑下去了。傅恒停了片刻,让自己的座下马匹嘶鸣着朝另一条道冲下去了。刺客们果然顺着马声追寻傅恒去了。

　　再说弘历,他单马独骑朝前奔跑,却不知前面正是滔滔黄河。夜色里,黄河水哗哗震天响,似有千军万马奔腾呼啸,骇人心魄。弘历站在岸边,一阵冷冷的秋风吹过,他不禁打了个寒颤,凉意从脚底升起。奔跑了这么半天,弘历一直在急速地思索着，是谁如此大胆非要置自己于死地呢？心惊过后，他顿感迷茫，自己虽然身为皇子，却历事不多，多年来深居宫闱读书学习，何时得罪了这帮杀气腾腾的恶人？再说自己微服出巡，知道行踪的人并不多，他们到底是什么人？为什么如此痛下杀手？年少的弘历独自站在冷风里，听着奔腾的黄河水怒号不已，心里越发感觉冷了。

此时正是黎明前的黑暗时分，伸手不见五指，仿佛天地间被一张无形深暗的大网笼罩着，要将人压扁压碎。弘历紧紧依偎着宝马，任凭风吹水打，也不后退躲藏一步。宝马似乎理解主人的心思，轻轻喷着鼻息，静静地站立着，一动也不动。

不知过了多久，天色倏然清亮起来，夜色被撕破了道口子，天地间变得朦胧黯淡。弘历定定神思，踩着脚下河水，放眼四望，缥缈的晨色降临了，可以看到近处的树木、远方模糊的山影，偶尔还能听到鸡鸣声。不一会儿，东方出现一道白线，接着白线渐渐变宽了，越来越亮，映照出满天朝霞，清晨第一缕曙光跃然照亮了江山河川。弘历一直盯视东方，曙光乍现令他心里也跟着亮了起来。他眼里闪动着晶莹的泪光，似乎在感激清晨的来临，感激晨光普照大地。就在这时，太阳像个稚嫩的娃娃露出了笑脸，世间万物顷刻间变得明亮温馨，恢复了往日的风采。

弘历抬起湿漉漉的双脚，牵着马匹来到一棵树下，他浑身酸疼无力，衣服也划破了好几处，还溅着血迹。回想昨夜惊险，他心里仍然困惑不解，刺客到底是谁派来的，为什么要杀自己？年少的他强忍愤怒，苦苦思索着，难道是郭多明？对了，我捉拿了他，他肯定不服，所以派人暗地追杀。也不对，郭多明纵然作恶

多端,可是哪有这样胆量敢来暗杀皇子。又是谁呢？这个人来历一定不小——正在他绞尽脑汁苦思冥想的时候,远远地飞驰而来几辆马车。车马滚滚的声音传来,惊醒了弘历,他不敢大意,忙起身跳上马背,虎视眈眈地盯着过来的人马。

车马到面前停下了,车内慌忙跳下一个人。弘历定睛细看,下来的人却是济南知府。他趋步近前施礼说:"奴才来晚了,害阿哥爷受惊了。"说着,上前就要搀扶弘历下马。弘历提着马缰绳来回转了几圈,怀疑地看着济南知府问道:"你怎么在这里?你又是怎么得知我遇到危险了?"

济南知府赶紧说:"奴才奉命看押郭多明,没有想到他暗地联络府衙师爷,派人追杀阿哥爷,奴才听说了心中焦急,日夜兼程赶了来,正是要设法搭救您。"

真是郭多明?弘历疑惑地想,他真有这份胆量吗?想了想说:"难得你一片忠心,你什么时候赶来的?刺客抓到了吗?"

"奴才昨天夜里就赶来了。半夜里,听说客店有人打斗,急

忙带人赶来救人。后来在半路上遇到遭人追杀的傅恒少爷,打
退刺客救了他。他被砍了一刀,身体虚弱,我让人护送他回客
店,然后带人来找您。见到您无恙,奴才也算放心了。"济南知府
絮絮叨叨,讲述了他来这里的前后经过。

弘历思索了一下,接着问:"傅恒伤势如何?"

"没有大碍,"济南知府说,"奴才还捉了一个刺客,请阿哥爷
回去亲自审问。"

弘历见他说得真切,考虑不会有诈,缓缓地说:"好吧!你前
边带路,我们回客店说话。"

他们车马西行,很快下了堤坝,正巧一个侍卫也迎过来,他
近前参见了弘历,叙述了济南知府救傅恒,而后他们分头寻找主
子的经过。弘历点头说:"好,先回去看看傅恒。"

果如济南知府所言,傅恒左肩受伤,正躺在床上休息,听说
弘历安全回来了,惊喜得翻身就要起来,无奈伤势较重,疼得龇
牙咧嘴,又躺下去了。弘历几步赶过来,抚慰他说:"先躺着别
动,好好养伤。"

傅恒指着济南知府说:"多亏他实时赶来相救,要不然我们
恐怕难逃险境了。阿哥可先去审问刺客,究竟何人如此大胆妄
为,敢做出这种猪狗不如的举动?"他过于激动,脸色涨得通红,
咳嗽着又躺下了。

弘历宽慰他几句,随同济南知府去见刺客。走出房间,弘历
突然转身直视济南知府说:"既然你说刺客是郭多明派来的,我
看我就不用问了,交给你处理吧!"

济南知府慌忙说:"阿哥爷,这可不行,他谋刺皇子,其中必
定还有其他隐情,奴才官职微末,怎么敢处理这样的事情?"

　　弘历故意试探,看他说得合情合理,言行一致,也就不再怀疑,与他一起到另一个房间去审问刺客。经过一番审讯,弘历大惊失色,刺客说出郭多明与京城来人暗地勾结的事,但是不知道京城来人的身份。弘历强行镇定心神,急速地思考着,一定是京城来人指使郭多明,他才做出这等悖逆妄为的举动。那么京城里来的会是什么人,竟然要对皇子痛下杀手? 为了什么? 权力? 利益? 还是仇恨……这样想着,弘历心里猛一哆嗦,自己年少,怎会与人结下了深仇大恨? 看他们欲置自己于死地的架势,分明有着不共戴天的孽怨。不共戴天? 这个词语几次闪过弘历脑海,深深地刺激着他。他明白了,不管来人是谁,针对的正是自己的皇子身份,说不定还是秘密欲立的储君之位。他不敢再想下去了,心里犹如翻江倒海,难以安宁片刻。他不知是如何走出房间,如何来到傅恒身边的。傅恒见他脸色难看,紧张地问:"主子,到底是什么人?"

　　弘历似乎没有听见他的问话,默默坐下来后吩咐说:"济南知府,你即刻回府,派人严加看管郭多明。另外,速速准备船只送我们过河。"

　　济南知府答应一声,忙不迭安排去了。

　　傅恒敷过药,伤口好多了,挣扎着坐起来说:"真是郭多明干的? 他真是活得不耐烦了。早知道这样,在济南我真该一刀砍了他。"

　　弘历摇头说:"郭多明也是受人指使。"

　　"哪到底是谁?"傅恒急急地问。

　　"京城里来的人,我一时也猜不透来人的身份和目的。杀了我对他有什么好处呢?"弘历边说边思索。

　　傅恒吃惊地睁大眼睛，嘴里喃喃："京城来人？一定是他了。"

　　弘历听此，忙问："谁？"

　　傅恒说出一个人，简直让弘历无法相信。

第二节　恶迹暴露

傅恒听说谋杀他们的人来自京城，当即分析说："京城来人谋害主子，依奴才来看，只有一个可能，那就是争夺储位的人。"

储位？弘历虽然有过这样的想法，可是此话从傅恒的嘴里说出来，他还是不自禁地微微震颤了一下，手里端着的茶水也洒出了少许。傅恒接着分析："刺客目的明确，为的就是要了主子性命，你想想看，主子如此年少，又没有得罪过什么人。主子身为皇子，拥有最珍贵的无可替代的东西就是储君之位了，刺客肯定为了此事而来。"

他还想说什么，却见弘历目光沉郁、脸色更加难看，立即停下喊道："主子，主子，您没事吧？"

弘历吓傻了般呆呆坐着，傅恒说的每个字、每句话都锤打咬噬着他的心。如果刺客行刺的目的真是为了争夺储位，那么京城来人是谁就不言自明了。谁会与自己争夺储位？现在他们只有兄弟三人，储君只能从其中选拔产生，如今有人派刺客追杀自己，这个人是谁还用说吗？突然间，十三叔胤祥说的一句话出现在他的眼前，像一枚钉子一样刺痛他的眼睛、身体和心灵。"无情最是帝王家"，是啊，帝王之家，富有天下，"普天之下，莫非王土，率土之滨，莫非之臣"，尊贵荣宠聚于一体，生在帝王之家是幸运的;权势争夺,骨肉相残,生在帝王之家又是不幸的。世人为了蝇头小利还争吵不休甚至拔刀相向,何况是争夺天下独一无二的君主宝座!什么兄弟父子,君臣有序,此刻都成了一张张虚伪的面孔,贪婪之心毕露!

傅恒呼唤几声,发现弘历木然无语,顿时明白了刚才自己说话口无遮拦,分析储位之事必定引起主子思前想后,感慨伤心。他抬起右手,拍拍额头,无奈地说:"都怪我,话说得太直接了。"

过了半晌,弘历把手中茶杯砰地一下重重放到桌子上,茶水溅了一桌子。他看也没看,两眼直直盯着前方,沉沉地说道:"傅恒,你说得并没有错,错的是天下只有一个皇位,明白吗?我们不能耽搁了,必须火速回京,我现在倒是为父皇担心了,不知道这帮恶人会不会做出更加卑鄙无耻的勾当。"

很快地,济南知府派遣有经验的船工,征用当地最大、最结实耐用的船只,把弘历和傅恒几人安然送到了对岸。老船工望着弘历风姿绰绰的样子,默默地说着:"真是天生龙子,简直就是神仙人物!这样的人将来统御了国家,也是我们臣民的骄傲。"

弘历下了船,并不急着赶路,而是礼貌地回身答谢老船工。老船工受此恩宠,慌得手忙脚乱,不知道如何应答。弘历又说了几句安慰勉励的话语,命人掏出银两交给老船工。老船工连忙摇头摆手:"能够为皇子摆渡,是我一生求之不得的荣幸,怎么能收钱呢?"

弘历笑着说:"摆渡是你的生计。不管我是谁,现在都是你的乘客,坐船付钱是天经地义的事,不要推辞了。"

老船工见弘历态度坚决,只好伸手接过银两,眼里泪光闪烁,哽咽着说不出话来。弘历告别老船工,快马加鞭北上直奔京师。

这天中午,北京城终于遥遥在望。弘历探出头看了看,吩咐车夫说:"先到前面客店休息。"

车夫答应一声,车辆顺着道路拐弯,来到一家客店前停下了。车上的人一个个跳下马车,弘历驻足观望。不一会儿,几个骑马的侍卫来到面前,他跳上一匹马,回头说:"傅恒,你带人在这里等候,我先带他们几个进京打探一下。"傅恒忙阻拦说:"还是我先去吧! 你留下来。"

"你受伤了,行动不便,还是我去吧!"弘历说着刚要打马前行,就听前方马蹄声响,紧接着几匹宝马出现在眼前。突然,马上一人高声惊呼:"四哥,你回来了!"

弘历放眼望去,来人正是弘昼。弘昼欣喜万分地跑过来,拉着弘历的手不停地打量他,好像不认识了一般。弘历笑呵呵地说:"怎么,几日不见不认识了?"

弘昼打量半天才放心地说:"好,毫发无损,这我就放心了。四哥,你知道吗? 我正准备去搭救你呢!"

"搭救我?"弘历又是一惊,他奇怪极了,自己在黄河遇到追杀的事弘昼也知道了? 他故意反问道:"我奉旨办差,又不是出征打仗,你搭救我什么?"

"你不知道,"弘昼压低嗓音,看看其他人,拉着弘历到一边才说,"有人要谋害你。"

"是吗,"弘历更奇怪了,"你听谁说有人谋害我?"

弘昼恨恨地叹口气,似乎心中有万千愤怒,晃动一下拳头,才无奈地说:"这件事说来话长,我们赶紧回京,边走边聊。"

弘历看他满脸怒色,更加确定了早先关于储位的推断。他想了想,反而劝慰弘昼说:"恐怕都是道听途说的传言,你看四哥不是好好的嘛!什么事都不要妄下论断。"

"不是妄下论断,"弘昼争辩了一句,"路上我慢慢讲给你听。"

弘历与弘昼不再停留,他们一起带着车马人员急急回京。路上,弘昼一五一十把如何得知弘历遇险的经过全部告诉了他。

那日,弘昼闲来无事,跑到弘时府上玩耍,也正巧弘时阴谋暴露。他为了稳住弘昼,不让他在自己府上停留,提出与他一起去进香。弘昼虔诚信佛,平日里也以谈佛论道为乐事,自是欣然前往。他们来到西山潭柘寺,却见弘时的妻子秀珠带着侍婢早早在此了。弘昼打趣说:"三嫂,你怎么不陪我三哥一起来?"

弘时的妻子秀珠轻笑一下,慢慢说:"你三哥讨厌佛事,从来不肯进香敬佛。五弟面子大,竟然把他带来了。"

弘时显然不乐意妻子这么说,冷眼看她一下,什么也不说就进寺了。弘昼旁观者清,察觉出他们夫妻不合,也不好多说什么,拔腿就要去追弘时。秀珠却一把拉住了他,眼里流露出急切悲戚的神色。弘昼忙问:"怎么啦,嫂子有什么话要说?"

秀珠抬手擦拭了一下额头,定了定神才说:"五弟,恐怕要出大事了。"她隐约听说了弘时欲害弘历的事情,心里非常不安。她知道此事一旦败露,弘时就死无葬身之地了。她清楚弘时的为人品行,知道他没有能力和才学。如果弘历被害,也轮不到弘时即位称帝。嫁给弘时这几年来,秀珠也曾经劝说过自己的丈夫,怎奈他江山易改,本性难移。弘时习惯了游手好闲、享乐跋扈的日子,哪里听得进妻子的劝告。他自己独立府邸,反而更自由自在地行动了，做事更加无状，为人也更我行我素。秀珠心里悲切，无能为力之下，夫妻关系也日趋冷淡，简直形同虚设。但是，作为妻子，她依然不愿意看到丈夫深陷万劫不复之地，听到他大逆不道的打算后，急忙来进香敬佛，祈求佛祖原谅弘时。

刚才，弘时拂袖而去，秀珠知道他并没有悔改的意思，怎么办？难道眼看着他一步步走向深渊吗？情急之下，她拉住弘昼，说出了"要出大事"的话。弘昼忙问："嫂子究竟怎么啦？要不要我喊回三哥？"

"不，不，我，哎……"秀珠语无伦次，她不知道要不要说出弘时的阴谋。说了，陷弘时于不仁不义；不说，眼看着他走向自取灭亡的道路。她心一横，坚定地说："五弟，你三哥与人密谋，打算害你四哥以夺储位，这件事我只有告诉你了。你快去救你四哥，也好保住你三哥一条命。"

真是如五雷轰顶，弘昼听了这几句话差点摔倒在地，他目瞪口呆，眼睁睁看着秀珠急速离去，却始终没有说出一句话来。

直到弘时走出寺庙，弘昼还坐在那里发呆。弘时喊道："该回去了，你还在那里发什么愣？"

弘昼看着衣着华丽、身上佩戴珠宝玉器的三哥，心里有种说不出的难受，眼里竟然快速溢满了泪水。弘时见了，嘿嘿笑着说："怎么，坐在这里参禅参出真味来了？"

弘昼怕自己失态泄漏了机密，忙随即说："我正在参禅得道，谁也别打搅我！"弘时听了，边笑边步出寺庙，准备马车去了。

弘昼由此知道了兄弟相残的秘密。回去后，他考虑秀珠不会乱说，于是带着人马出了京城，直奔山东去救弘历，结果却在路上遇到了弘历。

　　弘历听了弘昼的叙述，心里更清楚了，弘时为了争夺储位，不惜对亲兄弟下毒手，真够狠毒。可是，弘历转而一想，又提出了另外一个疑点，弘时为什么偏偏选在这个时候动手？而且他多年来没有接触政事，上哪儿调动这么多武艺高强的刺客？

第三节　阿其那　塞思黑

弘历周密虑事,发现了几个疑点,立即提了出来,他多么希望这个疑点能够成为推翻弘时谋害自己的证据。他心里一直暗暗期盼这件事情不是弘时干的,这么一来,兄弟还是好兄弟,该有多好啊!

听了弘历所说的疑点,弘昼也点点头:"说得也有道理,三哥虽然嚣张,父皇对他要求管教却很严,从来没听说他培养杀手的事。"

傅恒说:"他干这种事能让人知道吗?"

弘历说:"三哥虽然不讨人喜欢,做些离经叛道的举动,却从不结交武士侠客,这一点我们都很清楚。"

"对,"弘昼也说,"他也没有本事指挥刺客杀手。"

"这件事情肯定另有其因。"弘历坚定地说了一句。

第二天,弘历面君复职,复述了惩处郭多明、视察河务和民情的经过。雍正面带笑意,高兴地夸赞说:"小小年纪就能惩治贪官,不简单。你呈送了奏折后,朕已经让大臣们去办理了。路上也辛苦了,早点回去歇息吧!"

弘历犹豫片刻,什么也没说就走出了大殿。他心里拿不准,不知道该不该把遇刺的事告诉父皇。这时,却见弘昼匆匆赶来,劈头就问:"父皇准备怎么处置遇刺的事?"

"我还没有想好要不要告诉他呢!"

"这么天大的事不告诉父皇怎么行?你差点回不来了!"

弘昼的叫嚷惊动了雍正,他命人把弘昼传进去问出了什么事。弘昼毫不含糊地把弘历在黄河遇险的事全部说了。为了慎重,他没有说出弘时妻子对他说的那番话,也就是没有指明此事是弘时干的。

雍正听了,惊讶异常,忙问弘历:"你怎么不早说?知道是什么人干的吗?"

弘历回答:"儿臣害怕父皇担心,既然平安回来了,也就算没事了。依儿臣看,也许是强盗剪径,交给济南知府处置也就算了。"

"哼!"雍正怒容满面,指责弘历,"剪径强盗?你考虑得也太简单了,要是强盗,他们打劫什么人不好,偏偏追杀你这个皇子?难道他们活得不耐烦了!"

弘昼和弘历对视一眼,谁也没有说话,他们都不愿意指证弘时。雍正看在眼里,猜到他们有难言之隐,强压怒火继续追问:"到底什么人干的?你们是不是心里清楚?说出来父皇为你们作主!"

弘历只好低声说:"刺客是郭多明派去的,至于谁指使郭多明,就无从知晓了。"

雍正也愣住了,郭多明一个小小河道总督,竟敢胆大妄为做出这种悖逆举动?不对呀!他是老八举荐的人才,难道这件事与老八有关?想到这,他心里猛一沉,多年来兄弟相残让他猜忌多疑,也深刻地了解到他们的本性。尤其是老八胤禩,这个人工于心计,城府极深,非常难对付,对于雍正继位一直心中不服,虽然表面上俯首听命了,背后却做了不少勾当,这些事情雍正心里清楚,只是还没到时机对他采取行动。难道是他指使郭多明杀害弘历,以此动乱朝政根本,达成其不可告人的目的?雍正越想越怕,越想越气:这个胤禩,真是贼心不死,恶性难改,兄弟之争没有取胜,如今又把矛头指向后辈了!

弘历和弘昼站立一侧,看到父皇脸色一阵青一阵白,非常难看,于是都不敢言语。过了半天,弘历试探地说:"父皇,不管怎么说,儿臣都安全回来了,您就不要太过担心了。"

雍正抬起头看看弘历,语气异常缓和地说:"你说得对,只要你安全回来,父皇也没什么可担心的了。你们先回去休息吧,父皇自有主张。"

他命弘历和弘昼回去休息,然后立即传唤了刑部官员,令他们马上审讯郭多明,查处他的罪行恶迹,又派遣大内侍卫秘密行动,调查监视胤禩等人的行踪举动。

没多久,事情真相大白,郭多明供认了受胤禩指使暗杀弘历的罪行。胤禩受到严密监控,很快也落入法网。雍正并没有大意,派人到西北军营监视胤禵,结果,

胤禵

胤禟因与胤禩秘密联系,也被监禁。

当初,雍正命胤禟前往青海时,他就以种种借口拖延时日,迟迟不肯动身;到了青海后钦差传旨,他既不出迎,也不谢罪,反而口口声声称自己已是出家离世之人,不愿听从皇帝约束;前番胤禩密谋行事,派人与他联系,他便以秘密手段与同伙互通消息,传递信息;他与亲信穆景远(西洋传教士)比邻而居,就将后墙开了一个窗户,两人常常从窗子互递信号,暗中来往密谋。当时,胤禟手里有穆景远的外文书籍,为了暗地行事,他想出了一个奇招:以西洋字母拼读满语的办法,创造了一种新的密码文字,而且将其教给儿子,然后便以此作为"密码"互相通信,传递消息。为了不被人发现,狡猾的胤禟还利用各种方法传递书信,例如把密信缝在骡夫的衣袜里等,真是费尽了心机。

机关算尽到头却是一场空! 这句话用来形容胤禩、胤禟再贴切不过了。这对帝王的儿子,贵为亲王、贝勒,为了争夺权势终于走进了自己挖掘的坟墓里,从此走上了茫茫不归路。

他们的罪行败露,雍正忍无可忍,于雍正四年正月初五召集亲王、贝勒、贝子、公及满汉文武大臣传谕,宣称:"廉亲王允(胤)禩狂悖已极。朕若再为隐忍,有实不可以仰对圣祖仁皇帝在天之灵者。"历数他们在康熙时期和雍正继位以来的种种恶行,以及自己嗣位之后如何对他们宽容忍让、委以重任,胤禩如何心怀不满、怨尤诽谤,做出种种侵害皇权之举,雍正最后宣布:"允(胤)禩既自绝于天、自绝于祖宗、自绝于朕,宗姓内岂容此不忠不孝、大奸大恶之人?"命革去他的黄带子,开除宗室籍,同党胤禟、苏努、吴尔占也一并开除宗籍。胤禩嫡福晋乌雅氏也被革去封号、斥回母家严行看守。二月,他又将胤禩由宗室亲王降为民王、削去其所属住领，随即又革除王爵、囚禁于高墙之内，并将其名字改为"阿其那"。四月，胤禟被押解回京，也同样被关押，并将他的名字改为"塞思黑"。

关于这两个满语名字，世人多有猜测其中深意者，有人说阿其那是"狗"的意思，塞思黑是"猪"的意思，这是雍正故意侮辱痛骂他的两个弟弟，把他们当作畜类看待；有人说相当于汉语"某某"的意思；有人说引申的意思是骂胤禩、胤禟为"畜牲"；还有人说引申的意思是把某人像猪、狗一样赶走，表示讨厌至极。不管其意如何，都说明雍正极其痛恨两个弟弟，采取了最严厉、苛刻的手段惩罚他们。

后来，弘历做了皇帝，不计前嫌，即位当年的十月就重新处理了两位叔父的案件。那时，胤禩和胤禟都已经去世了，弘历命众卿议奏阿其那、塞思黑子孙回归宗室问题。诸臣莫衷一是，大臣永泰参劾九卿官员不实心办事，敷衍新主。弘历心里明白，此事关系重大，朝臣难以决断，不敢定议。于是他宸衷独断，将阿其那、塞思黑的子孙给予红带，收入玉牒，重新承认他们的宗室地位，给以皇族的待遇，后来又下令恢复了阿其那、塞思黑的原名，允许他们归还宗籍。这一点充分说明弘历宽宏大度，不愧为一代明君贤主。

阿其那、塞思黑事件爆发，自然牵连出了弘时。弘时欲夺储位，与胤禩密谋害弟，比起胤禩、胤禟有过之而无不及。他会受到怎样的制裁呢？朝廷内外知情人士大多拭目以待，观望雍正会采取什么手段惩处自己的亲生儿子。有人甚至暗自窃喜，雍正即位以来，为了稳固朝政，采取了许多措施打击朝臣，其中多有抄没杀戮的行动，搞得人心惶惶。哼！这下好了，你自己的儿子预谋不轨,相互残杀,看你该如何办?

至此,谋害弘历的事件已经真相大白,弘历心中的疑惑也全部解开。作为受害者,他看到如此结果,陷害他的人全部落入法网,照理应该高兴才对。可是当看到叔父们一个个被关押时,他却一天天焦躁难安起来。眼前,胤禩、胤禟遭受侮辱,生死难料;三哥被监禁关押,处置不明,弘历到底会怎么做呢?

第四节　机智求情

　　谋害弘历的凶手全部缉拿归案,雍正借机大开杀戒,准备清除胤禩经营多年的政治集团,进一步稳固自己的统治。令他备感头疼的是整个事件竟然是由弘时所引发,这个顽劣不化的弘时为了夺取储位,勾结胤禩等人追杀弘历,差一点酿成大祸,雍正面对此事、此子,究竟会采取什么方法处置呢?

　　这天,弘历与弘昼去圆明园练射,路上却见傅恒慌慌张张追了上来,弘历停下马车问道:"什么事这么慌张?"

　　傅恒拭拭额头汗珠,请安说:"奴才给主子请安,并无大事。"

　　"瞧你慌慌张张的,我还以为有人追杀你呢!"弘昼撇撇嘴说。

　　他这句话一出口,弘历和傅恒的脸色顿时变了。虽然事情已经过去好几个月了,黄河岸边遭人追杀的情景却仍历历在目,他们能不变脸心惊吗? 尤其是弘历,这些天来他一直关心着弘时等人的处置情况,时刻也没有放下此事,再闻追杀一词,也显得心事重重,颇不自然。

　　弘昼自知话多惹了麻烦,伸伸舌头,坐回马车不再言语。弘历慢慢恢复平静,对傅恒说:"你要是无事可做,就随我们去圆明园一起练射吧!"

傅恒却吞吞吐吐着说："奴才，奴才听说了件大事……"

"什么事？"弘历问，坐在车内的弘昼也紧张地探出脑袋。

傅恒左右看看，趴在弘历耳边说："听说万岁爷打算处置三阿哥他们了，猜测是这样……"说着，伸手做了个砍杀的动作。

弘昼紧张得猛一哆嗦，双手抓住了弘历的胳膊。弘历努力镇静下来，问："是真的吗？你怎么知道？"

傅恒发誓说："这能有假吗？八爷，不，阿其那已经被削籍革爵囚禁了。三阿哥府上几日找不到三爷了，有人说万岁把他秘密关押，准备私下处决呢！"

真有此事？虽然早有预料，弘历心里还是猛地跳了一下。过完年后，父皇对叔父们采取了严厉、残酷的处罚。当时，弘历曾经求过情，可是雍正态度坚决，一再声称处罚胤禩等人关乎先帝得失，他绝不会做出让步。弘历无奈，又无力为前辈人辨别是非对错，也就只好听命了。没过多久，舆论多有谴责雍正的，责备他为人刻薄，凌虐弟辈。弘历听了这些话，心里非常难过，他暗地想，也许父皇鉴于此会从轻处罚三哥吧！如今，听说父皇依然决定处死三阿哥，他心里能好受吗？

弘历即刻吩咐说："回宫。"他要面见父君，为兄求情。

傅恒当然理解弘历的打算，伸手拦住他说："三爷多行不义，差点要了你的命，留在世上早晚还要害人，不如让万岁早早处置算了。"

"不可如此无情！"弘历申斥道，"人非圣贤，孰能无过？三哥做了错事，应该给他改过的机会。再说，兄弟情深，能眼见他遭难而不管吗？回宫。"

弘昼坐在车上，思前想后，竟然无法决断到底该怎么做，独

自默默流下泪来，嘴里念着："听十三叔说'无情最是帝王家'的话，当初还不信，现在可好，轮到你我兄弟相残，父子翻脸了。"

"不要哭了，"弘历安慰说，"我们一起去见父皇为三哥求情，我想，父皇不会连亲生儿子也不放过的。放心吧！我们还是好兄弟。"

弘昼哽咽着说："四哥，不是我不为三哥求情，他勾结他人，派遣刺客谋害你，差点要了你的命，他做出这种无情无义的事，让我怎么为他求情？我、我到底该怎么办？"说着，他泪流满面。

弘历眼里也盈满泪光，他背过身去掏出丝绢轻轻拭拭眼泪，仰面叹息。傅恒见他们兄弟难过，想了想劝说道："奴才也是道听途说，主子们不要太难过了，事情或许还没有决定，奴才看先回宫再说吧！"

时值孟春，花草刚刚吐露新绿，空气中隐约吹过一丝暖风。这个季节，雍正在皇宫处理政务，到了夏秋季节，他就要搬到圆明园去了。自从前番胤祥和弘历兄弟考察了圆明园，这个制度就算定下来了。

弘历他们调转马车，急速回宫去见皇帝。进宫后，弘历拉着弘昼，两人快走慢跑地急匆匆穿过午门、金水桥、乾清门，直接来到了乾清宫养心殿。恰巧，雍正正在接见外国使臣，突然见两个儿子闯进来，奇怪地喝斥："什么事如此慌张？"

外国使臣看见皇子进来了，好奇地起身打量他们。弘历心想，来的不是时候，如果冒昧求情，恐怕跟当初年羹尧案一样，不但没有救下年羹尧，反而惹出事端。他反应极其敏捷，想到这里，跪地说："儿臣听说外国使臣来访，特地前来求教。"

雍正缓和地说："你们起来吧！这样的事应该事先安排，像你们这样大呼小叫的,成何体统!"

"儿臣知道错了。"弘历说着与弘昼退到一边。

外国使臣对两个玉树临风、风姿潇洒的皇子打量了半天,翘着大拇指说:"陛下,您的儿子们仪表堂堂、举止大方,一定会成为国家栋梁之材,我恭喜您了。"

听到他汉语说得如此流利,弘历心里暗自惊讶。他看了父皇一眼,见他面露欣慰神色,于是在心里盘算着,有没有机会言奏三哥的事呢?这时,雍正笑呵呵地与使臣攀谈着说:"承蒙错爱了,他们才疏学浅,哪里配得上栋梁之材的说法。"

"才疏学浅?"使臣迷惑地问,"是什么意思?"

他一问,殿内诸人更乐了。弘历看看父皇,回答说:"父皇说我们学问浅薄,缺乏文化素养,不能成为国家栋梁。"

他这一说,使臣脸色都变了,紧张地说:"陛下,您的儿子们怎么都是、都是草包?"

草包?诸人听了,神色陡变,使臣竟然骂皇子,这还了得?

雍正的脸色也立即变了,他刚想发怒,却见弘历不动神色站起来说:"父皇,儿臣听说洋人与我们礼仪教育不同,他们喜欢夸赞自己,不理解我们以谦虚为美德的礼仪道德。刚才,儿臣解释才疏学浅的意思,一定是他理解错了。"

原来如此,雍正的脸色稍微缓和了些,催着弘历说:"问问他是不是这个意思?"

使臣来自葡萄牙,哪里懂得中国人谦虚的美德,听到弘历说才疏学浅的意思,马上理解成了无能、愚笨,联想到汉语的"草包",所以大惊失色,当场说出了"草包"一词。经过弘历协调,双方才消除误会,继续交流下去。

使臣由此赞叹地说："我看这位皇子不是才疏学浅，而是才高八斗。"

雍正这次由衷地笑了，接着使臣的话说："弘历确实才智过人。朕在此也学学西洋礼仪，夸赞夸赞自己的儿子。"

弘历忙说："儿臣多谢父皇夸奖。儿臣认为，作为儿子不仅要才智过人，还要仁孝悌行，做个孝顺父母、尊敬兄长、爱护弟弟的君子。"

他提起兄长时，故意加重了语气，并且抬头盯着父皇。雍正心里一动，他明白弘历为什么这么说，马上变得不自然了。

使臣听了弘历的话，竖起拇指说："皇子具有中国优良的德行情操，不愧是帝国的骄傲。"殿内其他人全都偷偷转向雍正，看他如何应对。雍正沉默片刻，缓缓说道："使臣果然见识广博，中国的德行情操非比寻常，你能够理解真的不容易。"

"不容易？"使臣侧过头来，看了看弘历说，"我看皇子年纪不大，能够做到这些才不容易呢！"

弘历微微笑道："德行情操为我国悠久的传统，是人人生来就要明白的道理，对我们来说不存在容易与否。"以此暗示父皇，他在为兄长求情，希望父皇体谅自己的一片苦心。

经过一番交流，使臣请教了弘历德行方面的许多知识，弘历借机大谈中国美德和为人的道理，讲了宋朝苏轼与苏辙兄弟情深的故事。"乌台诗案"爆发，苏辙冒着被砍头的危险派人为哥哥苏轼送信，让他提前做好准备；而且，他为了救哥哥，主动上书请求罢黜自己所有的官职来换取苏轼一条性命。虽然苏辙做的一切都违背朝廷法令，但是他一片真心可敬可嘉，因此传为千古佳话。

　　使臣边听边啧啧称奇,表示非常不理解,随后被弘历声情并茂的演讲折服了,不停地点头说:"中国文化博大精深、奇妙非凡。"

　　雍正高高坐在上面,听了弘历的演说,心里雪般明亮,最后忍不住问道:"弘历,你说了半天,可是为了你三哥的事吗?"

　　弘历慌忙跪下说:"父皇明鉴,儿臣斗胆请求父皇念在一脉嫡亲的分上,网开一面,放三哥一条生路。"

　　雍正叹息地说:"你为了他求情,他却设计要你的命,朕怎么会有这么两个天壤之别的儿子呢?唉,朕的心也是肉做的,你说朕该怎么办?"说着,他眼里已是泪光闪闪了。弘昼急忙走过去,掏出丝帕为父皇拭泪,殿内鸦雀无声,使臣被这一幕搞糊涂了,坐在那里走也不是,留也不是,不知道该如何是好。

　　弘历再次磕头说:"儿臣幼读诗书,明白一个道理,泰山不拒尘土,故而成其大;江河不拒溪流,故而成其深。同样的道理,为君者不拒民庶,才能成就伟大的帝业。可见宽者乃为君者必然之道。儿臣斗胆论证此事,无非为了挽救兄长一条性命。父皇,您千万开恩,饶恕他这一次吧。不管从感情还是从理论上来说,饶恕三哥等于饶恕了我们兄弟三人,也等于饶恕了我们全家人,推而广之,等于为天下百姓开了一条宽恕的道路。"

　　弘昼也跪下了,他哽咽着说:"四哥作为受害者,能够说出这番道理,儿臣非常佩服,父皇,求您法外开恩。"

　　雍正终于点头了,他摆摆手说:"你们都起来吧!朕答应你们。朕累了,今日就到此吧!弘历,你陪使臣下去休息。弘昼,来,陪父皇出去走走。"

　　弘历和弘昼急忙叩头谢恩,高兴地领旨分头行事。就这样,弘历机智地救了弘时一命,一方面显示了他胸怀宽广博大,重视兄弟情意;另一方面也充分显示了他的机智勇敢和深厚的才学修养。

弘历求情救兄,博得了雍正更深的好感,也为他以后的人生道路奠定了更坚实有利的基础。作为皇子,他已经当之无愧地成为众人瞩目的储位之主了。此时此刻的弘历,已经成长为十五岁的英俊少年郎,富有才学、身份尊贵、风流儒雅、志向高远的他的身上又会有什么动人的故事发生呢?

《弘历洗象图》

第十一章 爱情婚姻

弘历认识了傅恒的妹妹，两人一见钟情。才华出众、知书识礼的弘历敢不敢表达自己的真情实意，又会为此付出什么代价、做出什么努力呢？傅恒的妹妹又会是什么反应呢？

傅恒家一门贵幸，历相三朝。可是谣言说傅恒的哥哥马武秘密充当十四爷胤禵与蒙古王爷的联络人，预谋不轨，这样的情况下，弘历能不能与心上人结成连理、共同度过人生最美妙、浪漫的时刻呢？

第一节 一见钟情

雍正五年,十六岁的弘历少年得志,初涉政事,办差得力,重情重义,宽广仁慈,不仅博得父皇赏识,也为越来越多的人士欣赏爱戴。初夏来临,他奉命在圆明园的福海修建一座凉亭,作为雍正搬到圆明园生活、办公时游玩的场所。本来这种事情都是大臣去做的。可是弘历请求说,他们兄弟长大了,也该为父皇做点能力所及的事了,所以主动承担了这项任务,以此锻炼自己的能力,增长园林方面的知识。

他一边在"洞天福地"学习,一边监督亭台的修建工作。这天,他信步走出书屋,在园子里漫步沉思。此时的圆明园风光秀丽,景色宜人,鸟儿争相私语,花儿竞相开放,正是最美妙浪漫的时刻。

远远地,他看见一个少年也站在湖边丁香树下赏景,想了想就走过去了。少年穿着素雅,姿容俊逸。弘历打量着少年,忽然有种似曾相识的感觉。他为此更感奇怪,来到此地的人不是王公贵卿的子弟就是儒雅有识的才子,这个人是谁呢?怎么一时记不起来了?

弘历好奇心起,不自觉走到了少年眼前。少年正对着一株开得十分鲜艳夺目的丁香花。弘历见到,脱口称赞道:"百千万。"少年听了,回身微笑着对道:"丁香花。"原来,丁香花与百千万的字头相同,这是一种对字的方法。弘历见此,知道少年确实不俗,便与他交谈起来。两人谈天论地、说古道今、谈论诗文、交流经验,大有相见恨晚之感。弘历邀请少年说:"我读书的地方就在前头,你如果有时间就请过去略坐片刻,我们边品茶边说话。"少年倒也大方,跟着弘历来到了"洞天福地"。

少年望着屋内藏书啧啧称赞,打趣地说:"这里堆满了书籍,不知道哪一本里藏着你的黄金屋,哪一本里躲着你的颜如玉?"

"呵呵,"弘历笑起来,"黄金屋和颜如玉都在我的心里,他们可藏不到书里去。对了,公子平日都读些什么书籍?"

"我读女……"少年话说了半截立即停住,似乎有难言隐情。弘历略一思索,心想,他读的到底是什么书,还如此神秘兮兮的,该不会是读了朝廷严禁阅读的书籍吧!

当时社会,为了控制人们,麻痹他们的思想,许多书籍都列入禁读行列,不准人们发行阅读。

弘历见少年吞吐，心里起了疑惑，随手拿起一本《资治通鉴》故意说："老师说这是帝王必须读懂的书，可是我又不是什么帝王，读它干什么？还不如去湖里划船钓鱼呢！你愿意吗？"

"当然愿意了！"少年喊了一声，接着安静地说，"人人都说你将来要继承君位，怎么能说不是帝王呢？划船钓鱼固然好玩，却不如坐下来读书更充实。"说着，他拿过《资治通鉴》，坐下来就要诵读。弘历见少年反应敏捷，笑着说："呵呵，你真比傅恒还要难缠。"

"那当然了，"少年不客气地回了一句，"就连傅恒也要听我的。"

这就怪了，难道他是傅恒的朋友？弘历思索着，可是从来没听傅恒提起过这个人，他到底是谁呢？傅恒今天怎么还没有露面呢？这个家伙跑哪去了？他胡思乱想了一会儿，开口问道："还不知道公子贵姓呢？你是傅恒的朋友还是……"

少年听他这么问，脸色绯红，抿嘴笑道："我是跟随傅恒来的。他说过几天万岁爷搬进来，闲人就不能随便出入了。我听说这里景色秀美，所以缠着他带我来了。对了，你不会怪罪他吧？"

"啊，不，不会，"弘历不明白自己素来口齿伶俐、思维敏捷，怎么今天在这个少年面前显得如此笨拙木讷，支吾了半天才说，"傅恒哪里去了？"

"他带我进来就去找你了，难道你没有见他吗？"少年奇怪地说。

弘历一早起来就步出书屋了，在园子里游逛了半天。想必傅恒过来时，自己已经出去了，现在大概跑到亭台那边去了。

弘历看着窗外说:"没有,大概去亭台了。你跟我一起去找他吗?"

少年摇头说:"我才不去呢!他一天到晚都不理人,现在我也不理他了。"

听语气,少年与傅恒关系非同一般,既像朋友又似兄弟,可是从来没听说傅恒有一位这么出众的兄弟,要是以前早认识的话,弘历早就让他进宫做自己的侍读了。想到这里,弘历干脆说:"他不理你,你以后就进宫做我的侍读,这么一来,天天见面,看他理不理你。"

少年脸色更红了,低着头说:"侍读?我可没那个本事。我才读过几本书,哪敢与你们一起读书学习?你不要取笑我了。"

"不是取笑,"弘历认真地说,"我是真心这么想的,明天我就去求父皇让你进宫。我想,傅恒也会很开心的。"

少年抬起水灵灵的大眼睛看了弘历一眼,目光里充满了无法言说的东西,使弘历全身震颤,他不明白这个少年怎么带给自己这么强烈的感觉,到底为了什么?两人默默对立,相视无语。也不知过了多久,屋外一阵脚步声传来,紧跟着,傅恒冲进来了。他看到弘历和少年对坐,急忙过来给弘历施礼请安,然后语气硬硬地命令少年:"主子在这里,还不赶紧起来。"

弘历看见傅恒,慌乱的心神才算稳住了,见他对少年毫不客气,忙问:"傅恒,这是你的朋友吗?怎么来了你也不招呼一声,害得我们两人互相猜疑了半天。"

"主子,奴才斗胆了,早上来的时候没有见到您,奴才就去亭台了。没有想到你们在这里认识了。"他说着,回头看看少年说,"这就是主子,你也赶紧过来请安吧!"

少年刚要近前施礼,弘历一把拦住说:"傅恒,都半天了我还不知道这位公子到底是谁呢? 你先介绍一下。"

傅恒忙说出了少年的身份,却使得弘历更加心慌。

第二节　画像求婚

　　傅恒拉着少年给弘历请安，弘历忙问讯少年的身世。傅恒这才拍着脑门说："瞧我这脑子，主子，她不是别人，正是奴才的妹妹。"

　　啊？弘历脑门一热，感觉脸腾地红了，傅恒的妹妹？这么说，她是位少女！弘历不敢正面盯视傅恒的妹妹了，转过身去责备傅恒说："你怎么搞的，不提前告诉我一声，害得我喊了人家半天'公子'。"

　　傅恒笑了："没什么，我妹妹脾气好，不会介意的。再说，她今天来就是为了认识您，我想她高兴还来不及呢！"

　　这时，傅恒的妹妹脸颊红红的，站在一边轻声细语："四阿哥，民女时常听兄长说您才学过人、智勇双全，是当世独一无二的少年俊杰，心生钦佩，所以求他带我来了。如果冒昧打扰，还请四阿哥原谅我兄长。"

　　弘历急忙地转过身来，口里急急地说着："姑娘错爱了，弘历哪配得上俊杰二字，不过安分守己读书学习罢了。倒是刚才与姑娘一番讨论，发现你才是女中才子，学识修养不比一般。"

　　两个人客气地夸赞对方，傅恒见了，心里直乐。妹妹幼读诗书，富有才学，为人宽厚，从不乖庚苛刻，与弘历性格秉性倒有些相似。想到这里，傅恒心里突然一阵激动，看他们两人的意思，倒是互相喜爱对方，难道已互生爱意了？如果妹妹能够嫁给弘历，那也是他求之不得的事情。

皇后富察氏

这时，傅恒却见妹妹微微侧身施礼与弘历道别。他忙过来说："你整日缠着我来玩，今天来了，怎么反倒慌忙要走？"妹妹并不理他，犹自红着脸转身离去了。

弘历呆呆望着丽人远去的身影，半晌静立无语。傅恒左右为难，该去送妹妹还是留下来陪主子？他见弘历出神凝视，也不敢妄自打扰，只好站在门口看妹妹走远了，方才转身伺候主子。

过了许久，弘历仿佛从梦中醒来一般，急切地说："傅恒，你在这里监视工程，我要回宫求见父皇。"

傅恒忙阻拦说："这里的工作马上就要做完了，主子下午回去复旨也不晚。"

弘历不理他，边往外走边说："不是因为亭台的事，我要父皇答应一件大事。"什么事如此急慌？傅恒追着出来，弘历已经跑出去很远了。

撇下傅恒一人留在书屋，他随手翻翻桌子上的书籍，摇摇头说："今日怪了，妹妹明明缠着要见主子，见了主子没说几句话就走了；主子前几天还说，一定要坚持等到修完亭台了再回宫，一个多月没回去了，这下可好，说回去就回去了。到底为了什么？"

为了什么？傅恒心里隐约的想法是正确的。弘历与傅恒的妹妹一见钟情，竟然立刻回宫求见父皇为他赐婚。

他满头大汗回到宫里的时候，正赶上雍正在花园里的水池边让人为他画像。弘历顾不得多想，急匆匆赶了过来。雍正以为亭台修好了，弘历回宫复旨呢，便不太在意地问："修好了？"

弘历忙说："快修好了。儿臣还有其他事情要奏报。"事到临头，一颗热情澎湃的心反倒平静了些，再看看父皇一张严肃的脸庞，身穿洋服的奇怪打扮，他竟然不知从何说起了。

雍正洋服像

近日，朝廷多与洋人交往，来往的洋人使臣献给雍正许多珍奇异宝，他们在澳门、闽粤一带开始了广泛的商务活动。前几天，葡萄牙使臣送给了雍正一套西洋服饰，为此，雍正高兴地夸奖了他。这天，雍正接到浙江总督奏报，称湖州人王文隆家里万蚕同织瑞茧一幅，长五尺八寸，宽二尺三寸，当地农民都说这是从来没有的事。雍正听了非常兴奋，以为这又是一种祥瑞征兆，即刻把这件事向朝臣宣布，并且放下手里的工作，邀请洋使臣进宫叙话。当时，与外国的外贸交易大多是丝绸和茶叶方面的,既然蚕茧出现了祥瑞,雍正理所当然地认为与外国来往是合理的、有利的,是值得祝贺的。

洋使臣进宫后,雍正特意穿上洋服,他们一起到花园里散步谈话。洋使臣建议,为了纪念这一时刻,应该让画师来为皇帝画像留念。

雍正接受了这个建议。于是画师们被召到了花园,准备各显其能,为雍正画像。可是他们第一次见到皇帝身穿洋服,又惊又呆,竟不知道该如何动笔了。就在这时,弘历赶来了,他见到父皇奇怪的装束也是暗暗吃了一惊,刚刚的满腔热情也吓得飞走了大半。

雍正听说还有事情,问道:"什么事? 怎么吞吞吐吐不说了?"

弘历临机应变,回答说:"儿臣听说父皇身穿洋服画像,心中好奇,所以赶了过来瞧瞧。父皇,我看画师们拘谨,都不敢动笔呢!"

"是吗,"雍正淡淡地说,"你也学过丹青,干脆你为朕画像算了。"

弘历看看几个画师,其中就有与他切磋过画艺的张世渐,于是进言说:"父皇,张世渐画艺高超,人称'画圣'。我看由他画最合适不过了。"

张世渐得到推荐,信心倍增,很快为雍正画了一幅披戴西洋发式、身穿洋服的画像。画上的雍正面带笑意,容貌真切,众人看了无不称赞。雍正也高兴地说:"好,好,来人,重赏张世渐。"

张世渐受到奖励,心情激动,想起故意刁难弘历的事情,更加惭愧,佩服地说:"阿哥爷不仅才学超人,胸怀更是宽广,奴才这回彻底服了。"

弘历笑笑,什么也没有说,他趁父皇高兴,当众说出了自己与傅恒妹妹相见如故,希望父皇赐婚的事情。

雍正刚刚换下服装,听到此言,非常吃惊。古往今来,婚丧嫁娶这样的大事都是父母说了算,弘历年龄也不小了,知礼好学,人人夸赞,贵为皇子,身份尊崇。不只雍正,就是朝廷上下也密切关注他的婚事,因为他的婚事有可能决定许多人的命运,决定朝廷国家的未来,非同小可。这下可好,在众人毫不知情的情况下,他冷不防冒出这样的打算,雍正能同意吗?

第三节　好事多磨

　　傅恒家姓富察氏，一门贵幸。他的曾祖父哈什屯在顺治时任议政大臣，祖父米思翰在康熙时任内务府总管、户部尚书、议政大臣，父亲李荣保任察哈尔总管，兄长马齐任兵部尚书、左都御史、议政大臣、武英殿大学士，兄马武任内务府总管、镶白旗蒙古都统、领侍卫内大臣，史书上称他家"历相三朝"，三朝都出过宰相。家世如此显赫，照理说他家的女儿绝对可以配上皇室子孙了。可是，雍正即位后，提拔新人，一度重用年羹尧和隆科多，逐渐疏远了康熙时期的重臣马齐等人。由此，傅恒一家势力日渐微弱。去年，弘时和胤禩暗地勾结、预谋刺杀弘历的案件发生，雍正趁机大范围处置朝臣，排除异己。有人密奏称马武与此事有关，而且充当了十四爷胤禵与蒙古王爷的联络人。雍正猜忌心重，不免对马武产生了怀疑，这么一来，傅恒家的地位就变得微妙了，可以说危机暗藏。

　　就在这种时刻，弘历认识了傅恒的妹妹，而且一见钟情，面见父皇大胆提出要娶她为妻。雍正听了，心里好不自在。弘历是自己选定的继承人，身关国家社稷，为他选择妻子可是慎之又慎的事情。现在，他自作主张，要娶傅恒的妹妹为妻，未免有些草率鲁莽。再说，傅恒家会不会真的暗地勾结了十四爷胤禵呢？

雍正最关注的就是这一点了。当年,十四爷胤禵任抚远大将军,朝廷传言这是康熙有意栽培胤禵,提高他的资历和威望,好让他成为自己的接班人。雍正即位后,为了防备胤禵,可是费了不少心机。首先夺去他的兵权,继而任命他为父守陵,名为让他尽孝反思,实际上则是将他监控了,不给他任何心存不轨的机会。就是这样,弘历遇刺之前,还传出蔡怀玺探访胤禵的许多故事,诸如"二七便为主,贵人守宗山"等。雍正一直认为胤禵贼心不死,依然觊觎皇位,对他实施了更为严厉的监控。如果马武果真当了胤禵的联络员,秘密联系蒙古王爷,那么岂止是他,就是他们全家都难逃厄运。这样的话,弘历要娶他家的女儿,岂不是自寻麻烦吗?

弘历说出自己的想法后,看到父皇脸色沉郁,半日无语,心里一紧。他这才想起最近关于马武的传言,猜测父皇一定因为此事而犹豫不决。

果然,雍正语气冷冷地说:"婚姻大事岂能儿戏。这件事情你自己不能作主,你皇祖母和你母亲会有安排的。你回去好好做事,过几天修好了园子,朕还要派你办差,跪安吧!"几句话就要打发了弘历。

弘历心急,哪肯就此罢休,缠着父皇再次恳请同意,并且说出马武的事情并非属实,十四叔守了五年陵也该回来了之类的话。雍正听此,突然一甩衣袖,恼怒地喝斥他说:"小小年纪懂什么! 不要做了几件事情就自以为是了,朕还用你来教训吗!"

雍正震怒,诸人惊吓,只有弘历面不改色,他已经清楚了父皇反对他婚姻的根本原因,心里也坦然了。他抱定了主意,不管马武做了何事,与傅恒和他的妹妹都没有关系,自己一定要娶富

察氏为妻。

父子俩首次反目结怨,弘历非常难过。当初为了年羹尧一案,父子俩曾经有过摩擦,不过那是为了朝臣,矛盾也没有这么激烈,与这次相比差别太大了。

究竟该怎么办呢? 陷入爱河的弘历日思夜想,寝食难安,他一方面思念着富察氏,一方面忙于寻求解决问题的办法。几日下来,人消瘦了,身体也不如从前,那个潇洒风流的少年皇子变得邋遢憔悴。他的变化引起了母亲的注意,钮祜禄氏进宫后,深居简出,过着朴实、闲静、优雅的日子,倒也安然无事,眼见着弘历一日日憔悴,担心他病了,忙传太医为他看病。哪知多个太医看了,都说皇子身体无恙,只是心思不宁,怕有什么心事。

心事? 钮祜禄氏思虑着,突然明白了:弘历年龄已到了娶妻的时候了。她忙张罗此事,打算为弘历娶一位合适的妻子。弘历看到母亲忙碌操心,劝慰说:"儿臣已经有意中人了,母亲,您不必忙碌,儿臣非她不娶。"

钮祜禄氏更吃惊了,儿子的意中人会是谁呢?

弘历详细地对母亲说了富察氏的情况,钮祜禄氏听了,半是忧虑地说:"母亲深居后宫,从来不干涉你父皇的朝政,可是最近听说你十四叔那边出事了,会不会与他们家有关?"

弘历说:"儿臣看你们太多虑了。首先,傅恒与儿臣关系密切,他怎么会设计害主呢? 再说,十四叔守陵五年,也该回来协助父皇处理朝政了,总不能这样骨肉分离、亲情不认,委屈十四叔一辈子吧。"

钮祜禄氏素来沉静少语,听儿子的话有道理,慌忙转身看看身旁的太后。太后是雍正和胤禵的亲生母亲。几年来,她为了两个儿子的矛盾没少生过气。今日听弘历为胤禵说话,高兴极了,搂住弘历就说:"还是我孙儿仁厚,哪像你父皇,总是板着脸孔训人,连自己的亲弟弟都不认了。"

钮祜禄氏趁机说:"老祖宗,弘历大了,该为他娶亲了,臣妾看富察家的女儿不错,不如就为他们办了婚事,也好让弘历有心思协助皇上做事情。"

老太后点头说:"我看也不错,富察家忠心耿耿,侍奉先帝多年都没有过错,娶他家女儿为弘历的福晋,也算对他们的鼓励和奖赏。"

有了太后和母亲支持,弘历信心大增,他坚持自己的想法,发誓娶富察氏为妻。他的心愿如何得以实现,他为此又要付出什么代价或做出什么努力呢?

第四节　如愿以偿

这天，弘历写了一首诗，让傅恒交给他妹妹。傅恒跪下推辞，说不敢违抗圣意。弘历生气极了，拂袖而去，不理睬傅恒。傅恒见此也十分难过，他想了想追出去说："万岁爷身为君主，不管怎么做都是有道理的。主子，您不要着急，总会有办法解决这些问题。"

"办法？"弘历急急地说，"什么办法？"

傅恒献计说："奴才听说太后身体微恙，不太舒服。奴才的妹妹略懂医术，何不求太后让我妹妹看病，这样你们就可以见面了。"

弘历惊喜有加，即刻去见太后。自从那日太后和钮祜禄氏一致同意了弘历的婚事，她们还没有机会劝说雍正，所以这件事一直拖着。这几天，太后偶感风寒，她年老体弱，病了以后就进补人参等药物，结果出现头痛、头晕、口干舌燥现象。后来皮肤瘙痒，起了许多小红疙瘩，以致茶饭不思、彻夜难眠，不得不卧床养病。弘历听说傅恒的妹妹懂得医术，非常高兴地举荐了她。

太后听了，十分喜悦，即刻下懿旨令她进宫为自己看病。再说傅恒的妹妹，自从那日见了弘历，心里就再也忘不了他，日思夜想，可谓春心涌动、芳心暗许，只盼着再次见到他，更盼着有人能为他们提亲说媒。

　　这日，傅恒突然回家说太后请她看病，她听了急忙准备收拾一番，跟着傅恒进宫。第一次踏入皇宫重地，她处处谨慎，步步小心。来到慈宁宫时，宫内外宫女、太监站了一大片，还有好几个帝妃嫔妾也在那里小心地伺候着。富察氏心里一阵慌张，真担心自己忙乱之中无法为太后仔细看病，坏了大事。正在紧张时刻，宫门外翩然走进了少年弘历，他看见富察氏，精神陡增，眼角眉梢都带着笑意。富察氏心里也狂跳不止，一时间愣在原地不知如何是好。

太后乌雅氏

　　弘历上前关切地说："皇祖母身体微恙，我特地推荐你来为她看病，你知道吗？这样我们就可以见面了。"

　　富察氏脸色绯红，娇羞地说："民女奉命来为太后看病，怎敢心生旁骛？民女只想着如何能为太后看诊呢！可没有其他念头。"

　　弘历笑了，在前头带路领着她走进慈宁宫。宫里边，老太后半躺在软榻上，看起来脸色发红，神色黯淡。弘历走过来说："皇祖母，富察氏来了。"

　　老太后慢慢转过头，上下打量这个女孩子，见她身材匀称,容貌俊美,举止大方,心里已经十分喜欢了,点着头说:"好,这么俊俏的人还会看诊,真难为你了。我记得你父亲就懂得医术,常常与先帝讨论医理药性,想必你也是家传的学问了。"

富察氏施礼回答:"太后,民女自幼跟着父亲读了点医书,略知一二,不敢与家父相提并论。今天能为太后看病,也是我莫大的荣幸了。"

"嗯,"老太后点点头,"真懂事,要有这么个孙媳妇,我也心满意足了。"

她这一说,富察氏双颊绯红地低下了头,弘历却趁机说:"皇祖母,孙儿也是这么想的,您老人家就为我们多多向父皇求求情,求他答应这门婚事吧!"

老太后笑了,指着弘历说:"瞧你急的,真要说起来,你们的婚事我也能做主,可是你父皇反对,我也不能强行操办,所以你们不用急,我一定会找机会跟你父皇说的。"

病还没瞧,却在这里一个劲地讨论婚事了。富察氏抬起头说:"太后,民女先为您看病吧,其他的事情等您病好了再提不急。"

"对对对,"弘历忙说,"先看病,先看病。"

老太后满意地伸出手腕,让富察氏为她诊脉视病。富察氏笑吟吟地说:"太后,民女不用诊脉,只是想问问您的饮食服药情况。"

老太后奇怪地说:"不用诊脉?嗯,也好。"她有点不放心地叙述了自己生病以来吃饭、休息,以及服药的详细情况。

富察氏边听边仔细地思索着,等老太后说完了,她也了解了疾病的情况,笑着说:"太后,您的病不碍事,依民女看不过是误服人参所导致。人参是补药,不适宜长期服用,您不如改服生地汤,以地黄丸调理善后,必定很快痊愈。"

她说得头头是道,老太后却不理解了,问道:"人参大补,人人都说老人长期服用好处多,你怎么说不适合长期服用呢?"

富察氏轻轻笑了,回道:"太后,人参虽然具有安神驱邪、固本扶正的许多作用,但是也有许多禁忌。比方说,身体强健的人吃了不但无益,反而出现闭气胸闷的症状;没有气虚的人吃了,就会出现口干舌燥、皮肤红痒的现象。您虽然年龄大了,可是您身体一向健康,而且生活在后宫,平日里饮食已经非常丰盛了,所以不适合再进补人参。"

原来如此。宫内诸人听得入了神,想不到这小小人参还有许多说法。再看看年龄不大的富察氏,居然能够观察细微,敏锐

皇后富察氏

地发现其中奥妙,针对自己提出了合理的治疗方案,老太后不由得对她刮目相看。弘历心情大悦,追着问道:"生地汤都有什么作用?"

富察氏依然微笑着说:"生地性凉,味甘,入心、肝、肾经,既能凉血,又能滋阴,具清热滋阴、凉血止血、生津止渴

的功效。"

弘历佩服地直点头，说道："如此看来，你该开个医馆药铺，一定能够普济天下百姓。"一席话说得宫内人都笑了。富察氏见他打趣自己，转过头去不理他，对老太后说："太后，如果您的病情好转了，可以土茯苓代茶饮，常吃有好处。土茯苓性味甘、淡、平，有除湿、解毒的作用。取土茯苓水煎服，连用三日，对麻疹有很好的预防和治疗作用。"

老太后抚摸着富察氏的手说："好孩子，我听你的。明日你进宫了，我要你时时陪伴着我，比那些宫廷御医可强多了。"

富察氏为老太后诊视完疾病，起身告辞。弘历急忙追了出去，两人在宫里漫步谈心，一直日落西山了，富察氏才急急地回家去了。

过了几天，老太后的病情渐愈，精力也日渐充沛，甚至更甚于从前。她满意极了，即刻派人唤来雍正，把富察氏为自己看病的事情说了，并且说，弘历年龄不小了，也该为他娶妻了，富察氏出身名门、知书识礼，与弘历两人情投意合，应该成全他们。

雍正素来孝敬母亲，见事已至此，也不敢过分拗扭，只好同意让母亲看着操办，可是心里却十分不痛快。他唤来弘历，责问他事情的经过。弘历再次直面父君，大胆表露他与富察氏的感情，而且为十四叔说情，认为父皇过于严苛，必定引起朝臣和百姓不满。

看到如此执拗的儿子，雍正反而慨叹了。他想起弘历儿时受到先帝垂爱的事情，心里叹息着：看来这个孩子确实像先帝，宽恩仁泽，与自己不同。他即位五六年了，对于朝政有了深刻的理解，懂得一张一弛的道理，想了想说："朕同意你们的婚事，以后你也不要再提你十四叔的事了。"

这样,弘历终于与富察氏喜结良缘,成为一对恩爱的夫妻。为自己争取了美满的婚姻以后,他很快也有了自己的府邸,搬出皇宫开始了独立的生活。

弘历与富察氏感情深厚,非常恩爱。有一次,弘历病了,身上长疖,医生说他需要休养一百天。富察氏二话没说,搬到弘历的寝室外面,日夜服侍,直到一百天过后,他的病好了,才搬回自己的寝宫去。后来,弘历做了皇帝,册立富察氏生的儿子为秘密储君。结果,太子早殇,富察氏悲痛成疾,三十七岁时因病而逝。为此,弘历非常伤心,曾经写过情真意切的《述悲赋》:"《易》何以首乾坤?《诗》何以首关雎? 为人伦之伊始,固天俪之与齐。""悲莫悲兮生别离,失内位兮孰予随?"意思是说,我是多么悲痛啊! 这样生死离别,失去贤内助,今后谁来陪伴我呢?

第十二章 微服赶考

　　弘历在客店里结识了许多考生,为他们高低不一、参差不齐的学识和人品所吸引,亦为一些考场作弊行为所震惊。他决定微服赶考,切身体验一下备受世人瞩目、朝廷关注的科举考场,也好趁机检验一下自己寒窗苦读十年来的学问,看看是否真如世人所推崇的那样,自己是个才子阿哥?考场重地,是国家选拔人才场所,岂容藏污纳垢? 太子弘历微服赶考,引出一幕幕令人惊讶叫绝的场面,一个个令人深思感叹的故事。

第一节　兄弟谈考试

弘历搬出了皇宫,另外立了府邸。这日,他在府内练字,书写到尽兴时,忽然记起圣祖皇爷爷来了。他在康熙六十年时,第一次见到皇爷爷,祖孙两人在圆明园牡丹台写字,留下了佳话,也使他深受皇爷爷喜爱。从此以后他蒙受圣恩,得到康熙亲自调教,才学和修为都迅速提高。想起这些事情,弘历兀自叹息一声。五六年过去了,皇爷爷离世已久,而他也成长为年轻英俊的少年。正在他暗自伤怀的时候,富察氏走了进来,侧着身子仔细看看他写的字,浅浅而笑。

弘历拉着富察氏的手说:"听说你的字写得不错,来,写几个。"

富察氏想了想,轻轻说道:"妾妃早上去宫里请安,见母亲身体不舒服,为她调了几味药,仍然觉得不放心。妾妃听五弟说,他在家里书写《金刚经》为母亲祈福呢!我看我也写几句经文吧!"

说着,她挑了一枝中等粗细的毫毛笔,纤手轻握,微微蘸墨,在铺好的宣纸上快速地书写起来。弘历定睛细看,只见她运笔轻盈,书写流利,不一会儿一行漂亮的小楷呈现在眼前。写完了,她高抬手腕放好毛笔,回头看着弘历说:"见笑了。"

弘历笑容满面,不停地点着头说:"看你写的字如同行云流水,真是把我比下去了,怎么还说见笑的话呢?"

富察氏抿嘴而笑,刚要说什么,却见家人来报,弘昼来了。

弘昼走进书房,看到弘历和富察氏正在写字,叫嚷着打趣说:"四哥好兴致,陪着嫂子练字,可把我们兄弟朋友都忘了。"

富察氏忙施礼与他相见。弘历故意板着脸孔说:"你不在家写《金刚经》,到处乱跑什么,父皇最近没责备你?"

"哈哈,"弘昼笑着说,"你消息够灵通的,四哥,父皇不但最近没有责备我,而且老师们也忙着考试的事,不怎么强迫我学习,我呀,成了闲人一个啦!"

瞧他得意的样子,富察氏和弘历都笑了。弘历问道:"开科取士怎么惊动了尚书房老师呢?不是有专门的官员负责吗?"

"唉,"弘昼叹气说,"听说今年的考卷泄了密,主考官员贪污受贿被撤职了。有人说了,这次还不定闹出点什么动静来呢!想想也是,十年寒窗苦读,谁不想捞个功名什么的,这考场不干净可就没办法了。"

张廷玉

果真如此?前些日子,弘历也听说了考试作弊的事情,怎么,主考官真的被抓了?这次又要换成谁呢?

弘昼继续说着:"听说

这次推举了张廷禄做主考,但愿这次考试为朝廷选拔出有用人才。"

张廷禄是张廷玉的弟弟,二品大员,位高权重。自从年羹尧和隆科多犯案遭到杀戮后,除了胤祥,雍正重用的就是汉臣张廷玉和满臣鄂尔泰。其中张廷玉在康熙末年就官至吏部侍郎兼翰林学士。他为人谦恭,做事谨慎,雍正即位先任他为礼部尚书,后来多次提拔他,使之身兼大学士、军机大臣等职,兼管吏部、户部、翰林院、十几个修书馆的总裁官,成为当时最受重视、权势最大的汉臣。这次,鄂尔泰推举他的弟弟主考,也是有意与他结好关系。

弘历听说张廷禄主考,看看弘昼说:"你知道的事情不少啊!怎么,你也关心起时政和朝廷来了?"

"哎,我是替那些学子担忧。"弘昼虽然才学一般,心地却十分善良,这也许与他迷恋佛学有关。弘昼说:"我们读了十年诗书,还不明白读书的辛苦吗?老百姓们读书一样很辛苦,为了什么?听说福建等地考生冒着大雨参加考试,竟然有溺水淹死的,可怜可怜。"

弘历记起上次去山东办差,在客店里见到的几个落魄书生。他们讨论时政,似乎对这几年雍正为了推行新政,允许田文镜在河南搞士民一体当差怀有不满。他也听说河南当地曾经出现过生员罢考现象,诸多书生举着孔子牌位走上街头,与官府对抗,这可是千百年不曾有过的事情。左思右想,弘历的心情非常复杂,他觉得开科考试本意是选拔人才,如今却变了形走了样。偌大的考场、千万书生,浩浩人才队伍都是从这里走出去的,这里究竟隐藏着什么机密,又有什么隐情呢?

看到弘历心事重重，富察氏轻声说："五弟关心士子，真是菩萨心肠。你四哥也是为此事忧心，整日茶饭不香。可是父皇已经把这事交给大臣去办理了，我们身为皇室子嗣，怎么好插手这些事情呢？只不过谈论谈论罢了。"

弘昼顺着富察氏的话说："嫂子说得有理，我们也不过闲聊而已。真要处置这些大事，还得靠大臣们，阿弥陀佛，我是管不了这些俗事！想起来脑子都一团乱的。"

弘历一直沉默少语，听了他们的话突然面带怒色，一拍桌案站立起来，愤愤地说："听你们这么说，就只好任由主考官员欺压生员、胡作非为了？朝廷选士就要变成个人营私舞弊的场所了吗？这样下去，国家朝廷还有什么前途？"

弘昼一惊，低声咕哝了几句。富察氏第一次见弘历发怒，也垂下头不敢言语。室内静悄悄的，墙角一台崭新的自鸣钟传来清脆的滴嗒声，一分一秒计算着时间的流逝。年轻的弘历心血沸腾，热情高涨，他不能坐视观望了，必须采取行动，为考生、为朝廷亲身体验一下考场风云。

可是究竟该怎么做呢？弘历考虑多时，决定去见傅恒，商量一下具体的办法。年仅十六岁、涉世不深的他根本没有资历参与进去，那么就只有自己想办法了。

第二节　考生说忠奸

第二天，弘历约傅恒到茶肆饮茶。他们来到一家干净的客店，里面坐着好几个书生模样的人，一看便知是进京参加考试的生员。弘历看了看，问傅恒："傅恒，你读书十几载，要是比起这些考生，你认为学识如何？"

傅恒笑着说："那可不敢说，主子，你听说了吗？同读圣贤书，差别千万里。不信，你随便拉出个考生问问，学的都是四书五经，写的都是八股文章，可差别却大了。"

他们在这里闲谈，却见那边几个考生沉不住气了，几个人围着一个年纪稍长者听他高谈阔论。年长的考生说："自古以来，选士之法，变了几变。由乡选制改为九品官人之法，由九品官人法又改为如今的科举制。在先古时期，士子尚可以傲慢公卿，周游列国，说服诸侯，择主而从；自从唐朝开科举制度，风气大变，崇尚空谈，轻视实务，文风浮泛，士品也日下，既无安民之志，又无治国之才，贪图虚名、追求俸禄的人越来越多。朝廷以这种取士，可怎么求得良才贤士！"

一席话引起满座惊讶，弘历也侧目关注，心想一个小小客店里还隐藏着这等高见卓识的人才。傅恒却不以为意地说："一听就知道是个久考不中的人，这样的人多了，主子，不用理他，你听着吧！一会儿他还有高论呢！"

果然，他的话音刚落，一位年轻一些的人站了出来，粗声大气地说："张熙兄，照你说的话，我们这些人不都白来了。"

"怎么白来了？"一个肥头大耳、穿着华丽的考生嘴里嚼着东西，不解地问道。一望便知他是位富家子弟，胸无点墨却要来考场占个位置。

那位被称作张熙的笑着说："也许我们白来了，可是李耀祖兄没有白来，你好好等着吧！金銮殿见驾的时候别忘了谈谈你的四书五经。"

李耀祖就是那位富家公子，他听到张熙这么说，先咧嘴笑笑，继而郑重地说："家父打我懂事时就教训我，什么关汉卿的《西游记》、施耐庵的《西厢记》……这些书统统可以一把火烧了！书籍里哪有大过四书五经的？"

他这一说，满座人以为他调侃戏谑，都没有太在意。倒是张熙了解他的底细，接着问："耀祖兄，你高中了准备做个什么样的官员？是忠臣还是良相？"

众人不解地看看张熙，更急切地等着李耀祖的回答。却见李耀祖摸摸脑袋，想了想说："别的不敢当，就做个曹操那样的大忠臣吧！"

这回众人傻了，曹操挟天子以令诸侯，分明奸臣贼子，哪里是什么忠臣？

张熙强忍住笑，继续问："耀祖兄，其实曹操并非历史上头号忠臣，人们做过排列，认为秦朝的赵高排名第一。"

"是吗？"李耀祖显然认为他说的是对的，急忙问："那第二位呢？"

"王莽。"张熙干脆地回答,专挑历史上臭名昭著的叛逆之臣告诉他。

"第三呢?"

"曹操、司马懿。"张熙说着,屋内众人早就笑倒了一片。他们这才知道,李耀祖除了四书五经,对于经史子集、野史小说一概不了解,是个十足的呆子。张熙却忍住笑继续说:"耀祖兄,你可记好了,金銮殿万岁爷亲自考核的时候,会问讯你是以什么人作为楷模当臣子,到时候你要考虑好,从这些忠臣里挑选一二就可以了。"

李耀祖急忙地就要寻找笔记录这些人名,众人更是笑成一团。旁边一人捂着嘴说:"张熙,你可真是口孽,照这样,你的舌头被剐掉也是活该。"

李耀祖却瞪着眼说:"人人都说张熙兄高才,今天他教导我,你们笑什么?家父知道了,一定会夸奖我的。"

他们这一通闹剧,坐在一边的弘历和傅恒看得清清楚楚。弘历也是早笑得坐不住了,他拉着傅恒的手说:"今日算是开了眼,考生之间悬殊竟然如此大,坐进同一考场还不好分上下?"

傅恒笑了半天,捂着肚子说:"主子,奴才也长见识了,怎么这样学识的人也进京考试了?真不知道他家里是怎么打算的。"

再看李耀祖,恭恭敬敬地写下几个名字,藏进了袖子里,拍拍身上的衣服,一本正经地说:"这下好了,又多了份保障。"

张熙已经和别人说话了,回头看看李耀祖,不屑地说:"你可真是满腹才学啊!"

这是什么意思?弘历与傅恒对视一眼,张熙怎么说出这样的话呢?弘历想了想,起身来到张熙面前,两人互相施礼相识。

交谈多时,弘历问他为何说李耀祖满腹才学,仅仅是戏谑吗?张熙见面前少年风姿非凡、气度超然,心里已经有几分喜爱,交谈以后,发现弘历学识深厚、举止贵重,猜想他绝非一般人物,更是敬重有加。听他问到刚才对李耀祖说的话,略一沉思,摇着头说:"看来兄台年少,可能是首次进京参加考试吧。这样的事大家早就习惯了。你看到李耀祖了吗?他的才学比不上你我,但这次考试他肯定能够考中。"

啊?弘历吃惊得目瞪口呆,简直都要跳起来了。他怎么确信李耀祖会考中呢?难道他有神仙相助?杜甫说"读书破万卷,下笔如有神",可是看起来,这个李耀祖只是死记硬背了四书五经而已。看到他惊呆的表情,张熙说:"你不用奇怪,考场就是这样,只认得这个。"说着,他做了个数钱的动作:"我参加科考好几次了,次次都遇上这样的人物,次次他们都能金榜题名,而我却名落孙山。今年已经抓走了一个主考了,不知道新换上的这个怎么样。"

弘历呆呆地听着,看张熙说得那么坦然平常,更觉得一阵阵心乱。科举考试,是为选拔人才,怎么会出现贪赃枉法的事情?而且每次都选拔出李耀祖这样的"人才",国家焉有不败的道理!

张熙推推弘历说:"还不知道兄台高姓大名呢!过几天就要开考了,你可要努力加油,不要学我空耗青春年华。对了,我就住在对面客店,有空的话,你可以来找我,我们好好聊聊。"

弘历惊醒过来,对着张熙抱拳说:"兄台客气了,我姓黄,字天星,住得离这里比较远。不过你放心,过几日我一定会来找你的。"

说着他们告辞了,弘历匆匆赶回府邸,他心里已经想好了主

意，要微服赶考，亲身体验考场的是是非非。他把这个想法告诉傅恒，傅恒赞同说："这个主意好，一来检验自己的学识，看看十年寒窗苦读，与天下士子相比究竟文才几何，二来还能够借机视察考场的恩怨是非。主子，奴才也要与您一同参加考试。"

弘历高兴地答应他的请求，他们积极准备，只等着考试时一展才华了。

第三节　太子考生

弘历在客店里结识了许多考生，为他们高低不一、参差不齐的学识和人品所吸引，也为一些考场作弊行为所震惊，他决定微服赶考，切身体验一下备受世人瞩目、朝廷关注的科举考场，也好趁机检验一下自己寒窗苦读十年来的学问，看看是否真如世人所推崇的那样，是个才子阿哥。

开考的日子来临了，弘历和傅恒两人乔装打扮成考生进入了考场重地。当时考场制度非常严格，为了防止作弊，考生入场时，不能携带任何私物，必须脱了鞋子，一人提一个早就准备好的提篮，里面放着笔墨纸砚，然后进入各自的房间。

再说弘历，他光着脚，提着篮子蹑手蹑脚走进号房。记起昨天见到张熙时的一番谈论："有人说士子入闱有七似。初入考场，赤足提篮，似乞丐；唱名入闱，考场官员喝骂声声，仆役也连连斥责，似囚徒；进了号房，每个房间上面露一个小孔，底下露出光脚，又似暮秋冻僵的蜜蜂……"

现在，弘历赤着脚丫走着，听身边考官们呼喝连声，仆从人员也吆吆喝喝，真切地感觉到了"七似"的滋味。他兀自一笑，忘了跟紧队伍，就听官员喊道："走快点，磨蹭什么！我在说你呢！再不快点就不要进来了。"

弘历不敢疏忽,急忙跟上队伍,左转右弯地终于进了自己的号房。

考试题目并无新意,依然是论述治国策略。弘历下笔成章,洋洋洒洒写了满满两张考卷。做完了文章,他仔细地审视了一遍,正要走出号房,却听到外面有人喧哗。他急忙探出脑袋,原来主考官进来巡视了。张廷禄走在中间,身边跟随着好几个随从官员,趾高气扬。今年的考试因为波折颇多,延来延去,选在了这个初冬时节。此时,坐在号房里大半天的考生们忍饥挨饿,有些人已经坚持不住了。有人看到主考官员来了,忙朝外面喊道:"主考大人,天气严寒,应该为考生们准备取暖用具。"张廷禄听见喊叫,睨视了一下,没好气地说:"这点苦算什么?十年寒窗都忍过来了,要是受不了就回家蹲被窝去。"

一句话堵住了众多考生的嘴巴。只见张廷禄装模作样转了一圈,刚要拔腿离去,那边张熙探出头来:"主考大人,万岁有旨意,一定要善待考生,让考生发挥出水平来。我听说万岁特别关照了,考场之内要做好取暖工作,主考大人怎么忘了?"

张廷禄生气地扫视一眼张熙,哼了一声说:"看你年龄不小了,应该懂得考场规矩,再喧哗吵闹就赶你出去。"

他本意是吓唬吓唬张熙,却没有想到张熙几经考场磨难,对于考试似乎不抱什么希望了。听到张廷禄恫吓,他反而探出半截身子说:"主考大人,你奉命为朝廷取士,怎么就知道往外赶人? 你知不知道被赶出去的可都是栋梁之材!"

"哼!"张廷禄不屑一顾地说,"管你是什么材,都要先过了我这一关! 你就是文曲星下凡,我不承认也是白搭。来人!"他示意手下人记下张熙的名号。

"不用记,不用记,"张熙故意伸展着手臂说,"你把门打开,我这就出去。哼,寂寂考场内,几多失意人。没什么了不起的,这场考试比起上一场依然是'有钱能使鬼推磨,害煞寒窗苦读人'。"

听此话,张廷禄脸色陡变,他的手下人上来就要揪打张熙。弘历一直在号房内观望着,眼看考场内要起争斗,大喝道:"不可无礼,朝廷选士重地,你们怎么能够出手伤人!"

张廷禄见半路又杀出个程咬金,气愤地看了看弘历,语气蔑视地说:"好,今日你们这帮考生想造反了。好,我成全你们,来人,把他们一个个带下去。"

弘历见张廷禄仗势欺人、嚣张跋扈,怒不可遏,指着他斥责说:"天子脚下,选士考场,你们也太不像话了。我问你,万岁委派你主考是为了什么? 是让你在这里要威风、摆架子吗?"

"哈哈!"张廷禄狂笑了两声,他不知道眼前少年正是当今秘密皇储,太子殿下弘历。他半眯着眼睛说:"怪了,你是哪个圈里跑出来的羊? 在这里咩咩叫什么呢? 我告诉你,为什么选拔我主考? 我是鄂尔泰宰相推举的,懂了吧! 京城里的官员互相扯皮,导致今年科考不能顺利进行,万岁爷急了,各位宰辅大人无奈之下举荐了我。怎么样? 明白了吧!"

"明白了,"弘历冷笑一声,"原来无人主考,才轮到了你。要我说,尚书房任何一位大臣也比你强。"

"尚书房? 在下的兄长就在那里任职,他可是万岁爷亲口封的'第一宣力'大臣,听懂了吗? 你们这些考生,考中了又怎么样,还不是得听从我兄长的?"张廷禄滔滔不绝地尽数他家的荣耀,好像忘记了这是考场。

弘历算是清楚了,这个张廷禄与张廷玉虽然是同胞兄弟,却悬殊迥异。一个文才不足、脾性恶劣,一个满腹经纶、为国家栋梁,根本不可同日而语。真是怪了,万岁怎么能够用他做主考? 弘历不知道,雍正因为科考作弊的事苦恼,鄂尔泰建议启用新人负责考试,或许能够改变以往多年养成的旧习气。这样就把张廷禄推举了出来,他们以为他会像张廷玉一样学识渊博、为人忠厚呢! 张廷玉知道后,没有来得及阻拦,旨意就颁发下去了。念及兄弟之情,张廷玉私下想着:不过是负责一场考试,到时候我提前教训他几句,也许没有大碍。怎知张廷禄领旨主考,得意洋洋,根本没有把张廷玉的教导放在心上。到了京城,他结交各方官吏、收取不义之财,比起以往的主考有过之而无不及。此时,张廷玉等重臣忙着处理边疆事务,没有时间参与科考事宜,这下张廷禄更方便了,一人当家,万士遭殃,尽干些营私舞弊的事。

再说考场内,考生与张廷禄起了争议,他不知道赶紧息事宁人,反而跳着脚与人对骂。弘历忍无可忍,正要想办法惩治他,却见外面慌慌张张跑进一人,附在张廷禄耳边说了几句,他们不再理会考生,前呼后拥,扬长而去。

第四节　考试风波

张廷禄甩袖而去,众考生对他怒目而视。过了多时,考场恢复平静,弘历他们交了考卷,偕同张熙等人步出考场,回到客店休息。

此时,大家早就忘记了跋扈凌人的张廷禄,而专心享受放松心神的快乐。弘历却没有忘记这件事,他问张熙是否怀疑张廷禄有作弊行为。张熙不在乎地说:"这还用问吗? 我不是早说过了,你我等着发榜那天就可以打道回府了。"

弘历心想,张熙狂傲不羁,给人恃才傲物的感觉,他顶撞主考,说了不该说的话,可是打道回府未免说得太早了。还有,张廷禄虽然才识不够,不能控制考场局面,可是也不见得就一定贪赃枉法、泄漏考题了? 他决定安心等待发榜,然后再作其他打算。

可是,发榜日子一到,弘历傻眼了。果如张熙所说,李耀祖榜上有名,位次还不低,他后面的竟然是傅恒,而张熙和弘历却名落孙山,没有考中。真是天大的笑话,弘历哭笑不得,带着傅恒去找张熙。张熙正在收拾行装,准备启程回江南老家,见弘历来了,笑呵呵地说:"怎么样? 我们一起走吧!"

弘历急忙阻拦:"兄台别慌,看来这次科考确实暗藏诡秘,我们应该留下来查明其中隐情,不能纵容恶人。"

"查?"张熙哈哈一笑,"算了吧! 你忘了张廷禄怎么说的? 就是我们考中了也不过是张宰辅的门生,何况现在! 你能找到告状的衙门?"

弘历经历考场风波,内心已经坚定了肃清科考弊端的决心,他目光沉静,掷地有声地说:"张熙兄,朗朗乾坤,天子脚下,我们来到这里是为了考取功名、报效朝廷,并非为了争一时之长短。既然科考出现弊端,我们就应该大胆上告,为自己也为朝廷辨明是非。"

傅恒也说:"对,考试取中了李耀祖,摆明是有人动了手脚。"

张熙见他们说得义愤填膺,不免有所心动,望着他们说:"不是我妄自菲薄,在京城重地,你我一介书生,有什么能耐状告主考官员?"

"这个嘛……"傅恒看看弘历,明白了他的意思,附在张熙耳边轻声低语。他的话没有说完,就见张熙大睁双眼,无法置信地上下打量弘历,半晌,才深深施礼喃喃地说:"书生有眼无珠,有眼无珠。"

原来,傅恒告诉了他弘历的真实身份,你想他能不惊讶吗? 弘历微微笑着说:"有幸结识先生倒是人生一大快事,我仰慕你的才华,也敬重你的为人。这几日亲身体验科考风云,长了不少学问,多亏先生指教。"

张熙听了弘历平易近人的一番言论,心里十分佩服,忙说:"哪里哪里,书生狂妄自大,惹您笑话了。关于科考的种种弊端也是我胡言乱语,您可千万别放在心上。"

"怎么,事到临头害怕了?"弘历故意说,"考场上你敢大胆指

责张廷禄,这下反而畏首畏尾了?”

张熙脸色一红,不知道该如何应对了。

傅恒笑着说:“先生妙语连篇,精解科考制度,又总结了士子入闱有‘七似’,让我们增长了许多见识,平添不少快乐,现在怎么无语了呢?”

提起这些事,三个人不由得全都笑起来。接着,弘历说了自己的打算,他要面君上奏,陈述此次科考舞弊之事。他鼓励张熙留下来,等着再次重新考试,还肯定地说以张熙的才学肯定能够金榜题名。

张熙感动不已,答应弘历留下来等待时机。

再说弘历,他与傅恒离了客店,直奔紫禁城。此时雍正又回到皇宫理政了,正在养心殿与诸臣商讨此次科考事宜,准备殿试。张廷玉、胤祥等人积极进言,发表各自的意见。殿外,张廷禄等主考官员们等着皇帝召见。这时,弘历急匆匆走了过来,与张廷禄打了个照面,径直进了养心殿。张廷禄脑子里快速反应着,他觉得进去的少年非常面熟,他是谁呢?听见太监们齐声给弘历请安,口里称呼四爷,他明白了这个少年是皇帝的四皇子,传闻中的秘密太子。他这样胡乱想着,一点也没有联想到考场内与自己辩论、被自己斥骂的那个考生就是太子弘历。

弘历进殿面见父君,将考场内的见闻全部说出。他的话没有说完,雍正早就惊呆了,他怔怔地问道:“果真如此吗?”

“儿臣说的句句属实,”弘历痛心疾首地说,“父皇,考场不净,无法选拔真正的人才,这是朝廷的一大祸端。请父皇下令全力追查,并且重新开考,选拔真才实学的人为国家效力。”

旁边的张廷玉字字句句听得清楚,心里叫苦连天。他清楚弟弟的为人，知道他这次捅了大娄子了，没等雍正说话，趋步近前跪倒替弟弟认错。

雍正见此，为了核实真伪，决定委派尚书房臣属们重新批阅试卷，以辨是非。朱轼等奉旨阅卷，他们从中挑出了两份出色的考卷，呈交给了雍正。一份署名张熙，一份署名黄天星，他们认为这两个人可以称得上是此次考试的佼佼者。雍正仔细阅读，他觉得其中一份字体十分面熟，想来想去，竟然与弘历的字体相似，他大吃一惊，急忙召见弘历。弘历知道微服赶考的事无法隐瞒了，只好把如何结识张熙、李耀祖的经过全部说了。此时，朝廷诸人才恍然大悟，怪不得弘历如此清楚科考弊端，原来他亲自参加了考试！

皇子微服赶考，这可是千古佳话，难得他的考卷在众考生中名列前茅，更可以看出他的才学不同一般，竟是名副其实的才子阿哥。为慎重起见，雍正亲自接见李耀祖和张熙，再次确定事实真相。

结果可想而知，考中的才学无几，痴头呆脑；落榜的满腹经纶，应对自如。雍正勃然大怒，下旨全面彻底清查张廷禄。没有多久，张廷禄贪污受贿、泄漏考题等问题就全都核查清楚了。这时，朝臣们针对如何处置张廷禄又展开讨论，有人认为他是张廷玉的弟弟，做出这等不齿的事情，肯定与张廷玉有关，不但应该重惩他，还要顺带地惩罚张廷玉。雍正素来做事严谨，严格约束朝臣，出了这样的事，他也觉得张廷玉没有实时提醒弟弟，才导致出现这样的局面，于是，决定一并查处张廷玉。

消息传开，有人欢喜有人忧，支持张廷玉的官员们无不为他鸣不平，认为雍正此举有失人心；反对他的人则欢欣鼓舞，认为

终于有机会扳倒他了。

弘历听说后,再次进宫面君,陈述张廷玉与此事无关,不能一并而论。张廷禄以身试法、无视朝廷,应该受到严惩,以儆效尤;而张廷玉身为国家重臣,没有参与科考一事,只是因为与张廷禄兄弟关系就要受罚,实在说不过去。最后,雍正听从了弘历的意见,没有惩治张廷玉,一如既往地重用他。而对于张廷禄则给予了最严厉的处罚,以此警告主考官员们。

不待风波平静,雍正再次下旨重开科考。这次,他钦定了张廷玉负责考试。张廷玉恪尽职责、精心准备,终于完成了一场真实的考试。张熙得以高中,走上了为官的道路,日后,他成为朝廷重要臣属,参与平定苗部事宜。

弘历微服赶考,不但惩治了贪官,还为朝廷选拔了人才。这位十六岁的少年皇子已经逐渐成熟,正在走向人生的又一个台阶。

第十三章 谈佛论道

雍正崇佛论道，广收弟子，并且为他们赐号，弘历被赐长春居士。道人贾士芳借机卖弄法术，在后宫作威作福，迷惑世人。弘历识破奸计，惩治了他。这会不会招来父皇责备？诋毁和尚桀骜不驯，与官府作对，引起江南人心变动，弘历又该如何处理他呢？

第一节　听戏救伶人

微服赶考不久，赶上太后寿诞，雍正为了显示孝心，下旨好好庆祝。旨意一下，忙坏了宫内外奴才和大臣。有人忙着准备进献的寿礼，有人忙着采办各类物品用具，也有人忙着请戏班子为太后唱戏解闷。雍正委派弘历和弘昼两人负责太后寿诞事宜，他俩成了大忙人，宫内外诸多事情都要他们决断。

当时，京城内有名的戏班子有好几家，各家竞相献技，争着进宫为太后唱戏。其中有一位唱小旦的名角叫葛世昌，非常走红，王公贵胄们大都知道他的名字。于是，几位年长的王爷联名推举葛世昌的戏班子进宫演戏。

弘历和弘昼两人年少，对于京城的戏不太了解，略一商量，认为王爷们既然推荐了，必定没有什么错处，也就应允下来。

过了几天，寿诞到了，皇宫内早就收拾了宽敞的戏台，只听鼓乐声声，好不热闹。弘历和弘昼陪着祖母来到戏台前看戏，以尽孝道。不一会儿，演员们粉墨登场，你唱我吟，倒也引来阵阵掌声。唱得好是有赏的，太后不停地吩咐弘历赏赐演员们，弘历笑吟吟地一一照办。这时，雍正也来到戏台前陪太后听戏，这出戏唱的是郑儋打子，叙述常州刺史秉公断案，杖责亲生骨肉的故事。

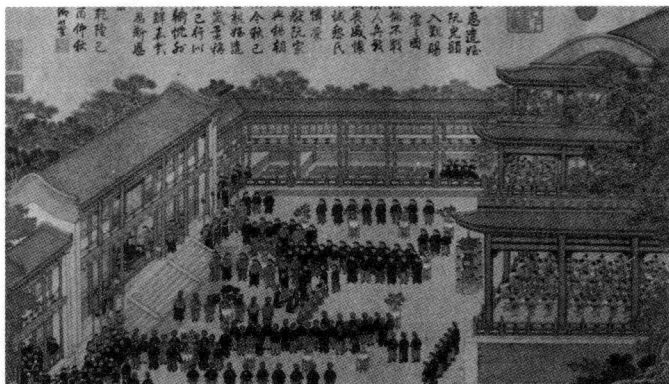

《乾隆观剧图》

　　戏唱完了，雍正满心喜悦地喊过葛世昌，赏赐了他金银，并且赏赐他寿诞食品，然后与他闲聊了几句。这个葛世昌是常州人，自幼入戏班子学戏，吃了不少苦才熬出头来。今日皇帝召见，他内心激动，聊着聊着，突然问道："万岁爷，奴才自幼离开常州，多年没有回去了，不知道如今谁在常州任职？"他也是思乡情切，多年身在戏场，忽略了世事常理，哪里想到自己身份低贱，怎么配问这样的话题！雍正马上板着脸孔不再说话。葛世昌却不明就里，以为雍正没有听清自己的问话呢，接着又说："奴才今日能与万岁说话，恐怕常州太守也没有这样的荣幸。"听到这里，雍正恼了，放下手中茶杯，厉声说："你一个小小的伶人，哪里就敢如此狂妄，竟然问讯朝廷大臣的事情，还要与大臣相比，真是岂有此理，来人，把他拖下去杖责一百！"

　　好好的场面，杀机突起，吓坏了场内众人。弘历了解父皇的脾气，连忙近前说："父皇，今日太后寿诞，大家都高兴，不要扫了她老人家的兴致。这个伶人说话无礼，也是我事先没有调教好，我看就交给我处理吧!"

　　他这一说,气氛顿时缓和不少,葛世昌战战兢兢跪在地上,磕头不止。雍正强忍怒火,摆摆手说:"好了,把他带下去吧! 别忘了好好管教。"

　　台柱被赶走了,戏听不下去了,场面有些尴尬。恰好,十三爷胤祥进来了,带着一个道貌岸然的道士。胤祥近日身体不适,经人推荐,结识了这个叫贾士芳的道士。说起来,贾士芳颇有名气,他自幼出家为道,学了些本事,就以此为生,呼风唤雨、看病、算命,成了名闻一方的能人。

　　那天,胤祥的一个家人在客店里看到贾士芳把馒头变成了银子,把一缸酒变没了,心中惊疑,回府后,就把这些事告诉了胤祥。胤祥本来不相信这些东西,可是他疾病缠身,久治不愈,太医们没有办法医治,就抱着试试看的态度让人叫来了贾士芳。说也奇怪,贾士芳来了,既没有诊病也没有给他服药,结果胤祥就能吃能喝了,身体感觉大好。从此,贾士芳名声更响,也成了王公贵胄们的座上常客了。

　　胤祥今天带着贾士芳来,正是打算让他献技祝寿,以把他举荐给雍正,让他为皇帝和太后看病、祈福。

　　老太后深居后宫,听说这个道人本事非常,早就生了几分好奇,宫内人也都盼着看热闹。贾士芳初入皇宫,很是胆怯,畏手畏脚,不敢张狂。雍正说:"既然来了,就不要拘谨,有什么本事也显露显露,给大伙凑个热闹。"说着,命人端来一碗酒,给他鼓劲。

　　贾士芳借酒壮胆,很快显露出本来面目。他走到台前,挽起衣袖一显身手。只见他握着一个雪白馒头,在手里不停地揉捏着,面屑纷纷落下之际,他张开嘴吹向落屑,只听"嘟"一声响,撒在桌上六个银角子! 面屑变成了银子,众人惊奇万分。贾士芳面露得意地看着人们说:"这可不是偷的,是我在沙河店里与人猜枚玩,赢了几位江湖好汉的。今天在这里献丑了。"几个太监看得兴起,鼓动他说:"太少了,再来点。"贾士芳听到喊声,毫不含糊,用手向空中一抓,又有一枚银角子掉在桌上。

他这里显摆神通,老太后却不停念佛:"这下可好了,有了这个能人,百姓就不用劳动了。让他抓来抓去,国家不就富裕了?"弘历几人听了忍不住笑出声来,弘历说:"皇祖母,这不过是逗人取乐的法术,没有那么神奇。"

再看贾士芳,一招成功,有了胆气,从酒坛子里倒出三碗酒来,一碗交给一个太监,一碗自己端着,却把另一碗放到雍正面前说:"万岁爷,请看我手中的坛子,里面有酒吗?"

"有!"雍正看看说道。

贾士芳突然用一只手伸进坛底,把那个带着花釉的坛子翻了个底朝天! 他问诸人:"现在您再看,这酒还有没有了?"

场内一片惊呼,老太后惊讶得声音都变了:"啊! 没有了,坛子都翻过来了,怎么还会有酒?"

可是贾士芳依然不罢休,他把坛子放到桌子上,轻轻歪倒,那坛子里竟然流出了琥珀色的黄酒,纯冽的酒香阵阵扑鼻。

宫内人们看得呆住了,弘昼摇头晃脑地说:"不可思议,简直是不可思议……"

第二节　智惩道人贾士芳

　　贾士芳进宫献技博得阵阵喝彩,他非常得意,接着当场为雍正诊病治疗。雍正下巴颏下长了个疙瘩,久治不愈。但见贾士芳闭目呼气,伸手向着东方胡乱抓了几把,然后对着雍正吹了几口气,运功完毕,睁开眼睛说:"万岁爷,您再摸摸,看看疙瘩小了没有?"

　　雍正伸手一摸,不觉惊奇地说:"小了,小了!"

　　场内人不由得纷纷望向雍正,有人窃窃议论,有人恭维地说:"万岁爷,果然神灵,您久治不愈的红疙瘩变小了。"

　　雍正高兴,贾士芳更加得意了,接二连三地表演献技,次次成功,场内人无不惊讶佩服。自此,贾士芳成为宫内常客、雍正的密友近臣。后来,雍正干脆让他住进宫内,朝夕

《雍正学道图》

相处。贾士芳为了讨好雍正,利用道家学说炼丹制药,专门供给雍正服用,以期益寿延年。

雍正宠道信佛,是众所周知的事情,他早年为了争储,曾经请武夷山道士算命。当时道士说他是万字命,贵不可言,结果他真的继承了皇位。现在,贾士芳法术高超,能够炼丹治病,他当然更加信任道士了。

再说贾士芳,他得宠后,恣意忘形,渐渐显露出顽劣的本性,处处炫耀高贵身份,时时传送宫内秘闻,简直把自己当成了一等大臣。有一次,贾士芳在宫内开坛炼丹,有一位太监不小心顶撞了他,结果被贾士芳当场打死;还有一次,他端坐宫内进食,恰好弘历和弘昼进宫给父皇请安。贾士芳见到皇子们既不起身迎接,也不施礼问安,反而像个市井无赖一样嬉皮笑脸地邀请他们一同吃饭。弘昼怒气冲冲地指责他说:"你也太胆大了,在这天家之地竟敢如此傲慢嚣张!"贾士芳却面不改色,斜着眼睛一副无所谓的神情,嘟囔着:"怎么啦?万岁爷不都还得靠我的丹药呢!"弘昼听了,怒不可遏,上前给了他一巴掌。贾士芳毫无防备,被打得满嘴喷饭,口鼻歪斜。侍立一边的太监、宫女们早就对贾士芳心怀不满,见此情景,一个个捂嘴偷笑,乐不可支。贾士芳挨了打,当然不会服气,可是面前站的是皇子,他一时也不敢动手,只好闷着气地转身就要逃。

弘历眼疾手快,一把揪住了贾士芳,大声说:"不准走!"

贾士芳也有些功夫,当下运力与弘历较量起来。可是弘历擒住他的胳膊,任凭他怎么用力也挣脱不开。

弘历很平静,一手擒着贾士芳,一手轻摇折扇说:"贾士芳,

你不是经常吹嘘自己武功如何了得,身手怎么不凡,还有神仙附体,懂得隐身遁形之术。今日,我们在此一试,你如果从我手中逃出去了,那么我就带头敬服你,五阿哥也会向你赔罪认错;要是你不能逃出去,那么你这些骗术就会昭然若揭,你在这宫里也就无处容身了。"

看来,弘历对他下了挑战书,意在把他驱逐出宫。贾士芳哪里肯放弃眼前的荣华富贵,用上吃奶的力气往外抽身,无奈他的胳膊像被铁钳锢住了一般,无论怎么用力都动弹不得。周围的太监们齐声高叫,为弘历加油呐喊,气氛顿时热闹紧张。

贾士芳越无法挣脱,心里越恐慌,霎时急得大汗淋漓,狼狈不堪地立在那里。弘昼走上来说:"贾士芳,你不是鼓吹自己懂得隐身遁形吗? 你怎么不用法术了?"

太监们又是一阵哄笑,高叫着:"贾士芳,你不是自称神仙吗? 这下子怎么飞不了了? 快用法术啊!"

两人如此较力,持续了大约半炷香的工夫,弘历微笑着说:"贾士芳,你还有什么话说? 你用道术迷惑君主,恃强凌弱,残害无辜,今天也该清醒清醒了。"说

《弘历采芝图》

着,把贾士芳掼倒在地。

弘历当众揭穿贾士芳的骗人把戏,为众人出了口恶气。接着,他不等贾士芳恶人先告状,径直来到了养心殿拜见父皇。雍正正在批阅奏章,弘历兄弟施礼请安后,站立一侧。雍正头也不抬地说:"白云观主持罗青山去世了,朕想着应该郑重地为他料理丧事,你们俩就负责办理此事怎样?"

白云观是金朝所建,据说长春真人邱处机曾在此著书,是道家的重地。爱屋及乌,雍正宠信贾士芳也由此崇尚道教,听说白云观主持去世了,竟然要让皇子前去吊唁。弘历和弘昼对视一眼,心里明白父皇听信贾士芳,已经非常迷信道术了。

弘历想想,近前说:"父皇,据儿臣细心观察,佛教道学在于修身养性,而贾士芳之流却利用一些微末小术招摇撞骗,欺上瞒下,绝非善类,长此以往,必定祸乱朝政,儿臣恳请父皇万万不可再重用他了。"

此话一出,弘昼也大吃一惊,他没有想到弘历会如此大胆直陈利弊,揭露贾士芳。再看雍正,他猛地抬起头,脸色难看极了,努力地控制了一下才说:"你的意思是父皇宠信贾士芳,成了昏君?"

弘历镇静地说:"前明时就有皇帝误服丹药,结果暴病身亡,这是教训。儿臣幼时跟随圣祖皇爷爷,就听他训示过这样的事情。他说,上天设儒、佛、道三家,而以儒家为正统。儒,如同五谷可以养人;佛、道,则如药石,能够以小术辅佐治道。至于天下各处懂得神符法术的人,却又是等而下之了。像贾士芳之流,父皇如果把他们看作优伶太监、阿猫阿狗一类,也就没有大害了。"

雍正阴沉着脸久久没有说话,他也记起先帝的垂训来了。

康熙曾经多次说过,佛、道在于修养身心,不是治国安民之道,所以圣人弃之不论。如今,他听弘历搬出先帝的理论,心里当然不会舒坦,不免有些失神。

弘昼见此,为了缓和气氛,声音低低地说:"其实佛教宽博深厚,宠信也未尝不可,只是用在治理国家上恐怕多有不妥。儿臣迷信佛学,认为如果此人参透了天机,能治病救人固然是好,但能给的就一定还能取走。他既能治病,难道就不能致人生病吗?请父皇千万留意,不要误入他们的圈套。"

雍正年幼时就信奉佛教,曾经自比为"野僧",广泛接触佛界人士。如今,弘昼继承了他这方面的特点,信奉佛教,所以父子俩倒是比较谈得来。他听了弘昼因果报应的话,想了想觉得也对,再次沉思起来。刚刚决定派遣皇子们参加丧礼、任命贾士芳主持天下道观的心凉了下来。

弘历再次近前说:"父皇,儿臣认为,贾士芳不宜久留宫中,不如就此把他打发了,免得以后产生麻烦。"

雍正见两个儿子如此反对贾士芳,想起他进宫后的所作所为,只好叹气说:"朕知道他做了不少错事,还打死了人。可是他炼丹制药,为朕治病,起码也算个御医。朕看就把他养在丘处机炼丹的宫里,当多养一个御医吧!警告他不可造次,小心行事。"

弘历和弘昼高兴地领旨去处置贾士芳了。再说贾士芳,他被弘历斗败,早知情势不妙。果然,很快地弘历就传达了皇帝的旨意,剥夺他的权利,把他赶进一处僻静的处所单独居住了。后来,贾士芳还是进献丹药,造成雍正身体进一步恶化。他还利用接近皇帝的机会,散播宫廷谣言,制造事端。雍正死后,弘历即位第四天即下令把他处死了。此后,皇宫内再也没有贾士芳这类道人进出,宫廷秩序随之井然。

第三节　长春居士

　　弘历智斗贾士芳,一时传为宫廷佳话,就连太后听说了也把他喊去问话。老太后紧张地抚摸着他的胳膊问:"哎呀呀,你的胳膊没事吧? 我孙子比贾神仙还厉害?"

　　弘历笑着说:"皇祖母,孙儿的胳膊好好的。那个贾士芳不过依靠法术招摇撞骗,哪有什么仙人相助? 孙儿幼年跟随皇爷爷学过布库(满语,摔角游戏),对付一个小小贾士芳的能耐还是有的。"

　　"什么,招摇撞骗?"老太后吃惊地说,"那天明明看见他把馒头变成了银角子,把一坛子酒变来变去,你怎么说人家骗人呢? 阿弥陀佛,可不要乱说话了,小心佛祖怪罪。"

　　"呵呵,"弘历听太后这么说,不由得笑起来说,"皇祖母,您可是佛、道都通啊!"清朝后宫里的嫔妃们大都信奉佛教,笃信佛祖,每日里闲来无事,靠打坐念佛打发时间。老太后深居后宫几十年,除了念佛还是念佛,与弘历谈论道人,却说出佛语来,所以弘历打趣她佛学、道教都通。

　　老太后口里念着佛:"什么佛啊道啊,我只知道拜佛烧香。对了,过几天就是西山庙会了,你陪祖母一起去吧!"

　　弘历答应说:"孙儿当然愿意陪祖母去了,也带弘昼一道去吧！他最信佛了，让他去一定会很开心。"

　　祖孙们商讨好了去西山拜佛。过了几天，庙会的日子到了。这天，天气晴朗，微风和煦，宫内銮驾齐备，人员忙碌，弘历和弘昼扶着老太后笑盈盈地走出慈宁宫。他们把老太后扶上銮驾，起驾赶往西山潭柘寺。一路上赏景谈笑自不必说，他们很快到了西山脚下。早有寺庙住持迎下山来，迎接太后与皇子们驾临寺庙烧香拜佛。

潭柘寺

　　住持法号文觉，已经六十多岁了，是一位得道高僧。他身穿僧袍，须发灰白，沉静自然，合掌颂佛，领着太后和皇子们往山上的寺庙走去。

　　来到庙内，太后按照惯例进香拜佛，诚心诚意。然后，她被带着去休息，弘历和弘昼则跟随住持文觉来到后边禅房，与他论佛讲经，又是另一番情形。

　　弘昼与文觉早就熟识，他们谈经论佛滔滔不绝。文觉说："近日万岁爷召见贫僧进宫说佛事，还把一些话录到了《御选语录》中,致使贫僧惶恐不安啊!"

"这是你佛法精深才受到父皇信任,你应该高兴才对。"弘昼合着手掌说,"前次借去的经书我快看完了,到时候再亲自给你送回来。"

"五爷尽管看,"文觉忙回道,"不用慌张。"

"我已经全部抄写了一遍,"弘昼说,"日夜抄写,受益匪浅。"每本经书他都亲自抄写,从不偷懒或让他人代抄。

文觉佩服地合掌颂佛,不停地说:"五爷如此信奉佛学,贫僧也深感敬佩。真是有缘人。"他们两人论佛谈经,一时间,弘历插不上话,显得有些受冷落。

过了半天,弘昼突然问道:"大师,前段日子你奉旨往江南朝山,可有什么见闻和收获吗?"

文觉平静地说:"万岁爷厚爱,给了那趟差事,贫僧游历各方,见闻收获不少,收集了无名氏的一篇《醒世歌》,回来后呈交了万岁爷。万岁爷非常高兴,决定把它记录到《圆明语录》中。"

"《醒世歌》?"弘昼好奇地说,"我怎么没有听说?"

这时,一直默默无语的弘历开口说:"大师说的可是这个吗?"说着,他朗声诵读道:"南来北往走西东,看得浮生总是空。天也空,地也空,人生杳杳在其中。日也空,月也空,来来往往有何功。田也空,地也空,换了多少主人翁。金也空,银也空,死后何曾在手中。妻也空,子也空,黄泉路上不相逢。《大藏经》中空是色,《般若经》中色是空。朝走西来暮走东,人生恰是采花蜂。采得百花成蜜后,到头辛苦一场空。夜深听得三更鼓,翻身不觉五更钟。从头仔细思量看,便是南柯一梦中。"这是一首劝世歌,意在宣扬人生如梦,一切皆空,不如安心坐下念弥陀。

弘昼听了,合掌说道:"四哥什么时候学会了念佛经,真是令我刮目相看。"

文觉也合着双掌说:"四爷说得对极了,正是这篇《醒世歌》。"

弘历微笑着说:"佛法无边,我受到父皇和五弟熏染,不懂也能懂了。不过我认为佛教劝人出世,多少有些意志消沉。前番有一个姓刘的道人,非常有名气,说自己好几百岁了,寿不可考。他说自己能够推算前世,见了十三叔说他前生是个道士。我就故意说原来你们生前就有缘分,同出道门。十三叔把这话传给了父皇,父皇大笑着说:'既然你前生是道人,怎么今生来为我和尚出力了?'十三叔不能回答。我恰好在一旁,于是就替十三叔回道:'不是这样真佛真仙真圣人,不过是大家来为众生谋利益,栽培福田,做些有用的事情。如果本事不济,恐怕还要去做和尚、当道士,各自安立门庭了。'父皇和十三叔听了,都哈哈大笑不止。"

"阿弥陀佛,"文觉听罢这个故事,口里念佛说,"早就听说四爷才华学识不同寻常,今日听你讲佛论事,也是别有意味,入木三分。老僧佩服。"

弘昼更是高兴地说:"父皇还说你是个不懂佛的人,今日才知道你深入浅出,比我们领悟得还要深刻,我回去了一定禀明父皇,让他也收你为弟子。"

雍正自号破尘居士,又称圆明居士,表示他身不出家,却在家修行。他在《自疑》诗中说:"谁道空门最上乘,谩言白日可飞升。垂裳宇内一闲客,不衲人间个野僧。"他自视为"野僧",可见其与佛教的深远关系。他还曾经在宫中举行法会,召集全国有

修行的僧人参加,并且亲自说法,收门徒十几人。这些门徒大多是他的兄弟、子侄和重臣,例如爱月居士庄亲王胤禄,旭日居士弘昼等。弘历对于佛事并不热衷,所以没有纳入门徒之内。今天,弘昼第一次见到弘历如此谈论佛事,而且讲解了佛事与政事的关系,心里十分信服,当即说出劝父皇收他为弟子的话。

弘历却依然微微笑着,不急不躁地说:"父皇爱好佛事却没有因此荒废政务,这才是我要向他学习的。"如果雍正像崇信贾士芳一样纵容僧人干涉政务、扰乱宫闱,弘历也是要痛陈利弊,坚决奏请制止的。

三人又谈论了多时,直到太后的宫女过来请他们起驾回宫。弘历和弘昼与文觉辞别,文觉对弘历说:"老僧略懂相术,今日观四爷秉性异常,见解深刻,日后必将贵不可言。"

说着,几人离开寺庙,护送着太后下山。

回宫后,雍正亲自走出皇宫,迎接太后。弘昼不失时机地告诉雍正他与文觉主持的一番交谈,特别说了弘历对于佛事的认识和见解。雍正当即看着弘历说:"想不到你在佛事上也有如此高的悟性,好,今天朕再收个徒弟,就为你赐号长春居士。"

弘历急忙感谢父皇赐号,走在中间的太后听见了,笑呵呵地说:"怎么,拜了趟佛就受到赏赐了?皇帝,你这赏来赐去可也有我的份?"

一席话逗笑了诸人,弘历解释说:"皇祖母,父皇为了鼓励我好好学佛求经,所以收我做徒弟,您已经拜佛拜了几十年,比父皇还要精于佛事,他哪里敢收您?"

雍正也接着说:"这下好了,以前收了十三个徒弟,总觉得不好,今天又收了一个,恰好十四个徒弟,俗家八人,和尚五人,道士一人,圆满了。"

弘历由此得号长春居士。他做了皇帝后,也多次用这个赐号。

《弘历维摩演教图轴》

第四节　笺青笺黄

弘历赐号长春居士,表明了他与佛家的渊源。虽然他一生都不宠佛敬道,可是,他奉旨下江南,还发生了一段与佛家相关的动听故事呢!

浙江杭州南屏山上有座净慈寺,那时,寺里住着个有名的僧人,自称"诋毁和尚"。这个和尚为什么称作"诋毁"呢?原来他性情古怪,身为僧人却不讲究诵经、打坐、念佛礼教,而是喜欢议论天下时事。要讲便讲,要骂便骂,毫无顾忌,从不在乎。他指责朝廷,暗骂官员,讽刺时政,评论国事。因他讲得有理,骂得有趣,老百姓都喜欢亲近他,他也就成为当地名人,日渐引起官府和朝臣们的关注。

诋毁和尚名声日炙,得罪的人也越来越多,特别是地方官员们,大都对他怀有去之而后快的心思。这件事情传来传去,传到了两江总督李卫的耳朵里。李卫听说有这么个和尚,不由得眉头紧皱,心里起了想法。这个和尚取这么个怪名号,而且毫不顾忌地评论时政、谩骂官员,如此看来必定是个隐迹山林的明朝遗老,或者是图谋不轨的文人。朝廷三申五令严查不守本分的人,如今在我的地盘出了这么个人,不得不防。想到此,他决定微服去净慈寺,探听诋毁和尚的真实动机,如果合适了,说不定可以趁机把他捉拿归案,免得他再造谣生事,祸乱地方政务。当时,虽然大清入关近百年,可是满汉矛盾还明显地存在着,特别是江南,乃是文人士子聚集之地,文化发达,思想活跃,成为清政府最关注和担心的地方,害怕出现诋毁朝廷的言论,更害怕出现叛乱现象,所以清朝兴起了多次文字狱,镇压当地活跃人士。

净慈寺

却说李卫,他想清楚了办法之后,便换上粗布蓝衫,手拿一把折扇,打扮成一个秀才模样,一摇一摆地去游净慈寺,指名要会会诋毁和尚。

诋毁和尚听说有人要见自己,不慌不忙从禅房走了出来,抬

眼打量眼前人,见他穿着秀才服饰,举止却不像个文人,而且举止动作显示出高人一等的气势,心里已经有了数。再看李卫,见了诋毁和尚张口便问:"老师父就是诋毁和尚吗?"

诋毁和尚不卑不亢回答说:"没错,我就是诋毁和尚,诋毁和尚便是我。"

李卫见他话语强硬,即刻又问:"你是从小出家的呢?还是半路出家的呢?"

诋毁和尚平静地说:"老和尚我是半路出家的。不知道秀才问我这些做什么?"

李卫本来是雍正的家奴,自小做些跑腿打杂的工作,没有读过几天书,是个没有多少文化的官员。他凭借脑子灵活、处理问题果断细密、忠心于雍正而受到重用,一步步做到了两江总督,实属不易。他问了两句没话说了,听诋毁和尚反问自己,心里着急,眼珠一转,看见和尚身上那件千补百衲的破袈裟来,说道:"我听说老师父是个有德行的高僧,所以前来拜会,可是不明白你为什么穿着一件丝瓜筋一般破破烂烂的衣衫?难道你这般德行,竟然没有人化给你件像样的衣裳?"他借此暗讽诋毁和尚徒有虚名,没有多少人信奉他。

诋毁和尚却不在意,呵呵笑道:"我年轻的时候,也穿过锦绣的衣衫,吃过精美的饮食!后来那锦绣衣衫被野狗撕碎了,精美饮食也没有了,我就出家做了和尚,穿起破麻布的袈裟来啦!想起来,从前锦衣玉食,却没有现在破破烂烂实在心安。秀才,你看我穿得虽然破烂,心术可是正的,对不对?可是你看那些身着官服的老爷,吃着山珍海味的富人,他们看起来富丽堂皇,高高在上,暗地里却男盗女娼,做尽了坏事!"

　　李卫听此，好似当头挨了一记闷棍，可是自己微服出巡又不好发作出来，怎么办？其实他为官清明，倒是为百姓做了不少好事，可是听到诋毁和尚如此明目张胆地咒骂官员，所谓官官相护，他心里还是恨恨的，心想，这诋毁和尚果然名不虚传！不行，万岁都夸我李卫点子多、反应快，今日不能败在这个老和尚手里，得找个岔子，好狠狠办他罪。他肚里打着坏算盘，表面上却堆起假笑，叫诋毁和尚带他进寺去玩耍。

　　他们进了净慈寺山门，旁边有人正在劈毛竹做香篮。李卫见了，计上心头，随手拾起一块劈开的毛竹片，把朝外发青的一面朝着诋毁和尚，问道："老师父，你们把这个叫作什么？"

　　诋毁和尚瞥了一眼，平静地应对说："这个叫竹皮。"

　　李卫马上把毛竹片掉转个面，将内里白的一面朝着诋毁和尚，又问："老师父，这个又叫什么？"

　　诋毁和尚坦然对道："这个呀，在这里我们叫它竹肉。"

　　竹皮、竹肉？李卫听了苦笑不得，他心里说，真难为这老和尚了，能够想出这么巧妙新鲜的名称。

　　他两人心知肚明，李卫故意以毛竹示诋毁和尚，在于诱他上当，以此作为捉拿他的罪证。原来毛竹片青的一面叫篾青，白的一面叫篾黄，李卫想以此刁难诋毁和尚，让他说出"篾青"、"篾黄"几字，就可以谐音诬陷他要"灭清"、"灭皇"，治他的罪。可是诋毁和尚反应机敏，没有上当，以"竹皮"、"竹肉"来对答，岂不是让李卫落了个空！

　　诋毁和尚看李卫一脸恼恨，故意笑呵呵地说："施主有所不知，如今这世道变了，名称也得跟着变呀！"

　　两次叫阵，两次失败，李卫自然心存不甘，他暗暗较劲一定

要将诋毁和尚难住,把他抓回大牢去,哼,到时候看看他还敢不敢无礼!他想着,跟随诋毁和尚进了大雄宝殿去拜过如来,又到罗汉堂看了佛像,最后来到香积厨。

香积厨就是寺院里的伙房。李卫东张西望,再次寻找机会为难诋毁和尚,却见灶下放着一担豆芽菜。偏巧这时跑过来一条小狗,抬起后腿在豆芽菜上撒了一泡尿。李卫看在眼里,心里高兴,赶紧问道:"老师父,你们这里的这豆芽菜算不算干净的东西?"

诋毁和尚面不改色,似乎没有察觉出身边的危险,朗声说:"豆芽菜水中生,水中长,当然是最干净的东西啦!"

李卫听他这么说,心里更高兴了,这下抓住你的弱处了,看看你还怎么狡辩?他鼻子一哼,假装生气地说:"哼!狗尿都撒到上面了,还说什么最干净?我看你这个寺庙徒有虚名,玷污佛祖,坑害香客,你还不赶紧承认过错?"

诋毁和尚却哈哈大笑起来,而后不以为然地说:"俗话说,眼不见为净,耳不听为真。你看见只当没看见,岂不就干净了吗?这点小事,何必如此认真呢!这才是佛法无边的道理。譬如有些官员,天天受到百姓咒骂,却充耳不闻,还要鼓吹业绩,邀宠报功,难道不是一样的道理吗?"没想到他又拐着弯回去辱骂官员,讽刺时政了。

李卫听了这话语,气得怒火燃烧,无法自制,不管三七二十一,下令让随从把诋毁和尚捉了。诋毁和尚狂笑不止,说自己早就猜到了李卫的身份。李卫指着他说:"你再嘴硬,明日我就将你宰了。"诋毁和尚却不害怕,被人带着进了监狱。

这件事情很快传开,大家都说李卫捉了不该捉的人,诋毁和尚虽然狂傲,却没有做危害社会和朝廷的事,应该放了。可是李卫身为两江总督,被诋毁和尚为难住了,他能服气吗？此时杭州人议论纷纷,都说朝廷又要借机兴起文字狱,残害士子了。恰在这时,京城派来的钦差微服来到了杭州,此人未见李卫却先听说了"篾清"、"篾黄"事件,心里大惊,急忙来到了总督府。

第五节　救和尚普施恩惠

李卫捉了诋毁和尚，意欲治他的罪，借机恫吓江南一些对朝廷有微议的才子儒生，保持地方安宁。这时，恰逢京城派来了钦差大人，钦差大人微服来到杭州，听说这件事后，径直来到了李卫的府邸。

李卫正在府内接见地方官员，听说有人求见，气呼呼地说："没看我正忙着吗？叫他去前面等着。"

话音刚落，却见两个风华正茂、气宇轩昂的少年人走了进来。李卫定睛细看，失声叫道："哎呀呀，是小主子来了，下官这里先给小主子请安了。"说着，单腿跪倒在地给来人请安。

李卫身为两江总督，官位尊崇，地位非常之高，他见了两个少年怎么就紧张成这样呢？原来进来的两个少年不是别人，正是弘历和傅恒！

弘历再次奉旨办差，来到了两江之地，巡视这里的收成年景，为西北战事征收粮饷。自从年羹尧被杀以后，西北方向战事再起，雍正派遣岳钟琪为抚远大将军，全面负责西北战事。雍正五年，他开始筹划西北用兵事宜，和胤祥、张廷玉、鄂尔泰、岳钟琪等少数人密商。在他们的支持下，雍正决定采用兵马粮饷屯守进取的方略。雍正六年，各种准备工作正式启动，西北用兵，

李卫

需要大量物资，而且长途运输，少不了骆驼、骡马、车辆，且必须准备充足丰沛的粮草。雍正一面秘密下旨派遣心腹之臣准备这些东西，一面派弘历作为钦差巡视各地，一来可督促大臣们办差，二来可锻炼弘历的做事能力，为他以后接管政务打下基础。

这样，弘历二次奉旨离京，办理朝政事务。他已经十七八岁了，正是春风得意的大好年华，身为皇子，养尊处优，又是奉旨出巡，意气风发。

弘历毫不胆怯，带着傅恒等人轻装出发了。和上次一样，为了体察民情，他依然决定微服出巡，不惊动官府。所以他来到杭州，直到进了李卫的府邸，李卫才得知钦差大人正是年少的四皇子。

弘历微笑着扶起李卫说："不要拘礼了，父皇带了口谕，让我问你全家安好。"李卫眼圈一红，激动地说："主子日理万机，还记挂我们，我李卫为主子粉身碎骨也在所不惜！"

"说得这么严重，"弘历坐下说，"动不动就死呀活呀的。大家同为朝廷出力做事，为的是国家安康、百姓乐业。如果都像你这样做事情不是你死就是我活的，能实现国泰民安的理想吗？"

李卫讪笑两下说："奴才笨拙，不会说话，还要小主子多多指教。"

两个人说来说去，很快谈到了诋毁和尚的事上。弘历正色问道："诋毁和尚一个出家人，说话、做事难免有些不合时宜，你捉了他会不会引起民众不满？"

李卫急忙说："老和尚出言不逊，而且侮辱朝廷官员，对于这样的人不严加惩治无法维持一方安宁！"

弘历见他态度坚决，知道他脾气倔强，除了父皇的话以外不肯轻易听从他人，可是这件事情不可能上奏父皇。即便上奏了，恐怕为时已晚，李卫早就把诋毁和尚杀了。想到这里，弘历镇静地说："李卫，你也知道，我反对父皇宠信僧道，可是我也时常听父皇说，僧道都是无法生活的穷人，寺庙实际上是他们的收容所，容留他们，就如同周文王视民如伤的意思一样，不过是把他们当作鳏、寡、孤、独加以照顾罢了。你想想，如果不能领会父皇的圣意，强硬地惩治诋毁和尚，不是有违了圣意吗？"

"这个……"李卫清楚雍正的脾性，听了弘历这番言论，不免踌躇起来。

弘历进一步说："放了诋毁和尚，事情就趋于平静，时间久了，人们看穿了他的小伎俩，也就见怪不怪，其怪自败了；如果你杀了他，反而引起舆论喧哗，这样不就更不利于地方安宁了。"他从贾士芳一事中受到启发，懂得了如何处理与僧道宗教的关系，对于他们，既不迷信，也不赶尽杀绝，较好地维持着一种互相利用的关系，才适合当时社会和人们的要求。

李卫明白了弘历的意思，随即笑着说："奴才愚拙，以为杀了诋毁和尚就可以解恨了，没有料想这么长远的问题，还是小主子明智。"

弘历智劝李卫,救了诋毁和尚。可是这诋毁和尚回到寺庙后不专心参佛,依然我行我素。

人们听说诋毁和尚捉了又放,纷纷谈论这件事情,更把他传得神乎其神。时下河南遭受了天灾,人口流离严重,很多人逃到南方讨饭过活。他们没有生计,听说诋毁和尚法力无边,能够普渡众生,纷纷到诋毁和尚那里进香求佛,以求取得真经,过上好日子。

李卫听说这件事后,心里十分着急。他想,看来这个诋毁和尚贼心不死,不把他杀了民心难安啊!李卫又想动手抓人,弘历却想出了好办法。他对李卫说:"这几天我微服私访,查清了其中原因,并非诋毁和尚以法术惑人,而是我们没有做好工作。"他把灾民的情况一讲,李卫拍着脑袋说:"对呀,我怎么就没有想到呢?"他只看到自己界内丰收在望了,哪里考虑到北边受灾的省份。

为了赈济灾民,弘历与李卫决定设立粥棚,救助这些人度过难关。这天,弘历和李卫亲自来到粥棚,看望受灾百姓,却见诋毁和尚也在粥棚外边徘徊。李卫前次没有斗过诋毁和尚,心里老大不痛快,今天看见他也在场,有心再次刁难他。恰巧一个小贩在高声叫卖:"买茶叶蛋哦!来买茶叶蛋!"他灵机一动,来到诋毁和尚面前问道:"老师父,你也赶来喝粥了,不知道你吃荤还是吃素?"

诋毁和尚早就看见了李卫,听他当众问出这样的话,知道他存心要出自己的丑,凛然回答说:"我是出家人,遵守佛规戒律,当然吃净素,施主怎么会问出吃荤吃素的话?"

　　"好！好！"李卫嘴里一面说着一面把小贩叫过来，当即买下两个茶叶蛋送给诋毁和尚。他想，这鸡蛋要说荤就荤，要说素就素。如果你说是荤的不肯吃，它却是没有血的东西；倘若你说是素的吃了，它却能孵出小鸡来。吃也罢，不吃也罢，怎么也得给你安个欺世盗名的罪过！诋毁和尚看了一眼茶叶蛋，面露微笑，伸手接了过来。他突然把两个茶叶蛋连皮带壳囫囵吞下去了。李卫和在场人见了，正要追问他吞吃鸡蛋的罪名，却见诋毁和尚轻声慢语念出一首偈语来：

　　　　混沌乾坤一壳包，也无皮骨也无毛，
　　　　贫僧渡尔西天去，免在人间受一刀。

　　念毕，他张开嘴巴，"哇，哇"叫了两声，从嘴里吐出一对小鸡来！小鸡摇头晃脑，非常可爱，它们停歇在诋毁和尚的手掌上，眨眼间就变成了羽毛丰满的大鸡，而且一只公鸡，一只母鸡，神态自若，体型优美，着实让人喜爱。两只鸡"喔喔喔、咯咯咯"地叫着，诋毁和尚对它们耳语几句，它们好似听懂了一样，突然"哗"地一声飞起来，飞到不远处一座山头后面不见了。

　　这一招可惊煞了粥棚内外成千上百的人，人们扔下碗筷纷纷来到诋毁和尚面前叩头，以为神仙降临了。弘历不免大吃一惊，心想，难道这个和尚果真法术如此高明，竟然能够无中生有吗？世上真有这样的高人？

　　众人犹自各怀心思，却见诋毁和尚哈哈大笑说："你们都拜错了，拜错了。我和尚刚才玩的不过是个小小法术，无碍大局，无法普济众生，也无法填饱你们每人的肚腹，你们应该拜谢这位，"他转身指着弘历说，"他开设粥棚，救了你们的性命，你们为什么不拜他呢？"

这席话又引起一阵骚动，众人似乎明白过来了：对呀，如果诋毁和尚真有那么大的本事，不是很快就能变出成千上万只鸡，顷刻间就能解决灾民的生活问题了，大家再也不用费心出力地工作，维持生计了吗？

灾民们立即转身过来跪拜弘历，感谢他设立粥棚救了大伙性命。李卫见此，急忙上前拦护着弘历，冲诋毁和尚喊道："老和尚，你到底想干什么？"

诋毁和尚却冲弘历深深施礼，口里念佛说："施主见笑了，我老和尚拜佛几十年，今日有幸认识施主，有幸看到您慈悲为怀，普渡众生，真让我无地自容。我知错了，从今以后，我潜心佛学，再也不妄称什么诋毁了。"说完，飘然而去。

弘历微笑地看着他远去的身影，点头说："果然是位有道的高僧。"

李卫迷糊地说："小主子，这个老和尚怎么跑了？"

站在一边的傅恒说："他见了真佛，能不赶紧跑回去修身养性、参悟正道吗？"

诋毁和尚自称诋毁，意思是嘲讽时政，为民鸣不平，如今他看到年少的弘历心胸宽广，不但不怪罪他，还设立粥棚救济百姓，比起他来更是高明和务实，真正的救民于水火，才知道自己以前所为太小气了，因此赶紧赔礼认错，回去参佛学经，研讨自己的本行去了。

此时，粥棚内外百姓们口里喊着恩人，挤过来感谢弘历等人。弘历摆摆手说："这是朝廷应该为百姓做的，大家安心度日，

度过难关就可以回家过安稳日子了。到时候,朝廷还会有补助措施帮助大家的。"

众人听了,齐声谢恩不止。

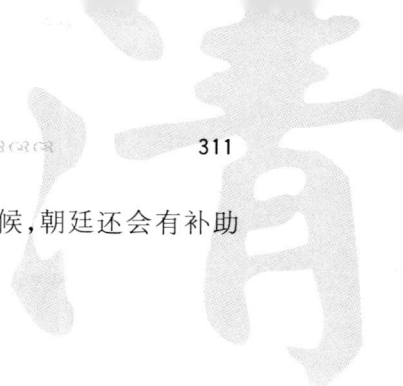

第十四章 下江南智惩贪官

少年弘历奉旨下江南，督粮办差，他一路视察民情，了解百姓疾苦；熟悉官场风云，为朝廷分忧解难，做了不少事。他巧点园主，智惩贪官，明辨真相，究竟他是如何发现其中隐情的呢？

第一节　巧点园主

　　弘历来到江南，通过诋毁和尚一事树立了良好的形象，收拢了人心。不久，灾民们陆续返回家园，杭州又恢复了往日的安宁和繁荣。

　　弘历为了广泛体察民情，未在杭州久留，顺路微服来到了苏州。这天，他和傅恒来到大街上，一边游赏风景，一边体察民情。不知不觉，他们走到郊外一处园林前。弘历抬头观望，只见园子别致精巧，非常美观，比起京城圆明园又是另一番情趣。他信步走进园子，一个四十多岁的人迎了出来。

　　此人正是园主，他看起来文质彬彬，似乎是个读书人。弘历与他一番交谈后，觉得非常投机。园主吩咐家人炒了几样菜，留弘历他们吃顿便餐。弘历也不推辞，欣然就坐。饭间，弘历突然提起酒壶，在桌上分别滴了一、二、三点酒。园主一见，便知是客人嫌酒冷，连忙叫家里人去烫酒。因为当时冰的异体字为水上一点，加上"冷酒"二字，正好是一点、二点、三点水。

　　弘历见园主聪明过人，反应机敏，便问园主是何功名。园主长叹一口气说："唉，在下如今已是年过四十的人了，连个秀才也没考取，还谈什么功名呢？客官不要见笑了。"弘历听了园主这话，不觉同情地说："如今朝廷开考取士，急需要人才，你应该再去试试。"园主苦笑着说:"四十不惑,我想明白了,考取功名又能怎么样? 不还是贪赃枉法,为害一方,还不如做个普通老百姓呢!"弘历听此,知道他话里有话,忙问:"怎么? 难道当地官员多行不善,欺压百姓了?"

园主看看弘历,以为他是外地来此游玩的少年,也没有多想,随口说道:"何止如此! 你看看一个好好的苏州变成什么了? 简直就是赵家的天下了。"

苏州同知姓赵,弘历来此以前已经听李卫说起过,还夸他办事得体,是个聪明人呢! 怎么园主反而说他是个贪官恶吏呢? 弘历问道:"是吗? 听说赵同知非常聪明,也很会办事,很受总督大人赏识。是不是他背地里做了不少坏事?"

园主听了弘历这话,不由得叹气说:"正是啊! 你有所不知,赵同知特别精明,欺上瞒下,指使家人榨取钱财,滋扰民间,都快成为当地一霸了。"

"还有这样的事?"弘历困惑地说,"李卫够精明了,怎么会被他的属下欺瞒呢?"

园主听他说出李卫的名字,疑惑地问:"这位公子,你认识两江总督大人?"

"噢,"弘历应诺一声,"家父与他有过交往,听说虽然没有多少文化,却勇于杀伐决断,是个厉害角色。"

"是的,"园主由衷地说,"要说李大人可是个好官,当初在下受到赵同知的小舅子讹诈,差点连安身的园子也被他们夺了去,官司打到李大人那里,结果他作主,为小人保住了这个地方。唉,我正在担心赵同知要是再来欺负我可怎么办?"

弘历听他这么说,心里更加奇怪了,既然官司打到李卫那里

去了,怎会没有惩治赵同知,而且又是如何保存下这个园子的呢?

坐在一旁的傅恒也纳闷了,问道:"原来你和赵同知打过官司,究竟是怎么回事? 能否详细地告诉我们?"

园主略一沉吟,拱手说:"看二位公子都是远道来的,即便告诉你们也不会生出事端,我也为此事憋闷许久了,姑且把这个事情说给你们听听。"

原来,园主出身江南书香门弟,家资也算殷实。十几年前,他寒窗苦读,准备参加科举考试,却在这时,家中出了变故。他的父亲被人诬告进了监狱,从此家道中落。后来,他父亲死于狱中,园主无奈之下挑起生活重担,苦苦支撑惨败的家族。所谓墙倒众人推,园主年轻,以前终日读书,见的世面也少,靠他经营,家业一日不如一日。过了几年,苏州同知几经调任,换成了现在的赵同知。哪想到这个人道貌岸然,却是个财迷心窍的家伙。他暗地指使他的小舅子做生意,借此勾结当地豪绅欺压百姓,贪取不义之财。不管什么人与他做生意,都是人家赔了,而他却营利无数,明摆着仗势欺人。园主不明就里,也参与进去了,结果赔得血本无归。赵同知的小舅子养着一帮打手,专门上门催债,结果就逼到园主的门前。园主无奈之下,一张状子告到了巡抚那里。巡抚接了状子却不敢审理,因为赵同知是朝廷官员,民告官可不是件简单的事,就把状子转到了李卫那里。李卫当时就做了审理,查实了赵同知小舅子的确欺压百姓、危害一方,当时就批驳了赵同知,并且严厉惩治了他的小舅子。这样,园主侥幸保住了园子,成为一家人赖以生存的根本。可是赵同知依然故我,很快疏通关系救出了他的小舅子,一家人逍遥法外,仍然是当地百姓的灾星。前几天,赵同知的小舅子派人放出风来了,说是让园主等着吧,一定让他家破人亡。园主一个普通百姓,侥幸打赢了一场官司,却又要面临灭顶之灾,他怎能不担心焦虑?

听他讲完了,弘历和傅恒对视无语,两个人心里都清楚,这件事情的根源在赵同知身上,如果不彻底清查他,难以肃清苏州的吏治,还当地百姓一个清静平安的生活环境。话说回来了,李卫精明能干,既然接了案子,怎么还会处置不明呢? 难道他也是赵同知的同谋? 这样一想,弘历不由得一惊,堂堂两江总督,朝廷封建大吏,如果做出不法乱纪的事情,可真是不好办啊!

傅恒猜出了弘历的担忧,侧身说道:"看来这次该动点真格的了。"

弘历微微摇头,对园主说:"我看你还在为今后的日子担忧,这样吧,我写封信,你带着去见李大人,说不定会帮上什么忙。"

园主听了,赶紧准备笔墨,弘历一挥而就写好信,盖上自己的印鉴,装进信封交给园主。弘历这一番好意,园主怎能不受领呢? 当下,他安排好家事,抱着试试看的态度,执信前往总督府衙。

弘历和傅恒继续巡视苏州,他们决定先刺探一下当地同知的实情,也好作出正确判断。这日,他们刚刚来到街上,就听前面一阵吵闹声,好像有人打架斗殴。弘历疾步前行,来到吵闹的地方引颈观望,不由得被眼前景象吓了一跳。

第二节　怒闯公堂

　　原来，临街的一家店铺里，正有几个凶神恶煞的年轻汉子在打砸抢劫。店铺门口蹲着父女俩，泪流满面，不敢吱声，看来他们就是店铺的主人。几个汉子打砸一通，回身踢打地上的父女俩，叫嚷着说："这回算是便宜你了，要是不实时交钱，就拉你的女儿去抵债。"

　　父女俩头也不敢抬，低垂着头一声不吭。弘历见此情景，上前喝问："你们光天化日，还要抢劫人口吗？这里还有没有王法？"

　　一个汉子看了弘历一眼，毫不在意地哼哼鼻子，然后突然怪笑着说："哈哈，哪里来了这么个白面书生，想在太岁头上动土，好啊，跟大爷我过几招吧！"

　　弘历面对强徒，丝毫不畏惧，微微一笑说："要说过招我奉陪到底，可是如果打伤了几位，恐怕惊动了官府，你们就不怕吗？"

　　"哈哈哈，"几个人一阵狂笑，"官府？官府是我们家开的，我们怕什么？"

　　"是吗？"弘历见他们人多，唯恐交手对自己不利，故意说出官府来震吓他们，没有想到他们这么说。不过，他快速地思索着，立即说："既然这样，我们就到官府衙门去趟，不是比在这里动手打架更好吗？”

　　几个人看他年纪轻轻，说话谈吐毫无惧色，居然提出去衙门见官，心里反倒一阵怯意。一个个子矮小的人凑前说：“你是干什么的？跑到这里充大爷。告诉你，我们是赵同知小舅子的家人，专门管理这一片店铺。店主欠账还钱，这是天经地义的事，你要多管闲事，可别怪我们手下无情。”

　　弘历依然面不改色，语气沉着地说：“赵同知的小舅子？果然名不虚传，看来这个闲事我是管对了。”他回身问蹲在地上的父女俩：“你们欠他多少钱？”

　　老者战战兢兢地观望半日，壮着胆子说：“小人做扇子生意，在此地也算有点名气。他们听说了非要卖给我丝绢，说与我合伙做生意。小的怎敢高攀官府，硬是不答应，可是他们说我敬酒不吃吃罚酒，强迫我接受了他们的要求。本来说好了，卖了扇子赚钱大家分，可是今年天气多阴雨，扇子出售得不快，他们看到利润菲薄，挣不到钱了，就催着要我还丝绢的钱。我说你们不是以丝绢入股一起经营吗？这下子反悔了，我上哪弄那么多钱去？结果，他们不承认，抢光了家里的东西，还每日来催债要钱，我老婆子一气之下病重身亡，只剩下我们父女俩了，他们还是不肯饶过我们，你说我该怎么办啊？”说着，抱着女儿呜呜痛哭。

　　店铺外面站着许多人，听了老人的叙述，开始窃窃私语。弘历听完了，怒视几个汉子问：“这就是你们说的欠债还钱吗？”

　　矮个子嘻嘻一笑：“这个老家伙，记性还怪好，记得这么清楚明白。我告诉你，即使你说得多么明白，这里也是赵大人的地盘，你可是投诉无门啊！”

　　看着他们如此嚣张跋扈，为虎作伥，无视国家法令，弘历怒

不可遏,大声说:"天网恢恢,疏而不漏,怎么就会投诉无门? 苏州无门,不是还有省府吗? 省府无门,不是还有京城吗? 大清法令严明,难道会袒护作恶多端的人?"

几个汉子见弘历软硬不吃,唯恐闹出事端,他们互递眼色,看样子要对弘历下手。这边,傅恒观察出了端倪,挺身挡在弘历面前低声说:"主子,是非之地不宜久留,我们还是赶紧走吧!"

弘历却正色说道:"太平世界,法纪森严,这样畏首畏尾岂不让人笑话!"他说着,轻甩袍服,对着几个汉子说:"你们不是说衙门是你们家开的吗? 好,今天我奉陪到底,看是在这里动手还是到衙门去见你们的大人?"

乾隆老年像

他这样大义凛然,面无惧色,却吓住了几个汉子。他们不由得耐心打量这个少年,见他衣着干净,举止高贵,似乎是大户人家子弟。矮个子对其他人说:"我看那个小子来路不明,我们还是不要跟他纠缠了,把他带到衙门,报告大人处置他。"

看来,这个矮个子是几个人里的头头,有些智谋,其他人听了,都点头同意了。于是,矮个子笑嘻嘻地说:"呵,兄弟我们也是拿人饭碗,听人使唤,这样吧！既然你愿意去衙门,我们就一起去吧！"

弘历跨步走出店铺,跟随几个汉子直奔府衙。傅恒紧紧跟随其后,内心无比担忧,却无可奈何。府衙很快到了,赵同知正在后园与小舅子谈论生意,听说手下人被一个少年为难住了,心生好奇,步出后园来到前堂。却见大堂内外挤满了人,都等着看热闹呢！赵同知见此,不敢走上大堂,低声喝斥小舅子说:"你看你办的好事,把人带到大堂上来要怎么处理！快叫他们把人带走。"

他的小舅子姓路,人称路二。路二招呼矮个子说:"你怎么搞的,带人来这里干什么？想找麻烦？"

矮个子忙点头哈腰地说:"大人,这个小子软硬不吃,非要多管闲事。小的看他有点来头,没敢动手,是不是先问问他的来历再说？"

路二喝斥道:"什么来历不来历的？在这苏州,谁比同知老爷大？真是的,养了你这些年,我看你是越来越糊涂了,快把人赶走。"

"不是,"矮个子分析说,"小的还记得上次大人被抓的事呢！担心是不是总督大人有意来试探？"

路二破口大骂:"你瞧瞧你,狗嘴里吐不出象牙来,就不会往好处想想？还想我被抓进去是不是？"他边骂边抬手给了矮个子一巴掌,打得他龇牙咧嘴不再言语。

赵同知听了,心里却一动,忙制止路二说:"别打了,去把那个少年叫到后园,就说我有话问他,把其他人都撵走。"

路二奉命来喊弘历,弘历看他一眼,朗声说道:"我来此为民申冤,与你家大人无情无交,去后园干什么? 公事公办,不必躲躲藏藏。"

公堂外的百姓齐声叫好,纷纷喊道:"让同知大人出来说个明白,青天白日的,为什么派人砸毁他人店铺,还要强抢民女。""对,让同知大人出来惩治恶霸。""府衙是谁开的,是朝廷的还是姓赵的?"

乱哄哄一阵吵闹,可吓坏了后面的赵同知,他急忙吩咐衙役们驱赶人群,维持治安。一群身穿官府的衙役冲上来,不管三七二十一就要动手打人。弘历忍无可忍,眼捷手快地擒住了路二,扯着他的衣领子说:"都给我住手,叫你们大人出来说话。"

路二哑着嗓子怪叫道:"去,去把大人请来。"

赵同知只好走上前堂,拍动惊堂木说:"哪里来的野小子,擅闯公堂已经犯了大罪了,还要挟本官,难道你不想活了?"

弘历一手拉着路二,一手轻摇折扇说:"赵大人,有人说公堂是你家的,我还不信,今日一见,确实如此啊! 公堂是处理公务、审理案件的地方,你说我擅闯公堂,可是这个人又是干什么的?"他指着路二问。

赵同知一时无语,再次拍动堂木说:"他是府衙的管事先生。来人,先把这个野小子抓起来。"

第三节　识病惩贪官

赵同知下令抓弘历,傅恒不再犹豫,挺身而出亮出随身携带的御赐宝物——一把精致的蒙古刻刀,对着赵同知说:"你身为地方官,有案情不审理明白,却滥抓无辜,是什么道理? 赵同知,这是御赐刻刀,你看明白了,这可是大内侍卫专用的物品。"

傅恒亮出大内侍卫宝刀,立即镇住了赵同知,他不过一个地方官员,听说宫廷侍卫来了,还不吓出一身冷汗? 他忙走下公堂,来到傅恒面前说:"下官不知大人驾到,失迎,失迎了。"

"哼!"傅恒冷笑说,"不用客气了,扇子店的老板已经走投无路了,你还不赶紧审理清楚?"

赵同知不敢怠慢,升堂问案。他清楚其中原因,当然不肯让路二担责任、受惩罚,所以围绕几个打手做文章,准备就此敷衍了事。

一堂审下来,各执其词,互不相让,没有审出名堂,只好等着第二天再审。弘历知道他想拖延时间,为路二开脱罪责,便与傅恒商量决定留下来,等待审理结果。

第二天,赵同知却突然"病重"了,传出话来无法审理案子。弘历心里明白,他这是故意托病不起,趁机为路二开脱罪行,真是可恶之极。

正在弘历和傅恒焦急无奈、进退两难的时候,李卫带着人来了。原来,园主带着弘历的信件见了李卫,诉说了事情的经过。李卫见到信,看见上面盖着"长春居士"印鉴,明白是弘历派人送来了消息。他让师爷通读了信件,才知道弘历正在苏州私访,准备查证赵同知的罪行。

李卫望望园主,不解地说:"你的案子我已经审过了,你的园子也保住了,还有什么地方没有审理清楚吗?"

园主趁机说出苏州同知包庇亲属、共同作奸犯科的事来。他哭诉着说,赵同知的小舅子已经回到苏州了,说不定哪天还要去他家里抢夺家产,他心里非常担心,所以才来求李大人作主。

这就怪了,一向精明的李卫也糊涂了。江苏巡抚转交园主一案的时候曾经说过,苏州同知身患疟疾,不能处理案件,所以他小舅子所作所为与他无关。怎么今天园主却说这些案件都是赵同知一手策划指使的? 难道自己被蒙骗了? 想来想去,他不甘心这么糊涂下去,也不放心弘历一人在苏州,当即决定带着人马赶往苏州。

李卫来到苏州府衙,果见赵同知躺在床上"生病",不能审理案件。他安慰赵同知几句,转身出去寻找弘历。两人相见后,李卫奇怪地说:"上次园主一案,下官听江苏巡抚说赵同知病了,所以他既没有参与作案,也没有审理案件徇私枉法,下官信以为真,只是惩罚了路二。现在看来,赵同知病得奇怪呀! 难道下官被他骗了?"

弘历点头说:"李大人,我来到苏州几日,满目皆是赵同知为非作歹的事实,他触犯王法,多行不善,绝非清官。如今我有一计,可以让他的谎言不攻自破。"

"什么计?"李卫着急地问。

"赵同知多次称自己有病,你知道他得的什么病吗?"

"知道,他患了疟疾,不能起床,更别说问案了。"李卫回答。

"呵呵,这下更好办了,"弘历笑起来,"本来我想以视病为由一探他的虚实,如今他自己说患了疟疾,真是天大的谎言啊!"

李卫眨着眼睛,急速地思考着疟疾与案情有什么关系。

弘历接着说:"李大人,你即刻下令捉拿赵同知归案,然后我们坐堂审案,理清这里边的问题。"

李卫想明白了,他骂了几声,然后说:"小主子果然聪明,就以赵同知谎报病情,也可以治他的罪了。"

他们为什么这么说呢? 原来,弘历听说赵同知以患疟疾为由,表明自己既没有参与路二犯奸作恶的事实,也没有实时审理路二的案子。可是聪明的弘历一下子就发现了其中的隐情,疟疾并非重症,而且是间歇性发作,每次发作不过一两个小时,赵同知完全没有必要终日卧床,更谈不上无法了解家人为非作歹的恶行、不能检点案牍了。由此看来,赵同知谎报病情,而且以此为由为自己开脱罪责,隐瞒事实真相,简直错谬至极!

弘历和李卫火速赶到府衙,即刻下令提审赵同知。赵同知被人拖到堂上,他故意呻吟哀号,装作快要不行了的样子。李卫嘿嘿冷笑着说:"赵同知,你别做戏了,有你这样患疟疾的吗? 我伺候万岁爷的时候,听说圣祖皇帝出征西北患过疟疾,当时他带病还能打仗,怎么你得了这个病竟然连案子都不能审了? 难道你是纸扎泥捏的? 还是你比圣祖皇帝都要金贵?"

赵同知知道隐情暴露,吓得跪在地上叩头不止。前番,江苏巡抚为了庇护他,对李卫说他患了疟疾,不能审案,他也就以此为借口,为自己开脱了罪责,保住了乌纱帽,哪想到这次却因此翻了船,成为自己包庇家人、徇私枉法的证据。

李卫见他不敢申辩,怒气冲冲地说:"好啊,你也够大胆的了,在我的眼皮底下玩花样,真是活得不耐烦了! 说吧! 把你做的好事一五一十全抖出来我看看。"

赵同知无法,只好把自己为官多年祸害一方的事情和盘托出。李卫气得咬牙切齿,说:"你做的这些事,够上满门抄斩了。来人,把他们全家都关进牢房!"

"慢,"一直没有说话的弘历开口说,"李大人,我看赵同知一案还有隐情。他不过一个小小同知,哪有这么大胆量做这些事情? 再有,为什么江苏巡抚会庇护他? 是不是他们串通一气呢?"

对呀,李卫想了想,觉得此案不能草率了结,即刻派人请来了江苏巡抚。一经查询才知道,巡抚果然受了赵同知贿赂,而且他是三王爷胤祉的家奴,有三王爷当靠山,更不把他人放在眼里,故此做出了这等劣事。

李卫犹豫着说:"我早就知道巡抚是三王爷的人,这下把他牵扯出来了怎么办?"

弘历镇静地说:"王子犯法与庶民同罪,三伯父深明大义,更不会容许这等小人在外边作恶。你只管按律审理,三伯父那边等我回京自会跟他解释。"

有了弘历这句话,李卫胆势壮了,快速地审理了这起案件,捉了巡抚和赵同知,按照法令判处了他们应有的罪行。苏州人听说皇子亲临,严厉地惩治横行多年的贪官,无不举手相庆,竞相传颂。

苏州同知被捉了,暂时无人管理府衙,弘历推荐园主,让他代理苏州同知。后来,园主做得非常出色,被雍正正式任命做了同知,也成为当地一段奇闻佳话。

弘历在江南巡视多日,体验了江南风情,也看清了当地官场情况,为他做皇帝后采取恰当措施统治南方打下了基础。他称帝后,六下江南,更好地管理了这方水土,也更密切了满汉之间的关系,促进了国家稳固和经济发展,使中国走向了封建社会的鼎盛时期。

第四节 傻穗案

　　弘历一边巡视,一边等待各地准备军粮。不久,两江军粮准备充足,几百万石粮食备齐待运。这是弘历此次下江南的目的——为西北战事筹备粮草。差事顺利办完了,他离开江南,又去了几个省份,然后回京复旨。

　　很快地,他们来到了山东地界。这日,天气炎热,他们走了一程,热得口干舌燥,远远地听见前方人声喧闹,走过去一看,原来有人在说山东快书。只听场上的人手打快板,用地道的山东话念道:

　　　　武二英雄胆气强,挺身直上景阳岗。

　　　　只拳打死山中虎,从此威名天下扬。

　　说的正是人们耳熟能详的武松打虎的故事。说书人精神抖擞,口齿伶俐,抑扬顿挫,引来了不少听众。弘历和傅恒等人观望一会儿,也被吸引住了。弘历边听边说:"不管什么地方只要出了一个名人,就可以养活一方水土,甚至惠及子孙后世。看来武松也不例外,成了山东人的形象代表了。"

　　傅恒笑道:"山东多好汉,到了这里可以净听些英雄故事了。"

"不过看这里人来人往，市集颇多，比起前几年来富裕了不少，"弘历高兴地说，"年头富足了，百姓就可以过好日子，多好。"

"主子关怀天下百姓，心比佛祖，这可是天下人的幸运。"

弘历自顾自地说道："过去说'苏湖熟，天下足'。我看山东人朴实可爱，物产丰富，也是一处好地方。"

两人正议论着，却见另外一人登上了场，他手里握着一穗麦子，对着台下人说："看一看，瞧一瞧，这株麦穗可要成为宝。"

台上人一阵说词，逗得台下人哄然大笑。弘历心想，看来今年大丰收了，人们拿着麦穗上台表演，也算是天下一大喜事。

台上人说得热闹，台下人听得开心，弘历问身边人："今年大丰收了吧！看那棵麦穗可是出奇的大啊！"

谁知，身边人噗哧一笑说："看你就是外地来的，哪是什么大麦穗，都是官府唬弄朝廷的。你知道吗？"他趴在弘历耳边说："我们把那样的叫作傻穗，光长个子不结麦粒。"

还有这样的事？弘历着实吃了一惊。前面讲过，雍正继位后，讲求嘉瑞，以此证明自己为政清明，实现了人民乐业、国家太平的治世景象。各地官员为了逢迎皇上，纷纷呈报祥瑞，像什么五星联珠、瑞茧、凤鸟、卿云现等，可谓层出不穷，凡是历史上曾经说有的，这时也差不多都被说成出现了。至于嘉禾，从雍正即位就不断有各地大臣汇报。例如元年八月，江南、山东等地上奏，出产的小麦、稻谷大多双歧、双穗，他们说这都是"皇上圣德之所感召"；二年，顺天府进呈瑞谷，一茎四穗；同时，雍正在丰泽园亲自耕种的稻谷"穗长盈尺，珠粒圆坚"；五年，有些大臣呈报的稻谷出现了一茎十五穗的。官员们不甘示弱，说法越来越离奇,有人甚至说稻谷每穗达到四五百粒,甚至七百粒,粟米每穗长二尺多。雍正听了这些很高兴,下旨把各地官员呈报的瑞谷,制成《嘉禾图》、《瑞谷图》,亲自作跋,写道:"览各种瑞谷,硕大坚实,迥异寻常,不但目所未见,实亦耳所未闻,若但见图画而未见谷本,则人且疑而不信矣。"他对于嘉禾现象坚信不移,还把这些图本发至各地,要求各地官员学习、传扬。

雍正

今天,弘历亲临山东,听说当地人把父皇推崇备至的稻谷麦穗说成傻穗,心里着实吃了一惊。为了确定清楚,他决定留在山东,实地考察。

过了几日,弘历和傅恒微服来到田地农家,观察了麦子的收成情况,他看到当地的小麦确实丰收了,可是所谓一茎多穗,或者每穗几百粒的祥瑞说法并不可信。有些稻谷本来就是多穗品种,例如"龙爪谷"等,有些大个头的麦穗只是外形大,颗粒并不饱满。看来,各地官员呈报的祥瑞不过是自然现象,以此谄媚君主,邀功求赏罢了。

弘历查实了嘉禾现象,立即召集山东官员,严厉批评他们,要求他们以后务必实事求是,不可再做这样虚无媚上、自欺欺人的事了。

后来，弘历称帝后，即刻下旨废除了报祥瑞的事，他说："凡卿云、嘉禾一切祥瑞之事，皆不许陈奏。"看来，弘历还是非常明智的，没有迷信这些祥瑞说词，这也是他即位之初的重要措施之一。

弘历离开山东，直接回到了北京，至此，他的江南之行顺利结束了。他以钦差的身份巡视各地，得到历练，也认识了各地封疆大吏，体验了多地风情。回到京城时，弘历已经累积了不少经验，更加成熟练达，他出色的表现使他深受大臣们赞赏。就在这时，朝廷上又发生了一件大事。

第十五章 受封宝亲王 理政主军务

西北、西南是朝廷大患，准噶尔蠢蠢欲动，发动叛乱，雍正派兵镇压，弘历请命行走军机处，献计献策，为议和准噶尔立下功绩；西北战事稍停，西南战事又起，苗疆纷乱，改土归流遇到巨大阻力，弘历兄弟受封亲王，协理军务。战事久久不决，牵动朝廷上下人心，弘历面对困难，是置之不理还是主动寻求方法？他密访寻贤，积极运作，能否为最终平叛做出果断决策？

第一节 议和准噶尔

弘历奉旨下江南督粮,顺利返京时,已经到了雍正六年秋天。经过一两年的准备工作,雍正认为时机成熟,可以公开宣布对西北用兵的事了。他自称:"选派将领,悉系镇协中优等人才,挑选兵丁,率皆行伍中出格精壮,殊非草率从事。"他历数准噶尔首领策妄阿拉布坦的罪行,决定对之用兵,完成圣祖康熙皇帝未竟的事业。

说起准噶尔叛乱,还要追溯到康熙时期。当时,康熙三次亲征准噶尔,基本上稳定了西北边疆。可是青海和硕特叛乱首领罗卜藏丹津逃亡准噶尔,为策妄阿拉布坦所接纳。清政府派人捉拿罗卜藏丹津,策妄阿拉布坦却拒不交出,双方关系仍然处于紧张状态。

康熙六十年,抚远大将军胤禵带兵进驻甘州,对准噶尔采取进攻态势,以此威胁敌方。雍正即位后,为了防止胤禵手握重兵,对自己的皇位不利,下旨把他调遣回京,派遣年羹尧接管西北军务。年羹尧任职期间,平定了青海叛乱,稳定了西北局势。准噶尔首领策妄阿拉布坦因此产生畏惧心理,派遣使臣到北京议和。双方两次议和,虽然没有达成协议,却暂时没再次交战。

后来,年羹尧被杀,准噶尔内部产生了分歧。雍正五年,阿尔布巴叛乱事发,雍正下决心对西北用兵,杜绝准噶尔和西藏两地对国家的隐患。所以他调兵遣将,准备物资,但等对准噶尔开战。

这就是准噶尔与清廷多年的矛盾冲突。雍正公开西北兵事,自然引起朝野震惊,朝臣们提出了两种不同的意见:大学士朱轼、散秩大臣达福认为进攻条件不成熟,反对用兵;张廷玉、鄂尔泰等人则极力主战。弘历回到京城,正赶上主战派和主和派争吵不休的时候。转眼到了雍正七年,准噶尔首领策妄阿拉布坦去世了,他的儿子噶尔丹策零继承汗位,成为准噶尔新的首领。主战派认为这是可乘之机,更加主张趁机对准噶尔用兵。这正是雍正的想法,他于雍正七年三月(1729年)下令两路进军,讨伐准噶尔,由此西北战事再起。

岳钟琪作为抚远大将军,出师之际,断言"指日扫平,以报国恩",上疏奏呈出兵有"十胜"的把握,一曰主德,二曰天时,三曰地利,四曰人和,五曰粮草广储,六曰将士精良,七曰车骑营阵尽善,八曰火器兵械锐利,九曰连环迭战,攻守咸宜,十曰士马远征,节制整暇。既有十胜把握,出兵自然非常合适,只等着凯旋了。

事实却非如此,岳钟琪率领大军进攻准噶尔并不顺利。首先,他遇到了准噶尔的缓兵之计。准噶尔派遣使臣来到前线,诈称噶尔丹策零已经把罗卜藏丹津捉拿了,正要送往北京,突然遭到清军进攻,又把他放回伊犁去了。使臣还说,他此来为了议和,请求清军暂缓进军。岳钟琪不敢贸然决断,当即把这个消息送回京城,请雍正裁决。雍正下令召回岳钟琪,命他带领使臣回京重新商量战事。

所谓兵贵神速,出奇制胜,岳钟琪来回一折腾,错过了大好时机,给了噶尔丹策零备战的时间。而且,清军内部产生了分歧,清军包括满汉军人,不能团结一心,而是相互攀比内斗,致使军队战斗力大大降低,接连吃了好几次败仗。眼看着西北用兵毫无战功,而且进退两难,力主作战的雍正心力交瘁,卧病不起。

皇上病了,朝臣们慌乱一片。主和派见出兵不利,自己当初的建议是正确的,借机不断上奏,弹劾主战派大臣,请皇上下旨退兵;主战派绝不服输,认为胜败乃兵家常事,只要坚持下去终究能够打败敌人。

本来作战之前,弘历认为时机不成熟,不能贸然对西北用兵,不主张对西北用兵。可是雍正没有听取他的意见,而是下令对西北用兵。如今西北战事吃紧,他没有像其他主和派人员一样趁机攻击他人,而是分析战局战况,根据实际情况主张对西北采取适当措施。

雍正身体染疾,处理政务受到影响,而此时朝政军务特别繁忙,怎么办? 此时,弘历走出书房,主动提出愿意替父皇分担政务。雍正高兴地同意了,命令他和弘昼行走军机处,协理重臣处理西北军事要务。就这样,弘历由一名书生气十足的少年皇子走上了朝政重地——军机处,开始展现他军事方面的才能,并且最终促成了西北问题的解决。

西北用兵已经一年多了,清军不但毫无进展,还遭到了好几次失败。军队内部将领们互相攻击,满汉矛盾突起,敌人趁机派遣间谍离间他们的关系,清军根本无法正常作战。这天,弘历与大臣们在军机处议事,他看了几份前方奏折,忧心忡忡地说:"前方战事吃紧,内部矛盾迭起,长此下去,不仅战无可胜,恐怕敌人会更加嚣张进取。"

鄂尔泰说:"四爷说得是,依老臣看,都是主帅无能所致。岳钟琪拥兵数万,屡战屡败,不能料敌于先,又不能歼敌于后,怎么能够取胜?"

弘历沉思片刻,缓缓说道:"岳钟琪心有余而力不足,八旗兵马养尊处优,娇宠惯了,不会听从汉人的指挥,这是岳钟琪无奈之处。如今要想取胜,必定另外派遣合适人选,能够统帅八旗兵马的人。"

朱轼说:"还不如趁机议和,或许能够减少损失,挽回局面。"

"不,"弘历坚定地说,"既然已经交战了,我军失败之际,如果提出议和,必定引起准噶尔轻视,这样的话,以后就很难有机会与他公平相处了。"

张廷玉说:"看来只有派遣满人大帅了。"

"嗯,"弘历低沉地说,"为今之计也

乾隆大阅甲胄

只有如此了。我们即刻上奏吾皇,请他决断派遣满帅统兵,或许能够力挽狂澜。"

　　果然,雍正听取了他们的意见,召回岳钟琪,改派鄂尔泰督巡陕甘,经略西北军务。鄂尔泰是满洲镶黄旗人,雍正最重用的大臣之一。他在西南云贵等地的苗疆事务上也颇有成绩,可以说是当时最走红的大臣,由他经略西北,足可以弹压满汉之间的矛盾了。

　　鄂尔泰奉命巡视西北,临行前,弘历即作《遂毅庵鄂相国奉命经略西陲》一诗以赠鄂尔泰。诗曰:

> 清秋霁日照征鞍,上相临戎剑气寒。
> 诏旨钦承三殿密,机宜默运寸心殚。
> 马腾士饱来裴度,风声鹤唳闭谢安。
> 欲别先生何所赠?临风握手劝加餐。
> 书文一轨泰阶乎,蠢尔戎夷敢弄兵。
> 天子运筹频下顾,相臣经略此西征。
> 风翻武帐三台入,日耀军门万载明。
> 伫看对扬歌虎拜,边烽永熄玉关清。

　　他把鄂尔泰比作裴度和谢安,祝愿他出征后马到成功,同时又对他的身体表示关心,可见弘历与朝臣们相处甚欢,不仅不摆皇子的架子,还能与他们打成一片,互问冷暖,像朋友一样互相关心。

　　弘历还为即将出行的鄂尔泰定了一计,嘱托他利用当地形势,团结喀尔喀蒙古诸部,以此孤立准噶尔。

　　喀尔喀紧邻准噶尔,多年来明为清廷附属,实则多与准噶尔暗有来往。如果团结了喀尔喀,准噶尔也就失去了重要的屏障。而且,喀尔喀蒙古人熟悉准噶尔的地理风貌、准噶尔人作战习性以及生活习惯,双方战斗力不分上下,如果喀尔喀投入战斗,必定能够打败准噶尔。

　　鄂尔泰佩服地说:"四爷料事精妙,老臣也自愧不如。"

　　到了西北,鄂尔泰按照弘历的计策,首先派使臣出使喀尔喀策零部。策零是清廷额附(满语,驸马的意思),受封和硕亲王,他听说鄂尔泰奉命督战,愿意与他结交,很是高兴。使臣转达了鄂尔泰的意见,表示只要他能够对准噶尔作战,一定奏报朝廷,对他重重有赏。

　　事有凑巧,策零与清廷使臣来往的消息传到了噶尔丹策零的耳朵里,他十分不满。这天,他亲率大军,越过阿尔泰山,大败清军将领傅尔丹,然后进至杭爱山,袭击了策零部。趁策零不在部中,劫掠了他的子女,扬长而去。策零回来后,发现部族遭到袭击,子女被掠夺,恼恨异常,割下头发和所乘马尾,祭天宣誓与准噶尔势不两立、不共戴天。他把头发和马尾交给使臣,要他带回去交给鄂尔泰,作为他效忠清廷、誓死抗击噶尔丹策零的证据。

　　接着,策零率部深入敌后,突击准噶尔军,狙击他们于鄂尔浑河畔的额尔德尼昭(光显寺),杀敌万余人,成为清军进兵西北以来最大的一次胜利。为此,雍正十分喜悦,颁诏重赏策零,赐号"超勇亲王"。光显寺之战后,噶尔丹策零遭受了前所未有的失败,准噶尔势力受挫,再也无力发动进攻了。

　　噶尔丹策零为人狡诈,见时机对己不利,即刻放出口风,要

释放清军俘虏,并且隐约透露议和的意思。

前方作战的大将军福彭不明敌人真假,无法进行军事部署,只有把敌人的消息送回北京,请皇上定夺。此时,主导军务的弘历等人分析认为,西北用兵,人力、物力消耗很大,用兵前国库银达到五六千万两,用兵几年,国库银只剩下两千多万两了,靡费疲惫,加重了百姓负担,长此以往,国民难安。弘历建议,应该趁噶尔丹策零受挫之际,罢兵修整,如果他再闹事,再行出兵不迟。力主出兵的张廷玉等人看到西北战事无果,也放弃了原先的意见,主张与噶尔丹策零议和。雍正采纳他们的意见,派使臣与准噶尔议和。

议和进展缓慢,主要在于边界划定问题上,久议不决,事情一直拖到弘历即位之后。准噶尔方提出,因为科布多位于双方边界上的空闲之地,而清军两个卡伦布延图、托儿和又都在准噶尔边界之内,要求清军撤出上述两卡伦,并不得在科布多驻兵。弘历分别对待他们的两个要求,对于撤去两卡伦的要求,他以此是康熙年间所设为理由,坚决不撤;对于不在科布多驻兵一事,他表示同意,而且还允许准噶尔每年派员巡查此地。乾隆四年,双方终于以阿尔泰山为界划定了界线,停止了断断续续进行多年的战争。同时,弘历力排众议,答应准噶尔进藏熬茶、进行贸易的要求。噶尔丹策零非常感激大清皇帝弘历的宽宏大量,表示双方友好往来,绝不再滋扰生事。至此,中断了十几年的双边贸易重新恢复,布匹、丝绸、茶叶、农具和粮食与准噶尔地区的牲畜、皮张、葡萄干、卤沙和药材互相交流,广为交往,进而推动了边疆和内地经济、文化事业的共同发展,促进乾隆初年的繁荣景象。

　　弘历在西北用兵中行走军机处，处理军务政事，显示了他在军事方面和指挥用人方面的果敢才能，对于议和准噶尔有了决定作用。至此，少年弘历已经非常熟练地掌握了朝政事务，成为雍正的得力助手，也为他日后登基累积了丰富经验。

　　这时，朝臣们共同上奏，提议雍正应该委以皇子们重任，对他们进行封赐，让他们得到更多历练，好为江山社稷打下基础。

第二节　兄弟同封王

　　雍正只有五十多岁,可是自从雍正七年得病以后,他身体日渐不支,这次西北用兵,他命弘历兄弟协理军务就是一个证明。他接受大臣的建议,决定封赐皇子们爵位,委派他们更重要的任务,好让他们及早得到锻炼。特别是弘历这位秘密储君,未来的江山继承人,这些年,弘历虽然也经历了些事务,却将大部分时间用在读书学习上,是该让他正式走出来接手政务了。雍正心里明白,这些年之所以没有让弘历兄弟插手政务,就是因为汲取了康熙朝的经验教训。康熙在位时,为了锻炼皇子们的能力,委派他们很多事务。结果,皇子们手中握有权力,各自为政,结交朝臣,形成了许多派别,例如太子党、八爷党等,导致了康熙晚年皇子争储、互相残害的局面。英明一世的康熙为此伤透了脑筋,临终之际才勉强决定了储君人选,这成为他心头最大的恨事。雍正从这样残酷的局势下脱颖而出,当然深深记得其时皇子从政带来的危害。为了保护儿子们,也为了保证朝政顺利,雍正一直没有委派儿子们重任,即便弘历这样优秀能干,雍正也不过让他做一些简单的事情,例行公事而已。

　　是该给他们重任了,雍正躺在养心殿暖阁的床榻上,闭目细思着。他命人传唤张廷玉和鄂尔泰等人,与他们商量这件大事。

不一会儿,张廷玉趋步进来了,他看到雍正疲惫的样子,急忙说道:"万岁爷,您身体还好吗?"

雍正抬抬胳膊,指着凳子说:"坐吧! 不要拘礼。"

张廷玉诚惶诚恐地坐下了。这时,鄂尔泰也来到了,他奉命紧挨着张廷玉并排坐下,不言不语地等着雍正问话。

雍正说:"朕登基十年了,自以为年富力强,身体好得很,没有想到病来如山倒,病去如抽丝,自从前几年生了那场病,竟然大不如从前了。"

张廷玉忙说:"万岁爷春秋鼎盛,慢慢会恢复的,治病不能心急,心急则加重病情。"鄂尔泰也忙说了同样的话,劝慰雍正不要灰心,应该振奋精神与疾病抗争。

雍正听了他们的话,宽心一笑说:"朕多谢你们了,如今朝廷上多有议论,责怪朕不能重用兄弟,刻薄家人,就连皇子们也受到不公正待遇。你们说,朕是这样的人吗? 这次西北用兵,朕不是让弘历兄弟协理军务了吗? 他们做得怎么样,朕还要听听你俩的意见。"

张廷玉和鄂尔泰听说是这事,如释重负,他们笑着说:"四阿哥虑事周详,做事稳妥,这可是众人都敬佩的,比我们这些老臣还要练达。"

雍正点头说:"弘历自然不会错,弘昼呢? 他做得怎么样?"

这个? 两个老臣对视一眼,谁也没有开口。弘昼与弘历同时来到军机处,他每日早来晚归,做事非常认真,可是他似乎对于军事政务并不在行,每每看几份奏折,还要问这个喊那个,半天才搞清楚内容;每次参与议论,他总是说一些不合时宜的问题,搞得大家无法与他交流。在军机处,他基本上属于可有可无的人物,与弘历不可同日而语。

雍正见他们无语,已经猜到了弘昼的表现和能力,叹气说:"这也没什么,我清楚弘昼,他内心善良质朴,已经很难得了。"说着,他目光沉郁地停顿了一下,也许他想起自己的三儿子弘时来了。弘时二十几岁时预谋不轨,为了争储派人追杀弘历,遭到圈禁,没有几年就郁郁死去了。雍正一生共有十个儿子,可是没有序齿的就有四个,剩下的六个也有两个没有成人,算起来,只有弘时、弘历、弘昼、弘瞻长大了。这四个儿子中,他亲眼看着长大的又只有三个,因为弘瞻是他去世前不久才出生的,他离世时,弘瞻还不过是襁褓之中的婴孩。所以,弘历少年时代,真正与他相处、共同成长的只有弘时和弘昼两个兄弟。

鄂尔泰猜到雍正的意图,试着问道:"万岁,四阿哥文武兼备,办差得力,如今已经成为朝廷重要的人才了,是不是该按照祖制晋封他的爵位了呢?"

清室制度严格,对于皇子们的封赐并不一样,而是根据他们各自的表现和能力,有的封为亲王,有的封为郡王,还有的只是贝勒、贝子等等不一。其中亲王最为尊贵,是最高等次的封爵。

雍正想了想说:"朕召你们来正是为了这件事,弘历、弘昼都已经长大成人了,未来的江山社稷也要由他们管理,是该好好培养他们了。至于封爵,朕想听听你们的意见,对他两人如何分封?"

张廷玉和鄂尔泰心里明白,储君就在弘历、弘昼两人之中,而明眼人谁都清楚,弘历比起弘昼为人处事都要高出一大截,特别是最近协理军务,他们的表现人人皆知,也就是说,弘历当之无愧是众人心目中的储君人选。那么,现在对他们两人进行封爵,还能按照传统的方法分出上下高低吗?那样的话势必只能封弘历为亲王,而弘昼也就没有这个资格了。想到这里,张廷玉回答说:"四阿哥受封亲王当之无愧,请万岁早日颁旨恩封。"

鄂尔泰接着说:"万岁爷,皇子只有四阿哥和五阿哥两人年长,如果只分封四阿哥,那么秘密立储的作用也就不大了。"

他的意思是说,如果只封了弘历,委托他重任,那么谁都可以据此猜测储君就是他,这样秘密立储不就大白于天下了,还有什么秘密可言?

雍正听了,立起身来说:"朕也是这个意思,所以召你们两人商讨。为了及早锻炼他们,必须对他们进行分封,也必须委他们重任。朕看就同时封他们为亲王,你们看如何?"

张廷玉和鄂尔泰都是聪明人,听了雍正的话,已经明白他的意思了,两人起身施礼说:"万岁爷能够如此决断,真是社稷之福,储位之安。"

过了几天,雍正颁旨,封弘历和弘昼为亲王,弘历被封为和硕宝亲王,弘昼被封为和硕和亲王。弘历和弘昼兄弟一起长大,一起封王参政,可以说是一对难得的亲密无间的皇兄弟。这其中既有弘昼对于弘历无比敬服之因,也由于弘历对于这位比他仅仅小几个月的弟弟关怀备至、悌爱有度,尽到了身为兄长的责任和义务,手足之情令人羡慕。弘历曾经以苏轼和苏辙的兄弟之情来要求自己,为谋害自己的哥哥弘时求情;对于弘昼,他曾经做诗说"鸰原欣得侣,雁序愧先行"。兄弟情深溢于言表,他以有弟弟为欣喜之事,并且于端重自尊中略存谦逊之意,不以兄长身份欺负弟弟,更没有自恃才高就要把弟弟比下去。他觉得两人就像是空中飞行的大雁,自己不过有幸飞在前头而已。

　　正是由于弘历仁爱孝悌，深明大义，他与弘昼才得以同日封王，同日进驻军机处，促成了一段令人称羡的佳话美谈。后来，弘历做了皇帝，弘昼一如既往地支持他、协助他，成为他孤独时最可靠的港湾；弘历也一直关怀疼爱自己的弟弟，兄弟之情毫不受权位影响，很好地处理了感情与政权的关系。

　　弘历是幸运的，不仅得到父祖宠爱，还有一位好弟弟，可是这一切都是他自己修为所得。如果他像弘时一样，能有这样的好结果吗？可见，弘历善于修身养性，提高个人修行，又善于与人相处。识人知人、人品至贵是他成功的一大要素。

第三节　理政主苗务

弘历受封宝亲王,成为军机处的正式人员,协理国家事务。自此,他开始了身为亲王参与政事的生活。

根据《清高宗实录》监修总裁官庆桂后来解释,弘历和弘昼虽然同日封王,但是从他们的封号上已经看出雍正对他们不同的希望,也可以看出其中深意来了。他认为雍正封弘历为"宝亲王",是将授大宝的表示,他说:"洎世宗之御极,昭嗣服以题楣,祈年颁吉胙之馨,锡封鉴宝命之荷……"所谓"宝",就是将有大宝——古人称玉玺或者践位为大宝,例如可以把登基称作初登大宝;而对于弘昼受封和亲王,意思也非常明确,要求他以和为贵,与弘历和衷共济,将来辅佐兄长,不要像上辈人一样出现兄弟争位的惨剧。

不管后人如何解释,弘历和弘昼成为年轻一代的亲王代表,他们正式走上了政治舞台,开始了辉煌多彩而诡波丛生的政治生涯。

军机处理政,弘历一下子变成了大忙人,他作为皇子亲王,身份贵重,说话、做事往往受到他人吹捧,众人也把他当作皇帝的代言人,特别看重他的意见。可是弘历却非常谨慎,事无大小,总是谦虚地请教军机处大臣,从不妄下断语。

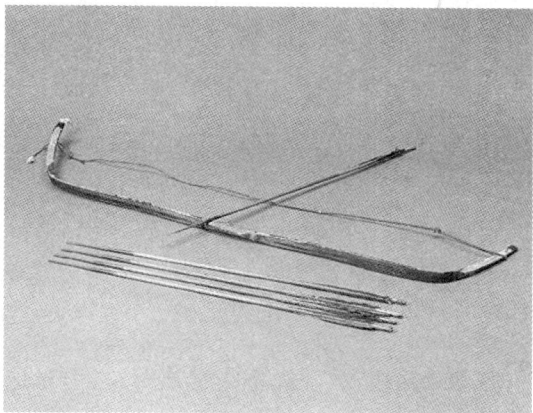

乾隆弓

这天,兵部呈上奏章,声称云贵地区苗民叛乱严重,希望朝廷适时派兵支持。恰好,弘历和弘昼都在军机处,他们接到奏章后,弘昼喝问兵部尚书说:"这么重要的奏章,怎么现在才送上来?"

雍正时期,苗部事务成为西南方主要的问题。当地土司、土舍称霸一方,严重危害了百姓利益,妨碍了朝局稳定,成为朝廷一大心患。雍正派弘历兄弟理政,主要也是处理苗疆事务。

兵部尚书解释说:"臣突发头疼,在家里休息了半个时辰,所以耽误了呈送奏章。"

"你头疼倒是好了,可知这半个时辰会贻误多大军机? 好了,下不为例,一边站着吧!"弘昼不喜欢理政,天天蹲在军机处看奏折、听政务、做安排,心情烦躁,头都大了,正没地方发泄呢!见兵部尚书来晚了,正好借机斥责他。

弘历却很细心,他看了一眼兵部尚书,问道:"怎么会突发头疼？你的身体不是一向健康吗？是不是因为苗疆事务？"

兵部尚书急忙回道："不瞒四爷，奴才的确是为苗疆事务发愁。前几年，鄂尔泰大人任兵部尚书时，改土归流，安抚边疆，取得了成绩，如今奴才接任了，那里却再次出现叛乱，奴才心里着急，寝食难安哪！"

"呵呵，"弘历轻轻一笑说，"有这份心也是好的，世事变化也不是你说了算，现在着急没用，当务之急是想办法平定叛乱。懂吗？"

弘历一番恩威并用，兵部尚书喏喏连声，心里对这位皇子王爷敬佩有加，静下心来，仔细斟酌苗疆事务可如何处理。

苗疆指的是云南、贵州、广西以及和它们相邻的湖南、湖北、四川等居住着少数民族的地区。这里经济落后，生产方式不同，与中央政府关系疏远。从元、明以来，实行土司和土舍制度，地方事务归土司或者土舍管理，基本上不受政府过问和管辖。

土司和土舍其实就是大大小小的割据者，他们对属民随意役使，摊派赋税，疯狂欺压百姓，剥夺他们的财产，时人说属民对土司"无官民之礼，而有万世奴仆之势，子女财帛总非本人所自有"，真实地描述了当时当地人的生活状况。而土司之间，为了争夺土地、人畜等财物，经常互相残杀，经年不解，世代为仇。朝廷在当地设置的府州县等机构，也成为土司、土舍抢劫攻击的目标。他们与汉民为敌，成群结队骚扰汉民，烧杀掠夺，造成多重矛盾。到了雍正时期，土司制度严重妨碍了国家的统一，破坏地方经济文化的发展，不利于社会稳定，成为社会进步的阻碍。

雍正二年，大臣提出削夺土司的办法，依据土司犯罪轻重，削减他管辖村寨的里数，减少他的属地和属民，一步步剥夺他的

权势,最终将地方改归朝廷流动官员治理。这是改土归流的雏形。三年,贵州广顺州长寨土舍与清军对抗,发生了小规模争斗。雍正任命鄂尔泰为云南巡抚,管理云贵总督事。鄂尔泰来到云南后,发现土舍活动猖狂,焚烧清军营帐,事态恶化,他决定对长寨土舍用兵。可是战事并不顺利,原因很多,主要是土司多为当地人,他们在作战时采取了伪装投降,不然就是采取临阵逃跑之计,等到清军一撤,又故技重演,再次出来骚扰百姓;而且,当地地理环境特殊,土司、土舍们活动在两省或三省交界处,不容易对他们用兵或者进行长期监管。例如东川府,它隶属四川,离成都二千八百里,距离昆明却只有四百里。该地土司如果生事作乱,知府报告四川不能得到实时救援,就只好报告云南,而土司借机在各省之间逃窜,很难处治他们。

鄂尔泰认清了当地形势,大胆上奏请求实行改土归流政策,削除土司、土舍制度,在各地设立州府县,各地归属朝廷派遣的流动官员管理。

鄂尔泰改流的方式,以用兵为先导,以扶绥继其后。随着兵力较多,凭借威势,先声夺人,大部分和平解决了当地问题。经过多年努力,苗地大部分地区实行了改土归流,取消了世袭土司,触动了土舍,设置了府州县,派遣流官,增添营汛,建筑城池,兴办学校,实行科举,改革赋税徭役。改土归流适应了社会发展的需要,发挥了积极进步的作用。

可是,改土归流,废除数百年的土司制度,是一次较大的社会改革,必然引起敌对势力的强烈反抗。所以改流过程,伴随着大大小小多次战斗,是抗争的过程,巩固改流成果也就成了非常重要的事情。

乾隆地字一号"出云"剑

　　贵州台州、贵州台拱和上、下九股以及古州一带地方改土归流最晚，而且由于鄂尔泰、张广泗等得力官员相继调离和继任官员的草率行事，这些地区在改土归流过程中，除添设流官、派驻军队之外，并没对原来土司、土舍势力作任何触动，也就没有打击旧有势力。加上新派流官狂征暴敛，仗势欺人，作威作福，欺压苗民，导致了当地人民的反抗。雍正十二年，土司残余势力趁机以"出有苗王"相号召，阴谋恢复旧日局面，由此爆发了大规模的苗民叛乱，战火迅速蔓延，给朝廷带来了巨大压力。

　　二月，古州所属八妹、高表等寨首先发生叛乱。数日之内，叛乱迅速延及上、下九股和台拱各寨。土司们煽动苗民聚众围攻官兵，破坏车马驿站。很快，凯里、重安江、黄平、余庆、清平等重镇相继失陷，较远的村镇诸如镇远、思州等地也面临被苗民攻占的危机，可谓朝不保夕，岌岌可危，情势非常严峻。

　　消息传到京城，朝野震惊，各地各处大臣们日夜呈送奏折，纷纷提出建议或请求朝廷拿出好的办法，平息苗疆之乱。

京城军机处，弘历和弘昼临危受命，主导苗疆事务。前面说到兵部尚书呈送奏折，正是在这个时候，呈送的也是关于苗务的奏章。弘昼情急之下申斥了他，弘历则一边宽慰他，一边要求他以战局为重，积极考虑对付之策。

两位年轻的皇子王爷自幼生长在锦衣玉食、众星捧月般的环境下，读诗书、做文章，翩翩君子儒，哪里经历过这么危险的战事？前番准噶尔战事，弘历虽然参与了进去，却依然是在雍正的主导下。而如今，他们受封亲王，亲自主导苗务，面对如此危急局面，他们将会采取什么样的措施来应对呢？

第四节　苗疆之战显才干

　　苗疆战事如火如荼,兵部呈送的奏章堆积如山,弘历坐镇军机处,日夜理政,从不懈怠,每日批阅奏章无数,接见朝臣数人,却精神抖擞,丝毫没有倦怠之意。军机处大臣们都是历经了诸多大事的老臣,他们看到弘历精力充沛、做事稳妥,越发敬重这位年轻的王爷了。

　　为了平定叛乱,一开始,朝廷派遣哈元生为贵州提督,哈元生曾经在准噶尔战事中表现突出,受封为扬威将军;派遣湖广提督董芳为副将军,调遣滇、黔、楚、粤四省三万兵马,会同进剿苗部。

　　哈元生带兵出征,效果却不理想。原来,他为了保护营汛不致失守,处处分兵,分散了精力,以致在黔部队多达数万,而"用以攻剿之师,不过一两千人,东奔西救,顾此失彼"。他又根据雍正"痛加剿除,务尽根诛,不贻后患"的旨意,不分降从,对于抓获的苗民一律剿杀,以致苗民反抗情绪日炙,纷纷"诅盟益坚,多手刃妻女而后出抗官兵,蔓延不可招抚"。

　　这么一来,苗务不但没有得到缓解,反而加深了苗民与朝廷的仇恨,战火越烧越烈,平叛成了摆在朝廷上下最大的一件事。

　　叛乱是改土归流的负面效果。鄂尔泰作为改土归流的大力提倡、实行者,看到事态越演越烈,主动以"改土归流布置未妥,筹虑未周"请罪。雍正接到奏折，召见弘历，听取他对此事的看法。弘历奏道："鄂尔泰改土归流，取得了前所未有的效果，功不可没；土司势力不甘屈服，反叛作乱，这也是意料之中的事。儿臣觉得鄂尔泰经营苗务多年，比其他人更熟悉苗疆事务，如果以此惩罚他，一来削弱了我们自己的力量，二来让出力办事的朝臣心寒，实在不可取。"

雍正听了，点头说："鄂尔泰深受朕重用，这些年来他有心无意地树立了不少敌对面，叛乱久战不决，朝臣们对他多有非议，前方部分将领也有反对他的意思，认为改土归流做错了。你看该怎么办？"他有意探测弘历处理朝廷大事的能力。

弘历即刻回答："改土归流稳固了国家统治，保护了当地苗民，儿臣认为没有错。儿臣常听父皇说有功则赏、无功则辞，对于鄂尔泰，可以削去他的爵位，以示惩戒；给假养病，让他继续参与政务，等到苗务平定，再对他晋爵加封，这样可妥？"

雍正满意地看着弘历，连声说："不错，不错，朕也正是这个意思。"他当即作出决断，按照弘历所说处置了鄂尔泰，一来平稳了朝廷局势，二来继续信任重用鄂尔泰，让他更加尽心尽力地为苗务出谋划策。

弘历果断机智地挽留鄂尔泰，为苗务顺利进行以及最终成功解决打下了基础。

再说贵州境内，哈元生和董芳身为正、副将军，统领前方军务。两人却不好好合作，出现了争执。争执点在于董芳认为从前不应当改流、建制，破坏土司制度，现在应该采用招抚策略，恢复旧状；哈元生却持相反态度，认为应该严厉镇压苗民，对他们实行剿除殆尽的策略。两人意见相反，而且各走极端，将领不和,战争毫无进展。

　　战争就这样持续胶着着。消息传到京城,弘历当即与军机处大臣们商量,应该采取何种措施处理当前局面。弘历说:"自古以来,战争最忌将领不和,董芳和哈元生互不相让,导致前方战事无果,损兵折将,消耗粮草,如今必须尽快想法解决这件事情。"

　　张廷玉说:"国无二主,军无二将,他两人各自为政,互相诋毁,不如调回一人,只留下一人在前方督战,这样的话效果会好些。"

　　弘历沉思着说:"留下谁合适呢？董芳不愿作战,如果留下他,那么改土归流的成绩就会付之东流;哈元生残暴成性,滥杀无辜,留下他更会激起民变,不利于于战局,不利于国家稳固。"看起来,这两个人都不适合留在前方指挥战事了。

　　其他几位大臣也议论纷纷,讨论当前局势,却无人拿出好计策。两种选择摆在众人眼前,要么放弃改土归流,恢复土司旧制;要么这样长期鏖战下去,不知道战争会打到什么时候,只有无可奈何地等待战争带来的恶果。

　　议来议去,始终没有良策。这天,弘历用过晚膳,穿戴整齐,带着几个侍从步出王府,来到空旷的大街上。月色如钩,斜挂长空,京城内静悄悄的,万家灯火闪闪烁烁,多么静谧安详的时刻啊！弘历在街头停驻片刻,不由得感慨万千:所谓率土之滨,莫非王臣,天下百姓都是大清子民,谁不想过安静祥和的日子。试想前方战场,苗民遭受战火洗礼,温饱不定,性命难保,多么可怜;战士们离家别土,挥刀浴血,更是把生死置之度外,多么可叹！这样想着,他突然转身朝前走去。

弘历要去哪呢？只见他转了几个弯，来到鄂尔泰府前停下了。原来他夜访鄂尔泰，准备听取他对于苗务的意见。

鄂尔泰见弘历深夜来访，深受感动，他分析苗疆战局，认为哈元生和董芳都不可取，建议改派他人前往负责军务。弘历急忙问："大人认为派谁去合适呢？"

鄂尔泰回答："四爷，老臣本来是最合适的人选，可是现在戴罪在身，不便前往。如今老臣认为派遣张广泗足以平定叛乱，稳定苗务了。"

"张广泗？"弘历迟疑了一下，张广泗职位较低，能够担当重任吗？

鄂尔泰看出弘历疑惑，继续说："张广泗虽然职位不高，却深懂兵法战术。老臣督战西北战事时，他曾经为老臣出谋划策，能力超众。老臣认为他必定能够为朝廷分忧解愁。"

弘历深思半晌，尔后果断地说："大人举荐的人才自然不会错，明日朝议我就与大臣们商量此事，如果大家认为可行，就奏报父皇请他定夺。"

第二天，军机处大臣讨论了张广泗一事，无计之下只好同意把他举荐上去。雍正接受他们的意见，可是为了慎重，只是派张广泗为巡抚，替代原来巡抚张照巡视苗疆事务。

张广泗到了苗疆，很快看清当地局势，提出了很多可行的措施。无奈朝臣多有争议，苗务无法正常进行下去。就在这种忧困时刻，雍正突发中风，撒手人寰，驾崩于圆明园。弘历继承皇位后，坚决平叛，任命张广泗为七省经略，西南七省尽归他管理，由他统一指挥作战。张广泗手握大权后，对西南战事作了重新部署，首先调集全部军队集结镇远，打通云、贵往来大路，而后又分兵三路,"以整击散",分别攻取上、下九股及清江下游反叛各村寨。清军乘胜追击,叛军逃到了牛皮大箐(山间的大竹林,泛指树木丛生的山谷)。至此,历时两三年的古州苗民叛乱终于胜利结束了。

弘历处理善后时,为了安抚苗民,下令"古州等处新设钱粮,尽行豁免,永不征收"、"嗣后苗众一切自相争讼之事,俱照苗俗完结,不必绳以官法",实行少数民族自治的方法,根据各民族特点进行统治,有利地保证了少数民族兄弟姐妹的利益,有利于国家的统一融合。毫无疑问,弘历登基之初处理的苗疆事务是完全正确与合理的,充分体现了他英睿宽大的理政策略,为国家统一、经济文化发展作出了有益的贡献。

第十六章 登大宝创立盛世

雍正十三年八月,二十五岁的弘历即位称帝。他勤恳理政,宽严相济,使国家呈现出蒸蒸日上的盛世局面。当时流传一首民谣:"乾隆宝,增寿考;乾隆钱,万万年。"民谣歌颂乾隆初政,足见他取得了多么辉煌的成绩,促使两千多年的封建社会达到了鼎盛时期。

第一节　圆明园再立储

弘历参与处理苗疆事务,显示了他过人的政治、军事才干。毫无疑问,作为储君,他是完全符合要求的,至此他已经成长为出色的政治家了。正因为如此,才有了一段他被两度秘密立储的佳话。

回到雍正八年九月,当时,雍正得了重病,差点丧命。关于这场病,他自己在日后做了一个说明,他说:"朕自去年冬即稍觉违和,疏忽未曾调治,自今年二月以来,间日时发寒热,往来饮食,不似平时,夜间不能熟寝,始此则两月余。及五月初四日怡亲王事出,朕亲临其丧,发抒哀痛之情,次日留心视察,觉体中从前不适之状,一一解退,今日渐次如常。"可见他病得非常严重,而此时恰逢十三王爷胤祥病逝,最亲近的兄弟逝去,应该说对他是个沉重打击,他为什么反而感觉身体好了呢?

原来,他病了以后,搞了几个月的"静养调摄",其间精神"不能贯注于政务"。身为国君,身体出现疾病,最担心的当然是政务和身后事。雍正是个要强的人,静养几个月后,他依然坚持听政理事,可是身体虚弱难以掩盖,朝臣们发现了这个情况,暗地里上奏章劝说他休养的人不少,胤祥作为他最亲密的兄弟和大臣当然也不例外。恰在这时,胤祥也得了重病,卧床不起。雍正听说胤祥病危,亲自去探望。两位兄弟在床榻握手长谈,胤祥劝雍正:"臣弟要劝劝万岁了,纵然国事繁忙,可是身体是根本,如果不注意调养,长此下去可怎么好?您看我,这一病竟然大不如从前了,不要说国事了,就是自己也难以照料自己。"他以自身劝雍正,希望他能接受自己的意见,保重身体。

雍正叹气说:"朕不是不想休息,可是皇子们年幼,朕要是这么颓废下去,什么时候是个头?"他对自己的疾病也没有把握,看来确实病得很严重。

胤祥抬身说:"万岁这就多虑了,一来您所患之病不过需要休养,并不是虎狼之症,没有大碍,臣弟看只要休养就会好转;二来弘历虽然年少,却时刻表现出不凡气质,聪明贵重无人可及,这是万岁的福气,也是社稷的福气。臣弟身体不行了,以后您要多培养弘历,让他为您分忧解愁。"

他的话说得非常明白,显然是把弘历看作未来的皇位继承人了。雍正听了,心里一动,他从即位初年秘密立储,至今已经六七年了,弘历从一个垂髫小儿成长为英俊少年。这些年来这件事情非常隐秘。为了保密,雍正不惜牺牲锻炼弘历的机会,不管什么事,需要皇子做的他都会派遣弘历、弘昼一起去做,以此掩盖事实,保护皇子们。今天,听胤祥说出这话,他略感惊讶,难道弘历的秘密储君身份已经昭然天下了吗?

胤祥略微笑笑说:"万岁一定担心秘密立储一事吧?其实,我很清楚弘历、弘昼的才干能力,万岁比臣弟更要明白。臣弟从来不敢妄语,如今我要走了,说出来也无妨了。"

雍正紧握他的手说:"孩子们年幼,国家大事还要我们一起承担。你不要说走不走的话,朕这就宣太医为你看病。"

"不用了，"胤祥摇头说，"臣弟只有一事要说，就是关于弘历。虽然万岁已经秘密立储，臣弟还要斗胆进言，弘历异禀天赋，兼之勤恳用功，比起当年我们兄弟都要强，实在是我们皇家之幸，难怪先帝对他优抚看重，亲自教导。臣弟临终前请求万岁，不要辜负先帝幸怜，一定要立弘历为储君。"

胤祥

胤祥一番话，真是惊煞身边人。雍正没有想到，胤祥临终之际会说出这样的肺腑之言，为未来的储君之位做谋划。

胤祥并不在意雍正的惊诧，依然缓缓地说："臣弟不愿后代像我们一样祸起萧墙、兄弟相残。你看看，我们兄弟二十多个，到头来有几人欢喜？"铲除胤禩集团后，雍正为了防微杜渐，除了重用对自己忠心耿耿的胤祥外，很少封赏重用其他兄弟，这么一来，就有效地遏止了皇室其他势力，保证他皇位的稳固。

雍正垂下头说："几十年明争暗斗，想起来都可怕啊！"

"是啊，"胤祥说，"所以臣弟临终要说，万岁务必做好立储之事，虽然已经秘密立储，可是不得不防。"

雍正明白了胤祥的意思，握着他的手良久无语。胤祥临终说储位,多少含有凄凉意味,但也衬托出弘历在他心目中的地位。当时,胤祥作为最重要的王爷参理政事,诚所谓一人之下,万万人之上。这些年来,他留心观察,认为弘历当之无愧嗣立储位,所以他当面向雍正说出了自己的看法,由此保证皇位不要错传他人。

这也就是雍正说的“怡亲王事出,朕亲临其丧,发抒哀痛之情,次日留心视察,觉体中从前不适之状,一一解退,今日渐次如常”。胤祥大胆陈述储君之事,力荐弘历,正符合雍正秘密所立储君,也符合了他的心意,无疑给他增添了不少信心和力量。得到支持和肯定,雍正的心神自然轻松自如了许多,也就感到疾病渐好了。

秘密立储毕竟是历史上的第一次,雍正虽然立了弘历,却没有与任何人商量,内心对于弘历能否继任皇位还是心存忧虑的。而今,胤祥临终说出心里话,推荐弘历,还鼓励雍正应该加强措施,保证弘历顺利继位,这样来看,自己立储立对了,他能不高兴吗?

雍正回到圆明园,即刻再次书写了诏书,密封保存起来。为了便于日后取用,他特意将在圆明园二次立储的事告诉了张廷玉,作为以后的对证。后来,雍正又召见了张廷玉和鄂尔泰,再次正式地告诉了他们,圆明园内还有一份立储诏书,嘱咐他们“汝两人外,再无一人知之”,一旦自己驾崩,即以这份诏书和正大光明殿背后的诏书为准,恭奉新君即位。

两份诏书,同样有效,秘密立同一个人为储君,这是千古未有的事情。人们大都知道弘历是中国历史上第一位通过秘密立储即位的皇帝,却不知道他曾经被两次秘密立储。两次立储,从

中可以看出少年时期的弘历多么出类拔萃,受人重视,侧面反映出他的成功并非天赐神授、运气使然,而是经过了考验,经过了自身不断的努力。

第二节　初登大宝

张廷玉曾经书写了一本《澄怀主人自定义年谱》,里面详细记述了雍正在圆明园暗藏立储诏书的事。雍正十三年八月,雍正驾崩于圆明园,书中记录道:当时,弘历听得噩耗,赶到园中哀号不已,不能自持。张廷玉和鄂尔泰于是向胤禄、胤礼等人说,如今正大统是急事,必须迅速确立储君,大行皇帝曾经对我们说,园中存有密旨,应该立即请出。诸人同意,可是圆明园总管太监却不知道有这件事,不知道诏书藏在哪里。张廷玉说:"大行皇帝当日密封之件,谅亦无多,外用黄纸固封,背后写一封字者即是。"

太监根据这个特征找到了密旨。张廷玉刚要灯下宣读诏书,弘历却制止说:"父皇在正大光明殿还有诏书,不如回到皇宫,两份诏书一同宣读。"众臣觉得有理,于是扶着雍正梓舆返回大内,取下正大光明殿背后的诏书。张廷玉再次宣读时,弘历又说:"应该传弘昼一起听旨。他和我一样是先帝骨血,都有继承君位的机会,逢此巨变,他不来听旨不妥。"众臣听此,无不叹服他的成熟干练,虑事周详细密。当时,雍正最小的儿子弘瞻已经出生,不过尚在襁褓之内,断然不会是储君人选,只有弘历和弘昼两人有机会入选储君。大臣们心里明白,储位非弘历莫属,可是他依然不以此自傲,坚决和弘昼一起听传位诏书,显示了他沉稳谦逊的素质以及对于敏锐的政治感知能力。

张廷玉等人急忙派人去传弘昼,等到弘昼到了一起跪听诏书。张廷玉小心地双手捧着诏书,轻声说:"这是满汉合壁国书,请鄂大人先宣读国语,我再宣读汉语。"国语指的是满语。

雍正藏诏书处

鄂尔泰手捧诏书,用满语缓声宣读诏书,跪在地上的大臣皇子们只听他叽哩咕噜传旨,一个个却面目茫然,不知所以。原来大清立国已经九十一年,满清贵族们早就接受了汉族文化,已经汉化了,懂得满语的人寥寥无几。弘历自幼好学,精通汉、满、蒙、藏好几种语言,他听完诏书,跪在地上用满语回复遗诏。

接着,张廷玉接过诏书,朗声诵道:"奉天承运皇帝诏曰:皇四子弘历龙日天表,资品贵重,堪为人君。即由弘历嗣承帝位,以继大清丕绪。钦此!雍正元年八月中浣御书。"这是雍正即位之初秘密立储诏书,至今已经十三年了。十三年过去了,再看这

位秘密储君——弘历,已经成长为二十五岁的杰出青年,他相貌
伟岸,身强体健,机智英明,宽仁有度,足以说得上英杰俊才了。
十三年时间,出生在帝王之家的弘历奋发向上,修身养性,注重
完善自我素质,度过了一个以学习为主,立身行己、进德修业的
少年时代。他没有沉迷堕落,没有自我膨胀毁灭,而是按照君子
的标准严格要求自己,以求达到修身齐家治国平天下的目的,如
今,他自身的能力达到了,他以完好的形象和出色的表现赢得了
一致的赞同。

　　众臣听完诏书,齐声说道:"臣等谨遵圣命。"由此,弘历继承
皇位,开始了六十多年的为君生涯。接下来,他要众臣为大行皇
帝议谥文。张廷玉进言说:"大行皇帝天表伟才、大智大成、奇才
雄略、恭谦克让、天章英睿、烛照如神——据此,老臣认为谥文可
定为'敬天昌运建中表正文武英明信毅睿圣大孝至诚',不知皇
上和诸位以为如何?"

　　弘历听罢,点头说:"张大人果然才思敏捷,出口不凡,不过
大行皇帝一生宽仁御下,体恤民情,还该加上'宽仁'二字才足以
昭彰圣德。"众臣不解其意,因为以雍正为人从政来看,他主政十
三年,以整顿吏治为宗旨,严刑峻法、纲纪清肃,惩治官员无数,
而且屡屡对犯事的官员抄没家产,人称"抄家皇帝";为人也是过
于刚烈急躁,经常苛责下属官员,连他自己也认为自己过于严苛
了,怎么新君登基就要说他宽仁了呢?

　　他们自然不知,这是弘历有意为之,他打算推行宽政,安抚
臣民之心,故此以"宽仁"二字暗示臣属。后来,他果然遵循宽仁
的原则,对雍正朝的政策做了许多补遗修正,安定了天下臣民,
政治风貌为之一新。

第三节 盛世之鼎

即位之初,弘历继续重用前朝重臣。一开始,他任命张廷玉、鄂尔泰、胤禄、胤礼为辅政大臣,全面协助政务。不久,张廷玉上奏说,万岁年富力强,处事果断睿智,老臣们万不可及,建议取消辅政大臣,弘历同意他们的要求,撤掉辅政之说,开始了亲自理政的岁月。

对于前朝大臣,弘历十分尊重。早在雍正十一年,张廷玉奉旨返回安徽桐城原籍举行其父张英入祀贤良祠典礼,弘历曾经作《送桐城张先生暂假归里》一诗相赠,诗曰:

> 丹凤衔书下紫廷,枞阳早已望台星。
> 新恩优渥荣旋里,旧德绵长肃荐馨。
> 北阙丝纶方待掌,东山弦管暂教听。
> 即看稳步沙堤上,扬拜从容对御屏。

弘历指出张廷玉是朝廷须臾不可离开的重臣,他极其敬重张廷玉。可见弘历不以身份高贵而傲慢臣属,礼贤下士,为自己博得了良好声誉。

弘历比较客观地继承了雍正朝的诸多政策和措施。一方

乾隆通宝

面,对于有利的策略诸如奏折制度、军机处等采取认同的做法,继续发扬推广;另一方面,对于一些弊政诸如献祥瑞、报羡余、匿水旱、荒奏开垦等,予以废弃排斥。而且,弘历一改其父严苛峻厉的主政风格,推行宽和仁爱的政略。

他即位的次月,就启用守陵多年的十四叔,而且很快开始为胤禩、胤禟等人恢复名誉。朝臣们有受到严刑峻法不公待遇的,他也一一为他们平反,对他们进行安抚。经过弘历一段时间的治理,国家呈现蒸蒸日上的局面,当时流传一首民谣:"乾隆宝,增寿考;乾隆钱,万万年。"歌颂乾隆初政,足见他为政取得了多么辉煌的成绩,促使两千多年的封建社会达到了鼎盛时期。

弘历年号乾隆,意思是天下昌隆。他在位六十年,基本上实现了这个愿望。他少年时期表现出杰出的才华,二十五岁风华正茂时继承皇位,一生勤恳为政,宽严相济,理治积案,纠正父偏,惩治敌对,与准议和,平苗之乱,干纲独断,严惩皇亲,抑制党争,控制官吏,人权独揽,整科清欠,改革旗制,四拜祖陵,六下江南,劝课农桑,赈灾济民,积粱储谷,兴修水利,开矿补耕,征战剿金,平定西藏,进军回疆,接土回归,重视文化,编修书籍,冷落理学,出兵征缅……做了许多事情,是封建帝王中有为的明君贤主。

有人为他归纳了一下,大约八件大事意义非凡。

第一件是编修文化典籍。乾隆是一位文化型皇帝,他在文治方面作出了很多贡献,主要有主导纂修《四库全书》。《四库全书》的作用在于:其一,保存珍贵遗产。乾隆集中全国的力量,对各地图书典籍进行了一次全面系统的清理和编纂,选择重要的刻本、抄本、缮录采入《四库全书》,使大量书籍虽经天灾人祸但得以保存下来;其二,方便学人利用。全国各地,不分老幼贵贱,都可以阅览抄录,得到实惠;其三,促进了文化传承。时至今日,《四库全书》依然流传各地,被世界人民所认可和传阅;其四,便于分类检索。"以类求书,因书治学"是编纂《四库全书》的宗旨。全书分经、史、子、集四部,再分四十四类,又分六十五目,井然有序,便于查阅。

乾隆还下令编修《满文大藏经》。当时,他亲自裁定每卷经书,工作量非常大。另外,他还下旨整理《无圈点老档》、《八旗通志》、《满洲源流考》、《钦定满洲祭神祭天典礼》等,将大清入关前的史料做了系统完整的编修。可以说,这一系列的编修工作将大清朝的历史和风貌作了一次系统而完整的展现,便于后人追思历史,奋发向上。

第二件是贡献诗文才华。乾隆天资聪颖,勤奋好学,自幼以"愿为君子儒,不做逍遥游"来要求约束自己,非常崇尚儒家学说,注重修身养性,具备深厚的文化和道德修养。毫无疑问,少年时期的刻苦求读经历,将他锻炼成为出色的文学家、语言学家、书法家、诗人和学者。乾隆一生撰写了大量文章,仅编成文集的就有《御制文初集》、《御制文二集》、《御制文三集》、《御制文余集》,共 1 350 余篇,还有《清高宗圣训》300 卷。乾隆特别喜爱做诗。他的御制诗集,登基前有《乐善堂全集》,全是他少年时期所做,禅位后有《御制诗余集》,共有 750 首。在位期间的《御制诗集》共有 5 集,434 卷。有人统计,其初集 4 166 首,二集 8 484 首,三集 11 519 首,四集 9 902 首,五集 7 792 首,共计 41 863 首。他的诗总计 42 613 首。而《全唐诗》所收有唐一代 2 200 多位诗人的作品,才 48 000 多首。乾隆帝以一人之力,其诗作数量竟与留传下来的全唐诗相仿,其数量之多,创作之勤,令人敬佩。可以说,乾隆诗作之多,有史以来,首屈一指。他说:"几务之暇,无他可娱,往往作诗。"又说:"每天余时,或作书,或作画,而作诗最为常事,每天必作数首。"

第三件是免除天下钱粮。乾隆曾经说过:"百姓富足,君孰与不足? 朝廷恩泽,不施及于百姓,那将施于何处!"乾隆在位时,国家富足,他于是下令免除全国钱粮。据统计,乾隆十年、三十五年、四十三年、五十五年和嘉庆元年,先后五次普免全国一年的钱粮,三次免除江南漕粮,累计免除赋银二万万两,约相当于五年全国财赋的总收入。乾隆免除全国钱粮,其次数之多,地域之广,数量之大,效果之好,在封建王朝中,前无古人,后无来者。

第四件是统一整个新疆。西北一直是清廷隐患,可谓屡战屡议,局势多有变化。乾隆在位时,用兵西陲,巩固新疆。在北疆,两次平准噶尔,使土尔扈特部回归,基本上解决了北疆的问题。其后,清军乘胜和回部军在库车、叶尔羌(莎车)等几座南疆重镇进行了激战,最终获胜,重新统一南疆。乾隆平准定回诸役,统一了准、回各部,加强了中央政府对西域的统辖,铲除了准噶尔东犯喀尔喀、威胁京师及大西北的祸根,保持了西北、漠北及青海、西藏的社会安定。

第五件是完善治理西藏。乾隆两次派兵打败廓尔喀(今尼泊尔)的侵犯,制订《钦定西藏章程》。创建"金奔巴瓶"制度("金瓶掣签"制度),有效地管辖西藏区域。

《乾隆万树园赐宴图》

第六件是修砌浙江海塘。浙江原有的柴塘、土塘,经不起海潮的冲击。乾隆命令拨银两将柴塘改为石塘。共修建石砌海塘四千余丈,加强了这一地区抗御海潮侵袭的能力。

第七件是维护、兴建皇家园林。大清从康熙时起,开始兴建园林,将中国园林艺术推向新的台阶。到了乾隆时,朝政稳定,国富民强,呈现了盛世景象,他开始大规模修建园林,其中清漪园(颐和园)、圆明园、静宜园(香山)、静明园(玉泉山)、避暑山庄暨外八庙和木兰围场等非常有名。这些园林体现着辉煌的园林文化,是园林艺术史上的一串串璀璨夺目的明珠。除圆明园被焚毁外,多成为世界文化遗产。

第八件是一统中华各族。清朝已经历"三祖三宗"——太祖努尔哈赤、世祖顺治、圣祖康熙和太宗皇太极、世宗雍正、高宗乾隆六代,乾隆则是其中集大成者。乾隆在其祖宗既有成就的基础上,进一步巩固并开拓了我国的疆域版图,维护并加强了中华的多民族统一。乾隆时,我国疆域东起大海,西达葱岭,南极曾母暗沙,北跨外兴安岭,西北到巴尔喀什湖,东北到库页岛。

乾隆皇帝能将祖宗的基业发扬光大,在文治武功方面都有建树,确实为一代有为之君。难怪乾隆帝自称"得国之正,扩土之广,臣服之普,民庶之安",历史罕见。

乾隆不仅创造了清朝的鼎盛时期,也使我国两千年封建社会达到了鼎盛。所谓月盈则亏,泰极否来。到了乾隆晚年,政治趋于僵化,矛盾渐生,开始走下坡,这不仅是乾隆个人的无奈,也是统治中国两千多年的封建社会的无奈。综观来看,乾隆皇帝弘历的一生是成功的,为国家作出了应有的贡献,值得后人赞赏和崇敬。

乾隆　大事年表

公元 1711 年 (康熙五十年) 出生

阴历八月十三日 , 生于雍亲王府 , 取名"弘历"。

公元 1719 年 (康熙五十八年) 9 岁

入学读书 , 塾师为翰林院庶吉士福敏。学射于贝勒胤禧 , 学火器于庄亲王胤禄。

公元 1722 年 (康熙六十一年) 12 岁

三月 , 康熙帝两次临幸圆明园 , 受召见 , 携至宫中养育。

十一月 , 康熙帝逝世 , 父胤禛即位 , 为雍正皇帝。

公元 1723 年 (雍正元年) 13 岁

八月十七日 , 父雍正帝秘密建储 , 书"弘历"之名藏于乾清宫"正大光明"匾额后 , 从此成为密立的储君。

公元 1727 年 (雍正五年) 17 岁

七月 , 与富察氏结为夫妻。

公元 1729 年 (雍正七年) 19 岁

六月 , 受命参与军机处政务。

公元 1733 年 (雍正十一年) 23 岁

二月 , 受封为和硕宝亲王。

公元 1734 年 (雍正十二年) 24 岁

参与讨论准噶尔议和。

公元 1735 年(雍正十三年)25 岁

八月二十二日,雍正皇帝驾崩。

九月初三,弘历继帝位于太和殿,以来年为乾隆元年。

公元 1738 年(乾隆三年)28 岁

五月,命张广泗讨平贵州苗乱。

九月,赈台湾地区旱灾。

公元 1746 年(乾隆十一年)36 岁

九月,奉皇太后谒泰陵,后巡幸五台山。

公元 1747 年(乾隆十二年)37 岁

派张广泗率军开始平定大小金川叛乱。

公元 1748 年(乾隆十三年)38 岁

二月,奉皇太后率妃嫔东巡山东,谒孔林,祭少昊、周公。

六月,谕禁廷臣请立太子。

公元 1749 年(乾隆十四年)39 岁

二月,大金川之役无功而罢,决定撤兵。

公元 1750 年(乾隆十五年)40 岁

二月,奉皇太后西巡五台山。阅视永定河堤工程。

公元 1751 年(乾隆十六年)41 岁

正月,奉皇太后第一次南巡江浙。

公元 1754 年(乾隆十九年)44 岁

趁准噶尔部内乱,发兵进攻。

公元 1757 年(乾隆二十二年)47 岁

正月,奉皇太后第二次南巡江浙。

三月,彻底平定准噶尔部。

六月,拒绝英人赴浙贸易,规定与西洋贸易仅广州一处。

公元 1758 年(乾隆二十三年)48 岁

派兵进军天山两路,平定大小和卓木叛乱。

公元 1759 年(乾隆二十四年)49 岁

清军杀大小和卓,顺利平叛。

公元 1762 年(乾隆二十七年)52 岁

正月,奉皇太后第三次南巡江浙,于海宁阅视海塘。

公元 1765 年(乾隆三十年)55 岁

正月,奉皇太后第四次南巡江浙。

公元 1771 年(乾隆三十六年)61 岁

渥巴锡汗率领土尔扈特部踏上回归征途。

大小金川之役开始。

公元 1772 年(乾隆三十七年)62 岁

正月,诏开四库馆,网罗天下遗书。

公元 1773 年(乾隆三十八年)63 岁

闰三月,命刘统勋等为《四库全书》总裁。

十一月,秘密建储,以皇十五子永琰为储君。

公元 1776 年(乾隆四十一年)66 岁

三月,再奉皇太后巡山东,奠孔子,谒孔林。

十一月,命《四库全书》馆详核违禁各书,分别销毁。

公元 1780 年(乾隆四十五年)70 岁

正月,第五次南巡江浙。

公元 1782 年(乾隆四十七年)72 岁

正月,第一部《四库全书》编写完成。

公元 1784 年(乾隆四十九年)74 岁

正月,第六次南巡江浙。

公元 1785 年(乾隆五十年)75 岁

正月,登基五十年大庆,举行千叟宴,宴亲王以下 60 岁以上 3 000 人于乾清宫。

公元 1792 年(乾隆五十七年)82 岁

撰《十全武功记》。

公元 1795 年(乾隆六十年)85 岁

九月,宣示立皇十五子永琰为太子,次年为嗣皇帝元年。

十二月,传位皇太子,自为太上皇。

公元 1799 年(嘉庆四年)89 岁

正月初三卒,葬于河北裕陵。